DIE RÜCKKEHR DES KROKODILS

DAS GEHEIMNIS VON BITTEN POINT, BUCH 1

EVE LANGLAIS

Copyright © 2022 Eve Langlais
Englischer Originaltitel: »Croc's Return (Bitten Point Book 1)«
Deutsche Übersetzung: Noëlle-Sophie Niederberger für Daniela Mansfield Translations 2022

Alle Rechte vorbehalten. Dies ist ein Werk der Fiktion. Namen, Darsteller, Orte und Handlung entspringen entweder der Fantasie der Autorin oder werden fiktiv eingesetzt. Jegliche Ähnlichkeit mit tatsächlichen Vorkommnissen, Schauplätzen oder Personen, lebend oder verstorben, ist rein zufällig.
Dieses Buch darf ohne die ausdrückliche schriftliche Genehmigung der Autorin weder in seiner Gesamtheit noch in Auszügen auf keinerlei Art mithilfe elektronischer oder mechanischer Mittel vervielfältigt oder weitergegeben werden.

Titelbild entworfen von: Yocla Designs © 2022
Herausgegeben von: Eve Langlais www.EveLanglais.com

eBook: ISBN: 978-1-77384-311-7
Taschenbuch: ISBN: 978-1-77384-312-4

Besuchen Sie Eve im Netz!
www.evelanglais.com

KAPITEL EINS

Ich kann nicht glauben, dass der Hund den Beifahrersitz des Pick-ups bekommt.

Tatsächlich besetzte der Hund, der mit seinen zweieinhalb Kilogramm Körpergewicht nicht einmal ein ganzer Bissen war und den sein Bruder *Prinzessin* nannte, den Ehrensitz *innerhalb* des Wagens, während Caleb nur der Box auf der Ladefläche würdig war.

Scheiß auf Logik. Caleb hatte am Bahnhof zu diskutieren versucht, wo sein Bruder, an die blaue Karosserie seines Ford Pick-ups gelehnt, auf ihn gewartet hatte.

»Hey Connie«, hatte Caleb zu seinem Bruder gesagt, als er ihn entdeckte, was sein erster Fehler war, dicht gefolgt von seinem zweiten: »Wie ich sehe, hast du ein paar Kilo zugelegt, während ich weg war.«

Es waren nicht nur Frauen, die Witze über ihr Gewicht als beleidigend empfanden.

Als Caleb fragte: »Kannst du diese Ratte vom Beifahrersitz nehmen?«, war die Situation von *unbehaglich* zu *Es wird gleich jemand verletzt werden* übergegangen.

Die Eiseskälte in der Miene seines Bruders hätte jeden leicht eingeschüchterten Mann erzittern lassen.

»Das ist keine Ratte. Das ist ein Langhaar-Chihuahua«, informierte sein Bruder ihn kühl. »Und mein Name, da du ihn vergessen zu haben scheinst, ist Constantine.«

Caleb hätte vielleicht noch ein wenig diskutiert, aber da er versuchte, sich wieder mit seiner Familie zu versöhnen – und dieser besondere Teil seiner Familie war seit seinem Fortgehen recht stark gewachsen –, drängte er nicht weiter. Er würde eine Weile warten, bis ein paar Bierflaschen geleert waren.

Oder wir könnten gleich den Ton dafür angeben, wie die Dinge laufen werden. Calebs Zeit im Militär hatte ihm eine Kühnheit beschert, die in mehr als nur ein paar Raufereien resultierte – seine Version von Stressabbau. »Das ist kein Hund.« Eine Bemerkung, die von der frischen Vorspeise auf dem Beifahrersitz mit einem leisen Knurren und einer hochgezogenen Lefze erwidert wurde.

Ein Hund? Er schnaubte. *Wohl eher ein Snack.* Das Zusammenschnappen eines hungrigen Maules erschütterte Caleb, woraufhin er gegen den dunklen Gedanken ankämpfte.

Connies Haustier wird nicht gefressen. Es gab Grenzen, die selbst er nicht überschreiten würde. Seinen Bruder zu verärgern gehörte dazu. »Kumpel, was auch immer das für ein seltsam aussehendes Fellknäuel ist, es ist im Weg.«

»Nein, ist *sie* nicht. Das ist der Platz von Prinzessin.« Constantine griff hinein und streichelte die winzige Kreatur.

»Prinzessin?« Der Umfang seiner Skepsis nahm weiter zu und taumelte in der *Ich-muss-wohl-halluzinieren*-Zone. *Und das ohne irgendwelche Pilze genommen zu haben.*

»Prinzessin Leia, um genau zu sein.«

Er schnaubte noch lauter.

Sein Bruder warf ihm einen Blick zu, bevor er sich wieder seiner Ratte zuwandte und gurrte: »Ignoriere ihn, Prinzessin. Er versteht nicht, wie süß du bist.«

Süß? War seinem Bruder zu oft ins Gesicht geschlagen worden? »Geht es dir gut?«

»Ja. Warum?« Sein Bruder blickte in seine Richtung, während er weiterhin die pelzige Ratte streichelte.

»Ich muss fragen, weil ich nicht verstehe, warum ein erwachsener Mann etwas würde besitzen wollen, das nicht einmal als richtiger Snack dienen könnte.«

»Wenn du meinen Hund frisst, verarbeite ich dich zu Stiefeln.« Dem harten Funkeln in den Augen seines Bruders nach zu urteilen meinte er das ernst.

Caleb umarmte ihn beinahe vor Dankbarkeit. Es war schön zu sehen, dass sich manche Dinge nicht geändert hatten, wie zum Beispiel ihre Vorliebe für das Androhen körperlicher Gewalt. Die Frage war: Würde Constantine diese auch wahr machen?

An diesem Punkt hätte Caleb das Thema fallen lassen sollen. Immerhin war die Liebe zu einem armseligen Exemplar von Hund nicht das Schlimmste, was sein Bruder während Calebs Anwesenheit hätten tun können – *wenigstens hat er keinen Mist gebaut wie ich* –, aber die Tatsache, dass Caleb einen niedrigeren Rang innehatte als ein Haustier, tat weh. »Es ist ein Hund. Sollte er nicht hinten mitfahren?«

»Nein. Und sofern du nicht laufen willst, würde ich vorschlagen, dass du deinen Hintern reinschwingst. Ich habe bessere Dinge zu tun, als hier rumzuhängen und mit einem A-Loch zu diskutieren.«

Caleb richtete sich auf und sah seinen Bruder an,

unfähig dazu, die Ausdruckslosigkeit in seinen Augen zu verbergen. »Das war nicht sehr nett.«

»Genauso wenig wie das, was du getan hast.«

Das schmerzte, auch wenn es die Wahrheit war. »Ich hatte meine Gründe.«

»Und ich habe meine. Also entscheide dich.«

Schöne Entscheidung. Er könnte seinem Bruder sagen, er solle sich verpissen, und sich dann eine andere Mitfahrgelegenheit suchen, was nicht die beste Stimmung mit sich brächte. Ihn windelweich prügeln und daran erinnern, dass er noch immer der Älteste war? Oder seinen Bruder seine unbedeutende Rache genießen lassen?

Es machte wirklich keinen Spaß, das Richtige zu tun.

Ich bin zurückgekommen, um Dinge wiedergutzumachen, nicht um sie noch schlimmer zu machen. Also fuhr Caleb auf der Ladefläche mit, während Prinzessin den Beifahrersitz bekam, wo sie voller Selbstzufriedenheit in ihrem Körbchen saß, das an Riemen hing, welche um die Kopfstütze gewickelt waren. Als Caleb fragte, was zum Teufel das sei, antwortete Constantine: »Das ist eine Sitzerhöhung für Prinzessin, damit sie aus dem Fenster schauen kann.«

Der Hund meines Bruders hat einen Autositz. Caleb hingegen nicht, aber wenigstens hatte er eine Mitfahrgelegenheit. Positiv zu erwähnen war ebenfalls, dass sein Bruder und er noch nicht handgreiflich geworden waren, wenn auch nur knapp.

Ich schätze, dass wir vor dem Ende der Woche zu einigen Schlägen ausholen werden.

Constantine hegte einiges an Zorn und Groll. Als Caleb sein Zuhause verlassen hatte, beendete sein Bruder gerade die Highschool, und da ein paar Jahre zwischen ihnen lagen, hatten sie nicht wirklich viel Zeit miteinander verbracht. Es war Caleb nicht in den Sinn gekommen, dass der dünne Kümmerling – der seither ungefähr neunzig Kilo und mehrere Zentimeter zugelegt hatte – ihm sein Fortgehen so übel nehmen würde.

Wenn es Teil von Constantines Bestrafung war, dass Caleb auf der Ladefläche seines Pick-ups fuhr, dann sollte es so sein. Es war nicht die schlimmste Fahrt, die Caleb je erlebt hatte. Wenigstens beinhaltete diese keinen grobkörnigen Sand, der ihm in den Augen brannte, oder Scharfschützen, die ihn ins Visier nahmen.

Tatsächlich genoss er die Aussicht und die feuchte Luft, bis sie die Schnellstraße erreichten, wo Constantine darauf achtete, das Gaspedal vollständig durchzutreten. Der Wagen schoss rapide nach vorn. Kein Problem. Caleb lehnte sich gegen das Fahrerhaus des Pick-ups und verschränkte die Arme. Mit ein wenig Wind konnte er umgehen.

Die unebene Straße hingegen schleuderte ihn beinahe von der Ladefläche des Fahrzeugs. Er landete mit Schwung auf dem Hintern und konnte seinen Ärger nicht zurückhalten.

»Heilige Scheiße, Constantine.« Caleb hämmerte an die gläserne Trennwand des Fahrerhauses. »Pass verdammt noch mal auf, ja?«

Woraufhin sein kleiner Bruder – der ihn mit fast einhundertdreißig Kilo reiner Muskelmasse gewichtsmäßig übertraf – mit einem eloquenten Mittelfinger reagierte.

Ein Lachen erschütterte Caleb, ein heiseres Geräusch, das ihn überraschte. Es war eine Weile her, seit er etwas gefunden hatte, das ein Lachen wert war. *Es ist schön, zu Hause zu sein.*

Oder nach Hause zu kommen, um genau zu sein. Der verlorene Sohn, der in den Krieg gezogen war, ungestüm und von sich selbst eingenommen, und der jetzt zurückkehrte, als verletzter Veteran, der –

»Keinen gottverdammten Respekt bekommt!«, brüllte er, als sein Bruder den Wagen durch eine Pfütze am Straßenrand steuerte. Absichtlich. *Kleiner Mistkerl.*

Er lächelte.

Das schlammige Wasser auf seiner Haut und seinem abgetragenen T-Shirt konnte seine Zufriedenheit nicht dämpfen. Selbst hier draußen, praktisch noch immer in der Stadt, umgaben ihn die Gerüche des Sumpfes. Die Feuchtigkeit in der Luft, dicht und schwer, belebte ihn.

Seit seinem Fortgehen von zu Hause hatte Caleb Jahre damit verbracht, seinem Land zu dienen, in Übersee in karger Einöde, wo der grobkörnige Sand jede noch so kleine Spalte infiltrierte und die Hitze die Feuchtigkeit aus der Haut zog, wodurch diese härter wurde als der Panzer eines Krokodils.

Aber die Wüste hatte er bereits vor Monaten hinter sich gelassen. Er hatte einige Zeit im Norden in Alaska verbracht, um genau zu sein in einer gestaltwandlerfreundlichen Stadt namens Kodiak Point. Während er sich dort versteckte, hatte er an seiner Haut geschrubbt, bis er so tun konnte, als würde der Gestank von Rauch und verbranntem Fleisch nicht an ihm kleben. Manche Flecke gingen niemals raus, aber sie verblassten so weit, dass er das Gefühl hatte, sich der Welt stellen zu können – mit Narben sowohl auf dem Körper als auch auf der Seele. Es war an der Zeit, seine Rückkehr in die reale Welt zu vollenden und nach Hause zu kommen, ein Zuhause, welches dasselbe und doch anders war.

Eine vertraute pinkfarbene Plakatwand fiel ihm ins Auge. Sieh einer an, Maisys Geschenkeladen machte immer noch Geschäfte am Rand der Schnellstraße. Die nächste ihm bekannte Werbung war für *Bayous Bissen*, wo man die besten Krabbenküchlein der Stadt bekam. *Außerdem haben sie immer die besten frittierten Garnelen gemacht und das kälteste Bier serviert.* Er freute sich darauf herauszufinden, ob das noch immer der Fall war.

Was er nicht zu sehen genoss, als sie sich seiner Heimatstadt näherten, war das Erscheinen mehrerer kleiner bebauter Grundstücke, die sich über mehrere Kilometer hinweg entlang der Schnellstraße erstreckten. Oh, die Entwicklung. Nicht noch mehr Durchschnitts- und Reihenhäuser.

Wer zum Teufel würde in so etwas wohnen wollen?

Nicht die Leute aus seiner Stadt, so viel stand fest.

Willkommen in Bitten Point in Florida. Ein winziger Ort, der sich an die Everglades schmiegte und das Zuhause einer Gestaltwandlerpopulation war, die eine Reihe verschiedener Spezies umfasste, anders als die Stadtgruppen, die dazu neigten, sich auf eine einzige Spezies auszurichten und alle anderen zu verjagen.

Gerüchten zufolge kontrollierten die Wölfe New York und einige andere Großstädte im Westen, während die Löwen im Besitz von Texas und Arizona waren. Was Montana und Colorado anging, so waren diese Bärenrevier.

Aber hier unten, wo das Land nass und das Klima warm bis glühend heiß war, lebten die Gestaltwandler mehr oder weniger harmonisch miteinander. Bis auf diese seltsame Schar kanadischer Schneegänse. Sie verbrachte die Hälfte ihrer Zeit im Süden, blieb jedoch unter sich.

Aber wenn sie diese Spatzenhirne ignorierten – die, Gerüchten nach zu urteilen am besten schmeckten, wenn man sie mit Buttersoße übergoss –, lebten die restlichen Gestaltwandler in Frieden. Und wenn sie das nicht taten, dann brachte Big Jim, der Bürgermeister ihrer Stadt, sie für eine Standpauke hinaus zum Sumpf. Manchmal kehrte er allein zurück.

In der Welt der Gestaltwandler war die Gerechtigkeit schnell und oft ohne Gnade. Ein Geheimnis wie das ihre durfte nicht riskiert werden. Auch wenn einige Menschen von der Existenz von Gestaltwandlern wussten, wie die höheren Ränge des Militärs und der Regierung, blieb die allgemeine Bevölkerung unwissend.

Und alle arbeiteten daran, dass es auch so blieb.

Ein Schlingern des Pick-ups zwang ihn dazu, sich an den Seiten festzuhalten, als Constantine von der Schnellstraße fuhr, um die Hauptstraße nach Bitten Point zu nehmen.

Wir kommen näher ...

Sein Herz schlug ein wenig schneller und er spannte seine Finger so weit an, dass seine Knöchel weiß wurden.

Keine Panik.

Bisher hatte er sich so gut geschlagen. Mit tiefen Atemzügen drängte Caleb die lähmende Angst zurück in ihr kleines Gefängnis – ein Gefängnis, das auch ein recht großes Reptil beherbergte, das im Moment mit Caleb nicht allzu glücklich war.

Was für ein Pech. Man konnte bei seiner Bestie nicht auf gutes Benehmen vertrauen, weshalb es am besten war, sie an der Leine zu halten.

Zur Ablenkung betrachtete Caleb den Straßenrand. Bald sollten sie daran vorbeikommen ... Da war es.

Das Willkommensschild der Stadt tauchte auf.

Bitten Point.

Das Bild auf der riesigen Plakatwand bestand aus dem großen Kopf eines Alligators mit weit aufgerissenem Maul, der sagte: »Willkommen, wollt ihr nicht für ein Bisschen bleiben?« Die Farben waren verblasst, seit er es zuletzt gesehen hatte, und die Einwohnerzahl darauf war von siebenhundertfünfundsechzig auf siebenhundertsechsundneunzig gestiegen.

Das Leben war während seiner Abwesenheit gediehen.

Direkt hinter der Plakatwand konnte er nicht umhin festzustellen, dass der *Itsy-Bitsy-Club* ein neues Schild bekommen hatte, eine Monstrosität aus Neon, die die Silhouette einer Frau mit winzigem Bikini zeigte. Einem Itsy-Bitsy-Bikini.

So sehr die sittenstrengen Bewohner auch versuchten, ihn schließen zu lassen, blieb der Stripklub und bot visuelle Unterhaltung, teures Bier und Jobs für diejenigen, die kein Problem damit hatten, ein wenig Haut zu zeigen.

Die Hauptstraße war mehr oder weniger dieselbe, mit dem Rathaus und dem Postamt, die sich weiterhin ein Gebäude teilten. Der Lebensmittelladen war umgestaltet worden, da scheinbar eine Einzelhandelskette eingezogen war.

Direkt neben dem Tierarzt war die Apotheke, deren Geschäft offensichtlich erfolgreich lief, da sie mittlerweile auch die Räumlichkeiten der Videothek umfasste, die sich einst daneben befunden hatte.

Sobald sie die Hauptstraße verließen – ein scharfes Abbiegen nach rechts, das ihn auf dem Hintern über die Ladefläche rutschen ließ –, verblassten die Zeichen der Zivilisation, zumindest die der modernen. Hier draußen, so nahe an den Everglades, hatte die Vegetation ihr eigenes Leben und war dazu entschlossen, den Übergriff des Fortschritts in ihrem Revier zu verhindern.

Jetzt waren sie im Sumpfgelände, und noch besser, im Gelände der Gestaltwandler.

In den Filmen und Büchern hatten die Menschen immer Angst vor den in den Städten lebenden Gestaltwandlern, die asphaltierte Straßen und Gassen als ihr Jagdgebiet nutzten. In Wirklichkeit – mit der Ausnahme weniger Gruppen – zogen die meisten Gestaltwandler es vor, in der Nähe der Natur zu bleiben, wo sie schnellen und einfachen Zugang zu kilometerweiter Wildnis hatten, sodass sie weder Entdeckung noch Gewehrkugeln zu fürchten hatten, wenn die Bestie sich befreien musste.

Aber selbst dann mussten sie vorsichtig sein. Es war nicht immer sicher, ein sehr großes Krokodil in einer sumpfigen Umgebung zu sein. Caleb hatte keine Narben, um es zu beweisen – nur Silber hinterließ jemals wirklich dauerhafte Narben, Silber und Feuer, um genau zu sein –, aber er erinnerte sich an den Schmerz, angeschossen zu werden.

Verdammter Wes und seine nicht wirklich lustigen Streiche.

Plötzlich bog der Pick-up scharf ab, aber da er es erwartet hatte, hielt Caleb sich an den Seiten fest und stieß einen triumphierenden Schrei aus. »Verfehlt!« Eine Stichelei, die fast dazu führte, dass er sich auf die Zunge biss, als sein Bruder in eine tiefe Spurrille steuerte. »Mistkerl!«, brüllte er lachend. Diese gute Laune verblasste jedoch mit jedem Kilometer, der sie näher zu seinem Haus der Kindheit führte – und zu Ma.

Da war wieder dieses flattrige Gefühl. Aber das war normale Beklemmung, nicht die qualvolle Angst, wenn er das Knistern von Flammen hörte, die Zunder verschlangen.

Würde seine Mutter sich freuen, ihn zu sehen?

Ma war jedenfalls nicht sonderlich begeistert gewesen, als er gegangen war, und seither hatten sie nicht miteinander gesprochen. Seine Schuld. Er sperrte alle aus seinem Leben aus. *Alle ...*

Wie würde Ma also auf die Heimkehr ihres Sohnes reagieren?

Er erinnerte sich noch immer an ihre Abschiedsworte ...

»Nur zu, geh, genau wie dein Vater es getan hat. Er kam nicht zurück, genauso wenig wie du es tun wirst.« Sie hatte ihm die Worte zwar inbrünstig entgegengeschleudert, aber ihr war dabei auch die Stimme vor Tränen gebrochen.

Es stimmte, dass sein Vater dem Militär beigetreten war, genau wie Caleb, nur dass sein Vater nicht zurückgekehrt war.

Die Flagge, die sie seiner Mutter überreichten, machte nicht den Verlust des Mannes wieder gut, der Caleb das Angeln und Spucken beigebracht hatte, aber nicht da gewesen war, um ihm beizubringen, wie man die Bestie kontrollierte.

Keinen Vater zu haben, während sich das Reptil in ihm entwickelte und Caleb mit seinen kalten Ansichten und seinem unersättlichen Hunger überflutete, bedeutete, dass Caleb keinen Mentor hatte, der ihm die Tricks zeigen konnte, um die Kontrolle zu behalten.

Niemand, der ihm beibrachte, wie man die Bestie sicher herausließ.

Hätte er jemand anderen um Hilfe bitten können? Ja. Tat er das? Nein.

Stattdessen habe ich die Kontrolle verloren.

Habe einen Bissen genommen.

Einen Bissen, der den Kurs seines Lebens änderte. Ein fataler Bissen, der ihn dazu zwang, die Kleinstadt zu verlassen, in der er aufgewachsen war, seine Familie zurückzulassen und das eine Mädchen zu verlassen, das –

Er schlug sich auf das Bein und lenkte mit der rohen Kraft seine Aufmerksamkeit ab, denn an diesen Punkt würde er nicht gehen. Jahrelang hatte er sich dazu gezwungen, keine Gedanken an *sie* zuzulassen.

Fang jetzt nicht an. Renny ist ohne mich besser dran.

Aller Wahrscheinlichkeit nach hatte sie mit ihrem Leben weitergemacht. Sich mit jemandem häuslich niedergelassen. Mit jemandem, der sie richtig behandeln und glücklich machen konnte.

Wer machte dieses Knurrgeräusch? Scheinbar hatte nicht nur das Krokodil in seinem Kopf, welches sich in seinem mentalen Gefängnis erhob, um sein Maul zuschnappen zu lassen, ein Problem mit der Vorstellung, dass Renny mit jemand anderem zusammen war.

Einige Dinge hatte die Zeit nicht gemildert, wie zum Beispiel seine Eifersuchtsprobleme. Er hatte immer ein *Sie-gehört-mir*-Problem gehabt, wenn es um Renny ging. Das hübscheste Mädchen, das er je gesehen hatte, und sie hatte sich für ihn entschieden.

Aber sie konnten niemandem davon erzählen, da ihr Vater mehr als völlig verrückt war, besonders nach einem Saufgelage, und da seine Mutter entschlossen war, dass er aufs College gehen und etwas aus sich machen sollte, anstatt »*zu jung zu heiraten und das Leben zu verpassen*«.

Damals hatten all die Gründe, nicht zusammen zu sein, sie nur umso entschlossener gemacht.

Es gab nichts Besseres, als sich zu ihrem Haus zu schleichen und ihr eine Hand zu reichen – wenn nötig war er ein wahrer Gentleman –, damit sie aus dem Fenster klettern konnte. Die Erinnerungen an diese Stunden, die sie unter dem Sternenhimmel verbrachten, hatten noch immer die Macht, ihn zu erregen.

Die Leute griffen oft auf Pillen, Spielzeuge oder seltsame Fantasien zurück, um den Sex aufregender zu machen, aber Caleb war noch immer der Meinung, dass der heißeste Sex von der Art war, bei der man Angst hatte, von jemandes Vater erwischt zu werden. Von einem Mann, der eine geladene Schrotflinte neben der Tür stehen hatte.

Der bescheidene Sex, den er später genoss, in einem Bett, war damit nicht zu vergleichen.

Oder lag es daran, dass niemand mit Renny zu vergleichen war?

Tu das nicht. Er verpasste sich eine mentale Ohrfeige, und doch schienen seine Gedanken immer wieder zurückzukehren, egal wie oft er sich einredete, er solle Renny vergessen.

Der Wagen kam zum Stehen und einen Moment lang war das Knirschen von Kies lauter als das Quaken der Frösche und das Zirpen der Grillen.

Scheiße, ich bin zu Hause.

Kurzzeitig wurde seine Atmung schneller, sein Puls raste und es war nicht die Feuchtigkeit, die ihm Schweißperlen auf der Haut stehen ließ.

Keine Panik. Atme, verdammt. Atme.

Flecke tanzten vor seinen Augen und er spürte, wie er die Kontrolle verlor. Das Krokodil schwamm an die Oberfläche und steuerte auf die Schwäche zu, auf der Suche nach einer Ausbruchsmöglichkeit.

Nein. Ich darf die Kontrolle nicht verlieren.

Dämliche Angstattacke. Er hatte gehofft, diese hätte er hinter sich gelassen. Die letzte richtige war bereits Wochen her.

Dieses Schwelen unter der Oberfläche bewies, dass bei ihm in mentaler Hinsicht noch nicht alles in Ordnung war. Aber er konnte damit umgehen. Der Arzt in Kodiak Point hatte ihm Tricks beigebracht, um sich zu beruhigen. Und wenn alles andere scheiterte, gab es noch immer die harten Pillen.

Aber er konnte nicht einfach ein paar blaue Schlaftabletten schlucken und für ein paar Stunden ins Koma fallen. Er musste sich zusammenreißen.

Schritt eins: Einen tiefen Atemzug nehmen.

Schritt zwei: Sich an den Eiern kratzen, um sich daran zu erinnern, dass er keine verdammte zimperliche Prinzessin war.

Schritt drei –

»Was zum Teufel machst du da?«, fragte Constantine, was ihn zurück in die Gegenwart holte.

Was er machte? Er hatte eine Panikattacke, aber das würde er nicht zugeben. »Ich betrachte nur die ganzen Änderungen am Grundstück.«

Und davon gab es einige, die Ablenkung boten. Zum einen hatten sie jetzt tatsächlich eine Auffahrt aus Schotter anstelle des Schlamms und des platt gefahrenen Unkrauts, woran er sich erinnerte. Das Haus, das einst aus verwitterten, grauen Brettern und nicht zueinanderpassenden Dachschindeln bestanden hatte, war noch immer da, jedoch völlig neu gestaltet, mit weißer Vinyl-Außenverschalung und einem hellblauen Metalldach.

»Sind das verdammt noch mal Fensterläden?«, fragte Caleb ungläubig, während er die neuen Fenster betrachtete, die den Platz derer mit hölzernem Rahmen eingenommen hatten. Wie er diese verdammten Dinger gehasst hatte. Wenn es wirklich feucht wurde, quollen sie so stark an, dass sie sich nicht mehr öffnen ließen. Wenn sich tatsächlich eines der Fenster öffnete, hatte er sich öfter die Finger eingeklemmt, als er zählen konnte, da er den Holzblock nicht rechtzeitig darunter klemmen konnte.

»Nicht nur irgendwelche Fensterläden. Sie sind sturmsicher«, erwiderte Constantine, der mit dem Oberkörper in den Pick-up abgetaucht war. Als sein Bruder sich wieder aufrichtete, hatte er seinen kleinen Hund unter den Arm geklemmt.

»Das habt ihr also mit meinen Gehaltsschecks

gemacht?« Nur weil Caleb sein Zuhause verlassen hatte, bedeutete das nicht, dass er nicht versucht hatte, das Leben seiner Mutter zu verbessern, und damit auch das seines Bruders.

»Nicht ganz. Mom hat die Schecks benutzt, um mich aufs College zu schicken.«

»Ja, weil du einen Collegeabschluss brauchst, um nach Garnelen und Krabben zu angeln«, gab Caleb zurück. Ein Vollzeitstudium war für ihn nie eine Möglichkeit gewesen, nachdem er die Highschool beendet hatte. Er war direkt arbeiten gegangen, um seine Familie zu unterstützen, und hatte sich dann durch die Teilzeit-Kurse auf seinem örtlichen College gequält, bevor er diese abbrach, um mit Renny zusammen zu sein.

Constantine durchschaute seine grausame Stichelei sofort. »Ich arbeite nicht im Sumpf. Schon nicht mehr, seit du gegangen bist. Ma wollte sichergehen, dass ich nach meinem Abschluss eine andere Auswahl habe.«

Mit anderen Worten, sie wollte nicht, dass noch ein weiterer Sohn in den Krieg zog.

»Das Haus sieht gut aus«, brachte er widerwillig hervor.

»Danke. Komm schon. Wir sollten reingehen. Ma hat vermutlich Abendessen für uns vorbereitet. Sie kocht schon den ganzen Tag.«

Den Sabber musste man ignorieren, als könnte er anders bei dem Gedanken an eines der selbst gekochten Gerichte seiner Mutter. Wie lange war es her, seit er richtiges Essen genossen hatte?

Sein Magen wies ihm den Weg, weshalb Caleb von der Ladefläche des Pick-ups sprang und seinem Bruder in Richtung des Hauses folgte.

Im Angesicht der dunkelblau gestrichenen Haustür

erstarrte Caleb. Das war nicht mehr sein Zuhause. So viel hatte sich verändert. Sein Zuhause. Sein Bruder. *Ich.*

Caleb war nicht mehr derselbe Kerl, der vor Jahren losgezogen war. Und der würde er auch nie wieder sein.

Ich bin beschädigte Ware. Sowohl körperlich als auch psychisch. Mit den äußerlichen Narben konnte er umgehen, auch wenn er innerlich immer erschauderte, wenn jemand angesichts seines Aussehens zusammenzuckte oder das Gesicht verzog. Was ihm noch immer schwerfiel, waren die verdammten Albträume und Panikattacken.

War er so egoistisch, dass er sich selbst, mitsamt all seiner Probleme, seinem Bruder und seiner Mutter aufbürden würde, die in seiner Abwesenheit offensichtlich aufgeblüht waren?

»Weißt du was? Ich glaube, ich sollte zuerst in die Stadt gehen. Vielleicht ein paar Lebensmittel kaufen. Oder Blumen. Ja. Ich brauche Blumen.« Caleb drehte sich auf dem Absatz um und hatte die Hände auf dem Rand der Ladefläche des Pick-ups, um hineinzuklettern, als er nach hinten gezerrt wurde.

Mit einer festen Hand auf jeder von Calebs Schultern führte Constantine ihn zur Haustür. »Sei nicht so ein Weichei. Blumen kaufen?« Connie prustete. »Ma braucht nichts als deine hässliche Fratze. Warum, das weiß ich nicht.«

Caleb auch nicht. Sie hatten einander so hässliche Worte an den Kopf geworfen. Wütende Worte. Verletzende Worte.

Da er ihr nicht die Wahrheit erzählen konnte, hatten sie seither nicht miteinander gesprochen. Tatsächlich hatte er mit niemandem in Bitten Point gesprochen, bis er eine Nummer anrief, die er auswendig kannte, und sein Bruder den Hörer abnahm.

Mit geschlossenen Augen, die tanzende Punkte auf seinen Lidern offenbarten, hatte Caleb gefragt: »Kann ich nach Hause kommen?«

Zu seiner Überraschung hatte Constantine Ja gesagt.

Und jetzt war er hier und zitterte wie der größte Feigling überhaupt.

Bevor Constantine Caleb dazu zwingen konnte, die gestrichenen Verandastufen hinaufzugehen – mit einem echten Geländer daneben –, wurde die Tür geöffnet und da stand seine Ma.

Im Gegensatz zum restlichen Zuhause hatte sie sich nicht verändert. Sicher, vielleicht waren da ein paar graue Haare mehr und die ein oder andere Falte, aber die blauen Augen, das zittrige Lächeln und die ausgebreiteten Arme waren –

Caleb nahm alle Stufen auf einmal und zog sie in seine Arme.

Mit erstickter Stimme – was an einem Frosch im Hals lag, verdammt noch mal, niemals an Tränen – murmelte er: »Ich bin zu Hause.«

KAPITEL ZWEI

Noch ein Halt, bis ich nach Hause fahren kann.

Als sie in die Auffahrt des alleinstehenden Hauses bog, saß Renata Suarez – Renny für ihre Freunde – einen Moment lang nur da, bevor sie aus ihrem Wagen stieg. Jede Minute eines jeden Tages schien sie irgendwo hinzueilen oder etwas tun zu müssen. Manchmal war sie besorgt, so verdammt beschäftigt zu sein, dass sie das Atmen vergessen könnte.

Zum Teufel, ich habe Glück, wenn ich daran denke, hin und wieder etwas zu essen ... Gut, dass Luke da war, um sie daran zu erinnern, dass Nahrung notwendig war, sonst wäre sie vielleicht verkümmert.

Und doch, trotz all der Widrigkeiten schaffte sie es irgendwie. Sie versorgte sich und ihren Sohn, aber zu welchem Preis?

Ich habe ihn kaum aufwachsen sehen. Während die Tagesstätten, auf die sie während der Jahre angewiesen gewesen war, großartig darin waren, Fotos und Videos zu machen, war die traurige Wahrheit, dass Renny Lukes ersten Schritt, das erste Mal auf dem Töpfchen und so viele andere Meilensteine verpasst hatte. *Aber welche andere Wahl habe ich?*

Die Rechnungen bezahlten sich nicht von selbst.

Wenigstens hatte sie jetzt, wo sie nach Hause zurückgekehrt war, Melanie, die sich vor und nach der Schule um ihren Sohn kümmerte, und das für einen absoluten Tiefstpreis. Umsonst.

Wie Melanie es erklärte: »Ich sitze wegen meiner Teufelsbraten sowieso zu Hause fest. Dann kann ich auch genauso gut dein Engelchen hier haben. Man weiß nie, vielleicht färbt er ja auf meine kleinen Dämonen ab.«

Wie ich dieses Mädchen liebe. Melanie war der einzige Grund, warum Renny nach dem Tod ihres Vaters Bitten Point nicht verlassen hatte. Ihre beste Freundin war das Einzige, was Renny im Moment dabei half, nicht den Verstand zu verlieren, und angesichts dessen, was Melanie alles getan hatte, um zu helfen, sollte sie ihr Wohlwollen nicht ausnutzen.

Hör auf zu faulenzen und hol deinen Sohn. Sie stieg aus dem Wagen und brauchte nur wenige Schritte, um die Tür zu erreichen. Renny ging direkt in Melanies Haus hinein, und das gerade rechtzeitig, da Melanie schrie: »Ich werde euch beide in Teppiche verwandeln, wenn ihr euch nicht benehmt.«

Was stellten die Jungs jetzt wieder an?

Beim Betreten des Wohnzimmers entdeckte Renny ihre beste Freundin seit dem Kindergarten, die Hände in die Hüften gestemmt, die Locken im Gesicht hängend und die dunkelbraunen Augen auf zwei kleine Jungs gerichtet, die auf der Rückenlehne der Couch saßen.

Die beiden Racker musterten ihre Mutter, die Miene voller Schalk. Ohne ein Wort zu sagen, sprangen Rory und Tatum los.

Melanie kreischte: »Teufelsbrut!«, und die Jungs lachten. Die beiden Miniaturakrobaten hüpften auf den Sofakissen, wobei sie alles andere als reumütig wirkten.

Es war schwer, nicht zu lächeln, weshalb Renny den Kopf wegdrehte, damit die Kinder ihre Belustigung nicht sahen. Sie suchte nach ihrem Sohn Luke und fand ihn in der Ecke am Spieltisch sitzend vor, den Kopf gesenkt, während er kritzelte. Sie starrte ihn einen Moment lang an, aber er blickte nicht auf. Er ignorierte sie. Es war so offensichtlich an der Anspannung in seinen Schultern und den heftigen Bewegungen seines Buntstiftes zu erkennen.

Ihr Sohn war wütend auf sie, und das mit gutem Grund. Sie war zu spät. Schon wieder.

Den Preis für die Mutter des Jahres werde ich nicht gewinnen. Aber zu ihrer Verteidigung, sie hatte zwei Jobs und keiner der beiden ließ ihr viel Spielraum. »*Wir sind unterbesetzt, weshalb Sie heute länger arbeiten müssen.*« Nein zu sagen war keine Option, da sie das Geld zum Überleben brauchte.

Allerdings sehnte sie sich nach dem Tag, an dem sie Benny im Supermarkt sagen konnte, er solle sich den Job als Kassiererin an eine Stelle stecken, wo die Sonne nie schien. Das nächtliche Kellnern war ein Job, den sie trotz der späten Arbeitszeit genoss, auch wenn ihr während einiger Abende ein paarmal zu oft auf den Hintern geschlagen wurde, als ihr lieb war. Wenigstens bedeuteten diese Abende gutes Trinkgeld.

Renny schlich sich an ihre beste Freundin heran, wobei sie darauf vertraute, dass das Glucksen der Zwillinge ihr Näherkommen verbarg.

Dann ließ sie Melanie zusammenzucken. »Hast du mal wieder Spaß? Und doch denkst du daran, das dritte rauszupressen?«

Sichtbar erschrocken wirbelte Melanie herum. »Verdammt, Renny, schleich dich nicht so an mich ran. Ich glaube, ich habe mich gerade eingenässt.«

Die Zwillinge brauchten einen Moment, um ihrer Mutter zuzuhören, während sie mit dem Mund ein großes O der Überraschung formten, aber es dauerte nicht lange, bis sie in Gekicher ausbrachen, wobei Rory gluckste: »Mommy hat sich in die Hose gepinkelt.« Eine Pause, dann ein Schrei von Tatum: »Schon wieder.«

Melanie funkelte ihre Brut an. »Es ist gut, dass ihr süß seid, sonst ...«

Bevor jemand auf den Gedanken kam, Melanie sei eine Hexe von Mutter, sollte angemerkt werden, dass sie diese Jungs abgöttisch liebte, und auch wenn sie nicht ernst gemeinte Drohungen aussprach, war sie die Erste, die sie dazu ermutigte, die Welt zu erkunden. Mit anderen Worten: klettern. Nur nicht auf den Möbeln im Haus. Ihre armen Gardinenstangen konnten keine weiteren Misshandlungen mehr ertragen.

»Kitzelmonster-Attacke!«, rief Melanie, bevor sie sich auf ihre Jungs stürzte. Sie rannten los, mit schrillem Kreischen, das sich mit dem Aufprallen nackter Füße auf dem Holzboden mischte. Ihre Freundin wischte sich mit dem Unterarm über die Stirn. »Puh. Die beiden haben heute wirklich nur Flausen im Kopf.«

»Sie sind ein wenig überdreht, was?«

»Wohl eher gestört«, grummelte Melanie. »Das muss wohl bedeuten, dass ein Sturm aufzieht.«

»Wann zieht denn bitte kein Sturm auf?«

»Gutes Argument. Angesichts der Stille habe ich nur noch ungefähr ein bis zwei Minuten, bevor ich sie aufspüren muss. Als sie das letzte Mal für mehr als fünf Minuten verschwunden sind und dabei still waren, haben sie Handseife im Flur verteilt und ihre eigene Rutschbahn damit gemacht.«

Rorys und Tatums Eskapaden waren immer unterhaltsam. Luke neigte nicht zu solcher Wildheit, auch wenn seine Launen in letzter Zeit etwas unberechenbar waren. »Wie ging es Luke heute?«, fragte Renny, bevor sie sich neben ihren Sohn kniete. Er ignorierte sie bewusst und ließ den Buntstift auf den Tisch fallen, damit er sich mit seinem Nintendo DS beschäftigen konnte. Er liebte dieses Spielzeug, was das strenge Sparen, das sie auf sich hatte nehmen müssen, um es ihm zu Weihnachten schenken zu können, wieder wettmachte. Aber auch wenn er das Spiel liebte, war es mittlerweile auch eine Waffe, die er nutzte, um sie abzublocken.

Seit er zur Schule ging, hatte ihr Sohn sich verändert. Ihr schüchterner und anschmiegsamer Sohn wollte jetzt in der Öffentlichkeit nicht länger ihre Hand halten, und genauso wenig kletterte er noch auf ihren Schoß, damit sie ihm Geschichten vorlas.

Er ist erst vier. So jung und doch so sehr seine eigene Person. Ein kleiner Mann ohne die Anleitung eines Vaters – etwas, das er seit Kurzem bemerkte.

Sein Eintauchen in die große weite Welt des öffentlichen Schulsystems bedeutete, dass er zu sehen bekam, wie die Welt funktionierte. Wie andere Familien lebten. Er war noch nicht ganz fünf Jahre alt, für sein Alter jedoch sehr scharfsinnig, weshalb er ihr vor nicht allzu langer Zeit die eine Frage gestellt hatte, die sie niemals beantworten wollte.

»Wer ist mein Daddy?«

»Warum willst du das wissen?«

Luke hatte sie mit seinem Blick fixiert. »Die anderen Kinder haben einen Daddy. Wer ist meiner?«

Zählte ein nichtsnutziger Idiot, der abgehauen war und

niemals zurückgeblickt hatte? Wie sah es mit einem Kerl aus, der nicht schnell genug weglaufen konnte, ihr das Herz brach und sie gleichzeitig mit der größten Hürde und dem größten Schatz überhaupt zurückließ?

Mit einem Sohn.

Einem Sohn, der dazu übergegangen war, sie mit Schweigen zu strafen, als sie auswich und antwortete: »Ich werde es dir sagen, wenn du älter bist.« Schwach. So schwach.

Elterliches Scheitern, und doch würde es nichts ändern, ihm jetzt die Wahrheit zu erzählen.

Im Grunde genommen war Lukes Vater –

»Hast du es gehört? Caleb ist wieder in der Stadt.«

Das Sitzen in der Hocke hielt die Worte nicht davon ab, ihr Gleichgewicht zu erschüttern. Renny wackelte, als sie scharf den Atem einzog. Zeigte sich der Schock in ihrem Gesicht? Zumindest ein Teil davon, denn Luke ließ sich endlich dazu herab, sie anzusehen, und fragte: »Was ist los, Mommy?«

Was los war? Nichts. Ihr war egal, was Caleb tat. »Es ist nichts ...« Sie hielt inne, bevor sie *Baby* hinzufügte. Als sie das letzte Mal diesen Kosenamen verwendet hatte, war Luke alles andere als begeistert gewesen. Das war alles ein fester Bestandteil seines Älterwerdens. Sie konnte sich daran erinnern, wie sie es gehasst hatte, wenn ihr Vater sie *Sabberchen* nannte, nur um sich zu wünschen, er hätte sie später im Leben noch so genannt. Die Zeit vor dem Tod ihrer Mutter, vor dem Trinken und dem Finden Gottes – das waren die Jahre, an die sie sich zu erinnern versuchte. Nicht an das, was Daddy danach wurde.

Renny bemerkte, dass ihr Sohn sie anstarrte, da ihm aufgefallen war, dass sie den Faden verloren hatte. Schnell riss sie sich zusammen. »Ich habe Hunger, Kumpel, du auch? Und da ich nicht wirklich Zeit haben werde, um uns heute Abend etwas zu kochen, was hältst du davon, wenn wir uns bei *Bayous Bissen* eine Portion Garnelen und Pommes holen, bevor wir nach Hause fahren?«

»Du willst nur nach Hause fahren, damit du mich bei Wanda lassen kannst.« Er schob schmollend die Unterlippe vor.

Und so verpasste man jemandem Schuldgefühle. *Nicht nötig, Baby. Die Schuldgefühle sind immer da.* Sie umfasste sanft das Kinn ihres Sohnes. »Tut mir leid. Ich weiß, dass ich in letzter Zeit viel arbeite. Sobald mehr Leute eingestellt werden, werden wir mehr Zeit miteinander haben.« Das Versprechen, das sie zu brechen befürchtete, verstärkte nur die an ihr nagenden Schuldgefühle – quälende Selbstzweifel, die Melanie in letzter Zeit anfachte.

Ihre Freundin würde niemals etwas vor den Kindern sagen, aber Melanies Blick erinnerte Renny eindeutig an die Unterhaltung, die sie vor Kurzem geführt hatten, da die Rechnungen höher und schneller im Briefkasten landeten als ihre Gehaltsschecks. Kaputter Auspufftopf. Dann ein Reifen. Der Herd, der den Geist aufgab. Kleidung und Schuhe für Luke. Er wuchs so schnell aus den Sachen heraus.

»Du solltest ihn Kindesunterhalt zahlen lassen«, hatte Melanie erst letzte Woche am Telefon zu ihr gesagt. »Das ist er dir schuldig.«

»Caleb hat deutlich gemacht, dass er nichts mit unserem Baby zu tun haben wollte.« Der Mistkerl hatte sich nicht einmal die Mühe gemacht, auf ihre Briefe zu antworten. Sie würde weder bei ihm noch bei seiner Familie darum betteln.

»Du musst zugeben, dass das nicht nach dem Caleb klingt, den wir kennen.«

Na ja, der Caleb, den sie kannte, hätte nicht einfach so eines Tages entschieden, seine Familie, sein Zuhause und seine Freundin zu verlassen, um zum Militär zu gehen. Und das ohne jegliche Vorwarnung, nur mit einer SMS, in der stand: *Ich habe mich verpflichtet. Warte nicht auf mich.*

Wie Trennungen eben liefen, war es beschissen gewesen.

Und jetzt war das Arschloch zurück, was ihr wirklich egal war. Konnte ihr törichtes Herz jetzt bitte mit diesem lächerlichen kleinen Flattern aufhören?

»Was machst du dieses Wochenende?«, fragte Renny, während sie Luke dabei zusah, wie er seine Schuhe anzog. Gott bewahre, dass sie ihm Hilfe anbot. Die Geringschätzung des kleinen Jungen war so deutlich, aber ihr brach jedes Mal das Herz, wenn er sagte: »Ich kann das allein.«

»Was ich mache?« Melanie rümpfte die Nase und verzog widerwillig den Mund. »Andrew schleppt mich zu irgendeinem Firmenpicknick, das sie in den Glades hinter dem Institut abhalten. Als Junior-Vize muss er da sein, was bedeutet, dass ich als seine Frau ebenfalls hingehen muss. Und das mit BH!« Welch Farce.

»Klingt lustig.«

»Mach dich nicht über mich lustig. Du weißt, wie sehr ich den Sumpf hasse.« Melanie zog die Mundwinkel nach unten. »Die Feuchtigkeit ist wie Gift für meine Haare. Ich verbringe eine Stunde damit, sie zu glätten, nur damit sie sich in dem Moment, in dem ich den Bayou betrete, in ein riesiges Vogelnest verwandeln.«

»Ich mag deine krausen Haare.«

Diesmal bekam Renny den funkelnden Blick zu spüren. »Halt du den Mund, Mädchen mit den perfekten, glatten blonden Haaren. Ich schwöre, du könntest während eines

Wirbelsturms draußen sein und bräuchtest trotzdem keinen Kamm. Ich hasse dich.«

Grinsend warf Renny ihren Pferdeschwanz über eine Schulter. »Ich hasse dich auch, und doch würde ich, ohne zu zögern, tauschen. Obwohl ich dich warnen muss, dass die Redensart nicht der Wahrheit entspricht. Blondinen haben nicht mehr Spaß.« Sie verzog das Gesicht.

»Nur weil jemand nicht jemand anderen dazu bringen will, etwas zu tun, damit sie ein Leben hat und, du weißt schon, es mit anderen tun kann.« Melanie zog eine Augenbraue hoch, als sie sich indirekt auf das Thema bezog.

Rennys sehr erwachsene Antwort bestand darin, die Zunge rauszustrecken.

Da er genau diese Handlung gesehen hatte, seufzte Luke und sagte mit sehr entrüsteter Stimme: »Mom. Das ist so unreif.«

Sie blinzelte ihn an, bevor sie sich Melanie zuwandte. »Ist er nicht zu jung, um in diesem Tonfall mit mir zu sprechen? Und dieses Wort? Wer hat ihm ein Wort wie *unreif* beigebracht?«

»Ich gebe YouTube die Schuld«, erwiderte Melanie. »Es ist die Wurzel alles Bösen, und dieser Sendung mit den unverschämten Früchten.«

Renny wandte sich zum Gehen, aber Melanie lehnte sich hinter ihr aus der Tür und rief: »Hey, du hast gar nicht gesagt, was du am Wochenende machst. Solltest du morgen Langeweile haben, kannst du gern zum Picknick kommen. Ich könnte moralische Unterstützung gebrauchen.«

»Ich dachte, die käme in Form von Mint Juleps.«

»Kein Alkohol erlaubt.« Melanie rieb sich den Bauch.

»Bist du ...«

»Noch nicht. Aber wir versuchen es. Ich habe gerade

meine Tests im Institut gemacht und wir fangen bald mit den Fruchtbarkeitsbehandlungen an.«

Gegensätzliche Spezies in der Welt der Gestaltwandler hatten größere Schwierigkeiten, Nachwuchs zu zeugen, als wenn sie von derselben Art waren. Da Melanies inneres Tier ein Panther war und ihr Mann ein Bär – wenn auch ein armseliges Exemplar davon –, brauchten sie jegliche Hilfe, die sie kriegen konnten. Da sie jedoch ihr Geheimnis wahren mussten, stand es außer Frage, zu normalen Ärzten zu gehen. Zu Melanies Glück war eine der Aufgaben von Bittech, Gestaltwandlern mit medizinischen Beschwerden zu helfen, unter dem Vorwand pharmazeutischer Tests mit den natürlichen Inhaltsstoffen, die im Bayou zu finden waren.

»Bist du sicher, dass du bereit für ein drittes Kind bist?«, fragte Renny sanft. Sie wusste, dass die Dinge zwischen ihrer besten Freundin und ihrem Mann nicht gerade gut liefen.

Melanie zog einen Schmollmund. »Ich liebe es, Mutter zu sein. Aber ich wünschte mir, Andrew würde mehr Begeisterung für das Dasein als Vater aufbringen. Aber versteh mich nicht falsch, er liebt die Jungs.« Es klang etwas strahlender als nötig.

Versuchte sie, Renny oder sich selbst zu überzeugen?

Jetzt war nicht der richtige Zeitpunkt, um sie zu drängen. Sie würde warten, bis sie ein paar Stunden miteinander verbringen konnten, während derer sie einen ganzen Becher Keks-Eiscreme aßen und alle Fehler der Männer auflisteten. »Na ja, ich hoffe, du wirst schwanger, allein schon, damit du die ganzen Süßigkeiten genießen kannst.« Eine schwangere Melanie sehnte sich nach Süßem und kochte viel. Als ihre beste Freundin durfte Renny einiges dessen, was dabei herauskam, probieren und mit nach Hause nehmen.

»Diesmal versuche ich es mit einem Mädchen. Zwei, wenn wir Glück haben, damit die Zahlen ausgeglichen sind. Runter von der Küchenanrichte. Keine Kekse mehr!«, schalt sie. Melanie, in deren Körper irgendeine Art satanischen Blutes fließen musste, damit sie so schnell ihre Persönlichkeit wechseln konnte, schenkte Renny ein freundliches Lächeln, als sie fragte: »Also, wirst du morgen als meine Begleitung mitkommen?«

»Ich habe einen ganzen Berg Wäsche, um den ich mich kümmern muss. Und Lebensmitteleinkäufe. Und ...«

»Und deshalb ist dein Leben so langweilig. Hör ausnahmsweise mal auf, so verdammt verantwortungsbewusst zu sein, und unternimm etwas Spaßiges.«

»Ich werde darüber nachdenken.« Auch wenn Renny sich nicht sicher war, ob ein Firmenpicknick ihrer Vorstellung von Spaß entsprach. Außerdem tat Melanie das nicht ohne Hintergedanken. Immerhin wären es zwei zusätzliche Beine, um ihren liebreizenden Teufelchen hinterherzujagen.

Apropos ...

Zwei verschmitzte Gesichter spähten zwischen den Beinen ihrer Mutter hindurch und winkten zum Abschied.

Renny warf ihnen Luftküsse zu, woraufhin sie mit einem gemeinsamen »Igitt!« zurückwichen.

Unter weiteren gebrüllten Drohungen wie »Wagt es nicht, die Badezimmertür abzuschließen!« verließ Renny mit ihrem Sohn das Haus.

Auch wenn Luke eigenständig die Autotür öffnen, auf seinen Kindersitz klettern und sich sogar anschnallen konnte, beaufsichtigte sie ihn dennoch dabei. Sicherlich war so viel Selbstständigkeit für sein Alter nicht richtig.

Als ihr Sohn sicher angeschnallt war, setzte sie sich hinter das Steuer ihres alten Wagens, der vor über zehn Jahren vom Band gerollt war. Während sie fast schon mechanisch die Straße entlangfuhr, die nach Hause führte, dachte sie nach. *Vielleicht sollte ich morgen mit Luke zu dem Picknick und nicht in den Waschsalon gehen.*

Das kostenlose Essen beim Picknick und der Unterhaltungswert könnten die Tatsache wettmachen, dass sie die Wäsche an einem ihrer freien Abende in der nächsten Woche würde erledigen müssen. Wenigstens den Lebensmitteleinkauf konnte sie am Sonntag mit Luke hinter sich bringen. Es gefiel ihm, wenn sie mit dem Wagen durch die Gänge raste und dann abrupt stehen blieb, bevor irgendjemand sie erwischte. Jedes Mal kicherte er voller Freude, wenn sie anständig und ordentlich aus dem Gang herauskam.

Zumindest hatte er das getan. Ihr Sohn kicherte nicht mehr so viel.

Nicht, seit sie angefangen hatte, all die zusätzlichen Schichten zu arbeiten und die Frage in seinen Augen zu ignorieren.

Es war schwer, ihm aus dem Weg zu gehen, wenn man in einer Wohnung lebte, die kaum fünfzig Quadratmeter groß war. Luke hatte das Schlafzimmer, während sie auf der Couch schlief. Aber es sollte angemerkt werden, dass es eine verdammt bequeme Couch war.

Der Platz war nicht das einzige Problem. Die Wohnung, die sie und Luke ihr Zuhause nannten, war nicht gerade voller Annehmlichkeiten – ein winziger Elektroherd, aber kein Ofen, ein kleiner Kühlschrank und ein einziges Spülbecken für das Geschirr, aber sie gehörte ihnen, war sauber und vor allem bezahlbar.

Denn es ist ausgeschlossen, dass ich Caleb um Geld bitte.

Ihr Stolz erlaubte es ihr nicht, so zu betteln.

Mit einem Blick auf Lukes kurz geschnittenes, braunes Haar musste sie sich jedoch die Frage stellen: *Ist mein Stolz wichtiger als mein Sohn?*

KAPITEL DREI

Die Musik dröhnte, stark genug, um auf der Haut zu vibrieren, ein heftiger Bassrhythmus, und das war alles, was das Mädchen auf der Bühne brauchte, um zu zeigen, was sie hatte. Caleb lehnte sich auf seinem Platz zurück und musterte die roten Lederstiefel der Tänzerin. Sie sahen neu aus und glänzten noch immer mit diesem »Frisch aus dem Laden«-Schimmer. Kunstleder, im Gegensatz zu seinen Schlangenlederstiefeln, die echt waren. Eines der wenigen Andenken, die Caleb aus seiner Zeit im Ausland mitgebracht hatte.

Die Frau auf der Bühne war nur knapp bekleidet. Eigentlich war an diesem Punkt ihres Auftritts außer der Stiefel nur noch ihr Tanga übrig geblieben. Dieser war weniger Unterwäsche als ein winziger Fetzen Stoff, der gerade ausreichte, um ihren rasierten Schritt zu bedecken. Was ihre Brüste anging? Mit diesen wackelte sie zum Rhythmus, während sie sich räkelte, noch immer mit einem koketten Lächeln auf den Lippen.

Sie ließ den Blick zu Caleb wandern und ihn einen Moment lang auf ihm ruhen. Er sah, wie ihre Augen vor

Erkenntnis groß wurden. Sie schenkte ihm ein verführerisches Lächeln und lud ihn mit einem Zwinkern zu sich ein.

Süß, aber nicht sein Typ, und das ohne überhaupt zu wissen, wer zum Teufel sie war.

Als Caleb sich abwandte, um zu sehen, was sonst noch im Stripklub vor sich ging, stieß Daryl ihn an. »Würdest du glauben, dass das Bobbys kleine Schwester ist?«

»Verarsch mich nicht. Das ist Hilary? Verdammt. Als ich sie das letzte Mal gesehen habe, hatte sie eine Zahnspange und trug immer Bobbys alte Football-Trikots.«

»Sie ist erwachsen geworden, während du weg warst. Zur Hölle, du solltest meine Schwester sehen. Sie ist jetzt Miss Melly Hausmütterchen. Sie spricht sogar davon, Kind Nummer drei rauszupressen.«

»Verdammt, sie hat Kinder?« Als Caleb Melanie das letzte Mal gesehen hatte, war sie im letzten Jahr der Highschool gewesen. »Ist deine Schwester immer noch mit diesem Typen zusammen? Dem Kerl, dessen Vater diese riesige Firma in der Gegend gehört. Irgendeine Art biomedizinisches Forschungslabor.«

»Andrew? Jup. Er ist jetzt einer der Geschäftsführer der Firma. Und er verdient gutes Geld. Meine Schwester wohnt in dieser neuen schicken Gegend außerhalb von Bitten Point.«

»Deine Schwester ist Hausfrau?« Caleb lachte leise. »Ich hätte nie gedacht, diesen Tag zu erleben.« Nicht, nachdem Melanie als Kind ein solcher Wildfang gewesen war.

»Ja, meine Mutter ist so stolz. Scheinbar ist ein Haus mit Spülmaschine und mehr als einem Badezimmer ein Anzeichen dafür, dass sie es geschafft hat.« Daryl rollte mit den Augen. »Offensichtlich ist es einfach nicht dasselbe, eine Toilette im Haus und eine außerhalb zu haben.«

Ein weiteres Lächeln umspielte seine Lippen. Im Herzen war Daryl ein wahrer Bayou-Mann. Niemals würde er einen Anzug tragen oder ein spießiges Vorortleben führen.

»Ich sehe, du hast es geschafft, der Ehe aus dem Weg zu gehen. Was ist mit dieser Stacy passiert, mit der du ausgegangen bist?«

Ein Schaudern durchfuhr seinen Freund. »Mit Stacy war es ungefähr einen Monat, nachdem du gegangen warst, vorbei. Sie fing an, von der Ehe und Babys zu reden, und ich fing an, davon zu reden, die Zivilisation zu verlassen und vom Land zu leben ...« Daryl zuckte die Achseln, als er grinste. »Wie sich rausstellte, wollte sie nicht dieselben Dinge im Leben wie ich.«

Caleb lachte und schüttelte den Kopf. Es war schön zu sehen, dass sein bester Freund sich nicht verändert hatte. Er musste zugeben, dass er sich gefragt hatte, was Daryl tun würde, als er direkt nach dem Abendessen vor der Haustür seiner Mutter stand – ein Abendessen, das aus köstlicher Muschelsuppe mit Mas besonderem Maisbrot zum Dippen bestand.

Caleb hatte gerade zwei Teller voll gegessen, als jemand klingelte.

»Seit wann haben wir eine verdammte Türklingel?«, rief Caleb.

»Keine Kraftausdrücke«, schalt seine Mutter, während sie den Tisch abräumte.

»Wir haben eine Türklingel, weil ich dreißig Mäuse ausgegeben habe, um eine zu besorgen. Nur weil wir in der Nähe des Sumpfes leben, bedeutet das nicht, dass wir keine Annehmlichkeiten haben können«, informierte Constantine ihn.

Eine Klingel, Fensterläden und neue Laminatböden in

jedem Raum. Was war mit der charmanten Hütte passiert, in der er aufgewachsen war? Caleb konnte nicht länger die Zeichen seiner Vergangenheit sehen – sie hatten einige seiner besten Zeichnungen überstrichen!

Als Prinzessin zur Haustür rannte, bellend und aufgeplustert wie ein tollwütiges Eichhörnchen, folgte Caleb ihr. Nicht aus Interesse daran, wer an der Tür war, sondern mehr, da er sich fragte, ob der winzige Hund denjenigen in Fetzen reißen würde, der es wagte, zum Haus zu kommen.

Jedenfalls flippte sie so sehr aus, dass Caleb dachte, sie könnte zu einem gewissen Teil Höllenhund sein.

Er öffnete die Tür und hatte keinerlei Probleme damit zu erkennen, wer davorstand. Daryl.

Wie unangenehm.

Ma und Constantine waren nicht die Einzigen, die Caleb mehr oder weniger ohne ein Wort verlassen hatte. Wie hatte sein bester Freund sein plötzliches Fortgehen aufgenommen?

Daryl warf ihm einen harten Blick zu und sagte: »Du weißt, dass du ein Arsch bist, oder?«

»Der schönste Arsch überhaupt«, gab Caleb zurück.

Daryl grinste. »Da behaupten die Frauen was anderes.« Und das war es auch schon. Sein lateinamerikanischer Freund schlenderte hinein und umarmte seine Mutter.

Manche Leute wunderten sich vielleicht über Melanies und Daryls nicht sehr spanische Namen. Ganz einfach. Ihre Mutter war überzeugt, dass sie, um in der Welt Erfolg zu haben, einen anständigen Namen brauchten. Einen sehr englischen Namen. Aber, wie Daryl Caleb einmal gebeichtet hatte, war es nicht der Name, der dafür sorgte, dass ihm die Türen vor der Nase zugeschlagen wurden, sondern seine gebräunte Haut, seine Tattoos und seine Art. Da sie auf der falschen Seite des Bayous aufgewachsen waren, war es egal, was sie trugen oder wie sie redeten, die Leute urteilten. Aber das war Caleb scheißegal, genau wie seinem besten Freund.

Scheinbar hatte Daryl während Calebs Abwesenheit gern mal bei ihm zu Hause vorbeigeschaut. Vielleicht sagte ihm seine Mutter deshalb – nach einem Nachtisch bestehend aus selbst gemachter Pfirsicheiscreme –, dass sie ausgehen und Spaß haben sollten.

Welche Gründe auch immer sie dafür hatte, ihn loswerden zu wollen, Caleb akzeptierte es, da er nicht darauf aus war, sich auf eine Unterhaltung mit seiner Mutter einzulassen, während derer sie ihn nach Dingen fragen würde, die er zu vergraben bevorzugte. Die Sache war, dass er, trotz der notwendigen Geheimhaltung, nicht sicher war, ob er seine Mutter noch länger anlügen konnte.

Aber was war mit Daryl? Er hatte vermutlich auch Fragen, weshalb Caleb ihn warnte. »Ich weiß nicht, ob ich bereit bin, über die letzten Jahre zu reden.«

»Ich bin kein verdammter Idiot. Es ist offensichtlich, dass etwas Ernstes passiert ist. Warum sonst hättest du mitten in der Nacht verschwinden sollen, ohne irgendjemandem davon zu erzählen?«

»Ich hatte meine Gründe.«

»Da bin ich mir sicher, und ich bin mir auch sicher, dass sie berechtigt sind, aber das bedeutet trotzdem nicht, dass es nicht beschissen von dir war. Zu deinem Glück habe ich mich in meinem Leben auch ein- oder zweimal beschissen verhalten, also weiß ich, dass es passieren kann. Allerdings bestehe ich darauf, dass du mir ein Bier spendierst. Um mich daran zu erinnern, warum du mein Freund bist.«

Allein zu wissen, dass Daryl sie immer noch als Freunde sah, veranlasste Caleb dazu, einen ganzen Krug zu bestellen und der Kellnerin zu sagen, sie solle immer wieder auffüllen. Und es waren keine billigen Krüge, da sie in einem Stripklub bestellt wurden.

Der *Itsy-Bitsy-Club* – mit den winzigsten Tangas und den fantastischsten Titten überhaupt – war wie jeder andere Stripklub auch, mit Tischen, zwischen denen genügend Platz blieb, damit die Männer ein wenig Freiraum hatten, damit die Tänzerinnen vorbeikommen und etwas persönlichere Zeit anbieten konnten. Das Etablissement war sauberer als die meisten. Die zerkratzten Holzoberflächen hatten vielleicht einen Putzlappen gesehen, bevor er sich hinsetzte. Keine klebrigen Flecke oder Wasserringe in Sicht.

Man sollte nur nicht unter die Tische fassen.

Die Stühle hatten Armlehnen, zum Nutzen der unterhaltenden Damen. Es bot ihnen etwas, woran sie sich festhalten konnten, während sie für ein oder zwei große Scheine einen Lapdance vollführten. Das Vorhandensein von Unterwäsche und die Tatsache, dass keine Körperteile aneinander gerieben wurden, bedeutete nicht, dass die Mädchen sich nicht rittlings auf den Stuhl setzen und mit den Hüften in die Luft stoßen konnten.

Es war nicht Calebs Ding, zumindest nicht in der Öffentlichkeit.

Da er mehr als nur gelegentlich Stripklubs besucht hatte, wusste Caleb, dass der beste Platz an der Bar war, wo man mit der für gewöhnlich hübschen Barkeeperin plaudern konnte, während man sich die Show auf der Bühne im Spiegel ansah.

Sein Kumpel hingegen hatte andere Pläne.

»Lass uns näher rangehen«, hatte Daryl gesagt und war zur Bühne vorausgegangen.

»Warum? Wenn du eine gesehen hast, hast du alle gesehen.«

Daryl ging weiter und fand einen leeren Platz.

Caleb folgte ihm und ließ sich auf den Stuhl gegenüber seinem Freund fallen.

Näher geht es nicht.

Das Sitzen in der Reihe der Perversen bedeutete, dass Caleb eine fantastische Aussicht auf die Bühne hatte. Daryl genoss die Show und rief den Mädchen zu, die er scheinbar alle beim Namen kannte. Nach einer Weile stellte Caleb fest, dass er auch einige der Frauen kannte.

»Ist das Soundso?«, gefolgt von einem »Jup«, bildete den Großteil verschiedener Unterhaltungen. Entspannend. Kein Druck. Ein Teil seiner Anspannung ließ nach.

Ich bin hier sicher.

Zumindest dachte er das, bis Daryl das Muster brach, indem er murmelte: »Scheiße. Sie sollte heute Abend eigentlich nicht arbeiten.«

»Von wem sprichst du?« Caleb hatte die Worte kaum ausgesprochen, als er sich durch das Bewusstsein versteifte. Ein Kribbeln ging durch seine Sinne, eine ihm bekannte, ersehnte Berührung.

Oh, oh. Sie konnte es nicht sein. Ausgeschlossen. Es war ausgeschlossen, dass er sie noch immer auf diese intime Weise spüren konnte, wie er es vor so vielen Jahren getan hatte.

Ich muss falschliegen. Ich meine, denk nach, du Idiot, sie würde niemals an einem solchen Ort arbeiten. Renny war immer so verdammt stilvoll. Und nicht zu vergessen, dass ihr Daddy es niemals erlauben würde.

Falsch.

Das, von dem er dachte, es zu wissen, hatte sich verändert, Renny hingegen nicht.

Heilige Scheiße, sie ist noch schöner, als ich sie in Erinnerung habe.

Ihr langes blondes Haar war zu einem Pferdeschwanz gebunden, der ihren schlanken Hals entblößte. Ihr Körper war ein wenig runder als zuvor, aber unglaublich sexy. Was ihr Gesicht anging ... ein paar Jahre der Reife hatten ihre sanften, mädchenhaften Züge geformt. *Sie ist jetzt eine Frau.*

Eine unfassbar attraktive Frau, und zum ersten Mal seit dem Betreten des Stripklubs musste Caleb seine Hände in den Schoß sinken lassen – damit er eine Faust auf seinen Schwanz drücken konnte, der sich zu regen drohte.

Bleib unten.

Ernsthaft. Es war vermutlich pervers, ihretwegen eine Erektion zu bekommen. Vor ihm auf und ab hüpfende Titten, praktisch direkt in seinem Gesicht, lösten nichts aus, aber die eine Frau auf der Welt zu sehen, die ihn vermutlich hasste – und auch noch bekleidet war –, erregte ihn?

An diesem Punkt sollte angemerkt werden, dass Renny zwar Kleidung trug, diese jedoch äußerst sexy und knapp war. Seiner Meinung nach war sie für diese Kneipe – oder die Augen anderer – nicht angemessen.

Was denkt sie, was sie hier tut, dass sie hier in diesem engen, kurzen Top herumläuft? Ein Top, das sich perfekt an ihre Brüste schmiegte. Und wer dachte, dass diese winzigen Jeansshorts, die sie trug und die kaum ihren prallen Hintern bedeckten, angemessene Arbeitskleidung darstellten?

Weiß sie nicht, wie verdammt sexy sie aussieht? Was für eine Verlockung sie darstellt?

Warum zum Teufel scherte er sich so sehr darum? Unruhig richtete er die Aufmerksamkeit wieder auf den Grund, der dafür verantwortlich war, dass sich die Anspannung wieder hineinschlich. Daryl hatte das getan.

Caleb knurrte. »Was zur Hölle macht sie hier?«

Mit erhobenen Händen schüttelte Daryl den Kopf.

»Tut mir leid, Kumpel. Ich wusste wirklich nicht, dass sie hier sein würde. Normalerweise arbeitet sie freitags nicht hier.«

Normalerweise? »Willst du sagen, dass sie regelmäßig hier arbeitet?«

»Schon seit dem Baby.«

Er verschluckte sich an seinem Bier. »Baby?«

»Kumpel, bist du mit den Neuigkeiten in der Stadt nicht auf dem Laufenden geblieben?«

»Nein.« Denn ein Teil von ihm wollte es nicht wissen.

»Es sind viele Dinge passiert.«

Daran wurde er immer wieder erinnert. »Mit wem geht sie ins Bett?« Denn er wollte denjenigen mit seiner Faust bekannt machen. *Reiß ihn in Fetzen und bring ihn um.*

Er ignorierte den Vorschlag. Er litt sicherlich unter einem grünen Problem, aber es war keine Eifersucht.

Daryl zuckte die Achseln. »Niemand, von dem ich wüsste.«

»Wie sieht es mit dem Vater des Babys aus? Ist er noch da?«

»Nein. Nicht, dass jemand wüsste, wer es ist. Kurz nachdem du verschwunden bist, ist sie gegangen, um sich um eine Tante oder so zu kümmern. Vor ungefähr sechs Monaten kam sie mit einem Kind zurück.«

»Und niemand weiß, wer der Vater ist?«

Daryl schüttelte den Kopf. »Sie will es nicht sagen. Meine Schwester erzählt mir nur, dass er ein Idiot war, der für diese Verantwortung nicht bereit war.«

Eine gewisse rechte Faust wollte einem Mistkerl zeigen, was passierte, wenn er seine Verantwortung nicht wahrnahm. Caleb wusste, wie es war, ohne Vater aufzuwachsen. Trotz der Tatsache, dass Renny ihn vermutlich für sein

Fortgehen hasste, gefiel es Caleb nicht zu wissen, dass sie Probleme hatte.

Aber das entschuldigte dennoch nicht ihre Wahl des Arbeitsplatzes.

Caleb stand abrupt auf, wobei der Stuhl über den Boden kratzte. »Ich muss sie sehen.«

Daryl streckte eine Hand aus und griff nach seinem Arm, als er vorbeigehen wollte. »Kumpel, tu das nicht.«

»Was nicht tun? Einer alten Freundin Hallo sagen?«

»Ihr beide wart mehr als Freunde. Alle dachten, ihr würdet heiraten. Und dann bist du gegangen. Ohne Vorwarnung. Nichts. Sie hat gelitten. Sehr sogar. Du kannst ihr nicht die Schuld für Fehler geben, die sie vielleicht gemacht hat.«

Fehler? Er war gegangen und sie hatte das Baby eines anderen Mannes geboren.

Er hätte sich über das Wissen freuen sollen, dass sie weitergezogen war. Stattdessen wollte er etwas umbringen.

Beißen ist gut.

Er ignorierte die Stimme. Das tat er oft, und es war ihm scheißegal, was dieser verdammte Seelenklempner behauptete. Manche Dinge blieben besser weggesperrt.

Denn manche Handlungen konnte man nicht ungeschehen machen.

»Ich weiß nicht, warum du denkst, ich würde ihr für irgendetwas die Schuld geben. Ich will nur mit ihr reden. Hallo sagen. Sie wissen lassen, dass ich zurück bin.« Und dass es viele Nächte gab, während derer er sich wünschte, nie gegangen zu sein.

Sie wiederzusehen erinnerte ihn an das Wertvollste, das er verloren hatte.

Und doch wäre es nie möglich gewesen, nicht fortzugehen.

Mit ihr zu sprechen wäre eine grausame Form der Folter, aber er konnte sich nicht davon abhalten, selbst als Daryl ihn ermahnte: »Kumpel, tu es nicht. Sie weiß, dass du zurück bist. Glaub mir, sie weiß es. Also setz dich hin und trink noch ein Bier. Oder noch besser, lass uns verschwinden und zum *Bitten Saloon* gehen. Von dort aus ist es nicht weit zu mir.«

»Du weißt, dass ich dieses Western-Getue hasse. Und du machst dir grundlos Sorgen. Es ist besser, wenn ich es jetzt aus der Welt schaffe. Irgendwann laufen wir uns sowieso über den Weg.« Caleb hatte nur gehofft, er wäre dabei besser gerüstet – zum Beispiel mit einer Waffe, damit er jedes Arschloch abknallen konnte, das es wagte, sein Mädchen anzurühren.

Oder wir könnten sie fressen.

Der kalte Gedanke war nicht sein eigener. Er schenkte ihm keine Aufmerksamkeit, genau wie er Daryl keine schenkte. Mit zusammengekniffenen Augen bewegte er sich durch den Raum. Die Leute machten ihm vernünftigerweise Platz. Konnte es der finstere Blick sein, den er zur Schau stellte, während er einen gewissen prallen Hintern im Visier hatte – *einen Hintern, der viel zu oft begrapscht wurde, als dass man es noch zählen könnte* –, der davonstolzierte? Er folgte ihr.

Renny verschwand in der Damentoilette. Wollte sie vor ihm fliehen? Caleb war ein Meister, wenn es darum ging, an seine Beute zu kommen. Das war es, was ihn in diese Situation befördert hatte.

Ich komme, um dich zu holen. Da sich die öffentliche Damentoilette in einem Stripklub befand und die Angestellten ihre eigenen im hinteren Bereich hatten, fühlte Caleb sich recht sicher damit, ihr zu folgen.

Keine Schreie, als er eintrat – ein gutes Zeichen –, aber

Renny würdigte seine Anwesenheit nicht. Sie wusste, dass er hier war. Sie konnte ihn im Spiegel sehen, genau wie er ihre angespannten Schultern und ihre zusammengepressten Lippen sehen konnte.

Eine verärgert aussehende Frau, die auch danach klang. »Du bist falsch abgebogen. Das ist die Damentoilette.«

Er ignorierte ihre Begrüßung und sagte: »Hallo Baby.« Der bekannte Kosename verließ ihn fast schnurrend, unaufgefordert, aber sobald er ausgesprochen war, konnte er nicht mehr zurückgeholt werden.

Vor langer Zeit hätte ihr dieser Spitzname vielleicht ein wunderschönes Lächeln auf die Lippen gezaubert. Jetzt führte er nur dazu, dass ihre Augen vor Zorn aufflammten. »Komm mir nicht mit *Baby*, Caleb. Ich habe keinerlei Interesse daran, mit dir zu reden.«

»Das verstehe ich, und ich nehme es dir nicht übel.«

»Wie großzügig von dir«, gab sie trocken zurück.

»Du siehst gut aus.« Erneut sprach er, ohne nachzudenken – oder es vorher zu filtern. *Ich fange besser an, auf meine Worte zu achten, sonst bringe ich mich noch in Schwierigkeiten.*

Zu spät. Er befand sich bereits in dem Moment in Schwierigkeiten, in dem er ihr gefolgt war.

Bei seinem Lob zog sie den Atem ein und eine leichte Röte überzog ihre Wangen. »Du siehst auch gut aus«, sagte sie.

Angesichts ihrer offensichtlichen Lüge presste er die Lippen aufeinander. »Ich bin mir sehr bewusst, wie ich aussehe. Du musst mich nicht hätscheln.« Die Verbrennungen hatten eine Narbe hinterlassen, nicht nur auf seiner Haut, sondern auch auf seiner Psyche. Selbst wenn sie die eine ignorieren konnte, konnte er die andere nicht ignorieren.

»Hätscheln? Ich kann dir versichern, dass es das Letzte wäre, was ich für dich tun würde.«

Renny hatte schon immer diese irritierende Neigung dazu gehabt, die Wahrheit zu sagen, aber selbst wenn sie seine Narben nicht als hässlich empfand, änderte das nichts.

»Wie du sehen kannst, bin ich zurück.«

»Das erzählen mir alle«, murmelte sie. »Als würde mich das interessieren. Es interessiert mich schon seit langer Zeit nicht mehr.«

Eine Lüge, die ihn hart und tief traf. *Sie empfindet noch immer etwas für mich.*

Ja, sehr viel Wut.

»Ich weiß, dass du mich hasst, und ich will dir nur sagen, dass ich mein Bestes tun werde, um dir fernzubleiben.« Auch wenn er eigentlich nur an ihr kleben wollte wie Honig an einem Bären.

Sie zog eine Augenbraue hoch. »Bisher schlägst du dich damit nicht allzu gut.«

»Ich fand, ich sollte mit dir reden, da ich davon ausgehe, dass wir irgendwann wieder aufeinandertreffen werden, und ich nicht wollte, dass es unangenehm wird.«

»Oh, weil das hier überhaupt nicht unangenehm ist.« Renny verdrehte die Augen. »Du hast Hallo gesagt. Ich weiß, dass du zurück bist. Außerdem ist es mir egal, also wenn du nichts dagegen hast, da ist die Tür. Nutze sie.« Sie wandte ihm den Rücken zu.

Seltsamerweise wollte er jedoch nicht gehen. Tatsächlich wollte er sie in die Arme nehmen und fest drücken. Ihr sagen, wie sehr er sie vermisst hatte und sich wünschte, die Dinge hätten anders sein können. Er wollte ihr dieses winzige Top ausziehen und ihren Körper mit dem seinen bedecken. Sie mit seinem Duft umgeben. Sie beanspruchen und für andere unzugänglich machen.

Diese Zeit getrennt voneinander hatte die Anziehung seinerseits in keiner Weise geschwächt, aber er würde nicht darauf reagieren.

Ich darf sie nicht markieren, beanspruchen und behalten. Sie verdient Besseres.

Die Sache war, dass er sichergehen musste, dass sie ihn hasste, denn wenn sie auch nur in geringster Weise nachgab, so wie sie es jetzt mit leicht zitterndem Körper tat, würde er vielleicht nicht widerstehen können. »Also ziehst du dich zusätzlich zum Kellnern für Geld aus? Oder zeigst du einfach jedem Arschloch mit ein paar Dollar in der Tasche, was du hast?«

Sie wirbelte zu ihm herum. »Beleidigst du mich hier gerade wirklich?«

»Ich stelle nur deine Karrierewahl infrage.« Denn er wusste, dass sie zu mehr fähig war als zur Arbeit als Kellnerin in einem Stripklub. »Konntest du nichts finden, das etwas mehr –«

»Das mehr was ist? Moralisch unbedenklicher? Mehr bekleidet? Vielleicht hättest du gern, dass ich einen halben Schritt hinter den Männern laufe und einen Knicks mache, wann immer sie mit mir reden?«

»Jetzt übertreibst du. Ich will nur sagen, dass ein nettes Mädchen wie du höhere Ansprüche haben sollte, als in einer Tittenkneipe zu arbeiten.«

»Es ist nichts falsch daran, hier zu arbeiten. Und es ist wirklich lustig, dass du das sagst, wenn man bedenkt, dass du hierhergekommen bist. Wenn dieser Ort so abstoßend ist, was tust du dann hier?«

Ein Bier trinken? Aber er hatte keine Zeit, seinen

Grund zu nennen. Renny redete noch immer, wobei ihre Stimme eine ungläubige Schrille erreichte.

»Du hast wirklich Nerven, Caleb Bourdeaux, nach allem, was passiert ist, wieder in die Stadt zu kommen und so zu tun, als wäre ich dir irgendetwas schuldig oder als würde ich mich einen Dreck darum scheren, was du denkst.«

Erneut schien er einfach nicht den Mund halten zu können. »Vielleicht solltest du dich darum scheren, was ich denke, da es sonst keiner zu tun scheint. Du verdienst einen Job, bei dem es nicht nötig ist, dich so zu kleiden. Um Himmels willen, Renny, dein Oberteil ist so eng, dass ich deinen verdammten BH sehen kann.«

»Stört dich der Abdruck meines BHs? Lass mich das in Ordnung bringen.«

Er konnte nur schockiert mit offenem Mund dastehen, als sie die Hände unter den Stoff ihres Oberteils schob und es innerhalb weniger Sekunden schaffte, ihren BH zu öffnen und die Arme durch die Träger zu ziehen. Sie warf ihm das Stück Stoff zu.

Er traf ihn an der Brust, aber er fing ihn auf, bevor er zu Boden fallen konnte. An der Baumwolle war noch immer ihre Körperwärme zu spüren. War es er oder die Bestie, die ihn hochhob, um daran zu riechen?

Vanille. Köstlich. Und verlockend, genau wie ihre harten Brustwarzen, die sich an den Stoff ihres Tops schmiegten und seinen Blick auf sich zogen.

Ich stecke in riesigen Schwierigkeiten.

Schwierigkeiten, die er scheinbar nicht davon abhalten konnte, immer größer zu werden.

»Was machst du mit meinem BH?«, fragte sie, als er ihn in seine Tasche steckte.

»Ihn behalten.«

»Wozu?«

Nichts hätte sein träges, selbstgefälliges Lachen verhindern können. »Zur Inspiration.«

Sie brauchte nur einen kurzen Moment, um die Bedeutung zu verstehen, woraufhin sie rot wurde. »Gib ihn mir sofort zurück. Ich werde nicht zulassen, dass du – ähm. Du weißt schon.« Renny verhaspelte sich, anstatt die Worte auszusprechen.

»Du hast ihn mir gegeben. Es ist unhöflich, ein Geschenk zurückhaben zu wollen«, schalt Caleb.

Aber Renny schien sich nicht um Manieren zu scheren. »Ich hasse dich.« Sie stapfte an ihm vorbei, wobei sie ihn mit der nackten Haut ihres Armes leicht streifte, was für ein elektrisches Knistern ausreichte. Vielleicht spürte sie es auch, denn sie blieb stehen und wirbelte herum. Ihre braunen Augen funkelten. Sie öffnete den Mund. »Weißt du was, ich bin dir tatsächlich etwas schuldig.«

Sie lehnte sich zu ihm, woraufhin er sich ebenfalls zu ihr neigte und bereits sein Versprechen vergaß, ihr fernzubleiben. Um –

»Uff!« Die Luft verließ ihn in einem Stoß, als sie ihm in die Magengrube schlug.

»Das war dafür, dass du ein Arschloch warst und gegangen bist.« Sie trat ihm gegen das Schienbein. »Das ist dafür, dass du mich danach ignoriert hast. Und das ist, weil ich dich hasse!« Sie rammte ihr Knie in seinen Schritt.

Es fühlte sich überhaupt nicht gut an, aber das war nicht der Grund, warum er atemlos und voller Schmerzen war. Seine Qual rührte nicht von ihren Schlägen her, sondern weil sie den vollen Zorn ihrer Zerstörung entfesselt hatte.

Eine Welle der Emotionen überfiel ihn und erdrückte ihn mit ihrer Rohheit.

Er fiel auf die Knie, belastet durch das Gewicht.

Fühlt sie sich wirklich so?

So betrogen. Vergessen. Ungeliebt. So einsam ...

Da er noch immer atemlos war, konnte er kein Wort sagen. Er konnte nur die Hand nach ihr ausstrecken, von der sie zurücktrat.

»Halt dich von mir fern, Caleb. Bitte.« Sie mied seinen Blick, konnte jedoch weder die Tränen, die in ihren Augen schimmerten, noch die Heiserkeit ihrer Stimme verbergen, als sie erneut herumwirbelte und davonmarschierte. Mit voller Kraft stürmte sie durch die Schwingtür.

Die Welt verlor jegliches Leben, jegliche Farbe.

Einen Moment lang kniete Caleb nur da und starrte die Tür an, die sich geschlossen hatte. Er war fassungslos und verblüfft, nicht nur von der Offenbarung ihrer Gefühle, sondern auch von ihren Handlungen.

Sie hat mich geschlagen.

Die süße, sanfte Renny hatte ihn geschlagen. Sie hatte sogar die Stimme erhoben und das A-Wort benutzt. *Sie hat mich als Arschloch bezeichnet.* Renny fluchte nie. Er musste es wissen. Vor langer Zeit hatte er sie dazu gebracht, die schmutzigsten Wörter überhaupt auszusprechen. Wie er es liebte, wenn sie rot wurde und stammelte, wenn sie nur das Wort *verdammt* murmelte.

Aber sie verwendete nicht nur Kraftausdrücke, sie hatte sich auch nicht davor gescheut, handgreiflich und streitlustig zu sein.

Eine energische Renny. Er wusste nicht, was er davon halten sollte. Sie hatte sich schrecklich verändert. Seinetwegen? Oder lag es an dem Baby, das sie hatte und allein großzog?

Aus irgendeinem Grund störte es ihn zu wissen, dass sie

niemanden hatte, der ihr half, und das lag nicht nur daran, dass er ohne Vater aufgewachsen war.

Ein Teil seines Ärgers musste wohl erkennbar sein, als er sich wieder auf seinem Platz gegenüber Daryl niederließ.

»Hübsche Visage. So wie du aussiehst, ist es wohl nicht allzu gut gelaufen.«

»Nein, ist es nicht.« Und ja, vielleicht sagte er das mehr oder weniger launisch. Trotz all seiner Beteuerungen, dass er Renny fernbleiben sollte und sie ohne ihn besser dran war, hatte offenbar ein winziger Teil von ihm, der bis zu diesem Moment verborgen geblieben war, auf ein anderes Ergebnis gehofft. Optimistische Fantasien, in denen sie sich in seine Arme stürzte und schluchzte, wie sehr sie ihn vermisst hatte und noch immer liebte.

Ich habe gehofft, sie würde mich noch immer lieben.

Allerdings war es nicht nur ihre Auseinandersetzung auf der Toilette, die diesen Traum zerstörte, sondern die Tatsache, dass sie ein Kind geboren hatte. Ein Kind, das sie mit einem anderen Mann gezeugt hatte.

Es ärgerte ihn. Jemand anderes hatte sie angerührt. Aber was hatte er erwartet?

Ich habe erwartet, dass sie auf mich warten würde.

Und doch hatte er sich trotz dieser lächerlichen Fantasie, die er vielleicht hegte, nicht des anderen Geschlechts enthalten. *Vielleicht habe ich einige Bedürfnisse befriedigt, aber ich habe sie nie geliebt.*

Nicht so, wie er ein gewisses Mädchen mit goldenem Haar lieben würde.

Ein Mädchen, das zu einer Frau herangewachsen war.

Einer Frau, die dazu entschlossen war, ihn zu ignorieren.

Wenn er nur dasselbe tun könnte, aber er hatte nicht dasselbe Glück. Zu seiner Verteidigung war er nicht der

Einzige, der die heiße Braut musterte, die in knappen Shorts Getränke servierte und sich mit einem aufgesetzten Lächeln auf den Hintern schlagen ließ, während er förmlich kochte.

»Kumpel, du hast einen ganz schön nachdenklichen Blick aufgesetzt«, sagte Daryl, der mit der Hand vor Calebs Gesicht wedelte und damit sein Starren unterbrach.

»Ich bin nicht nachdenklich.«

»Meinetwegen, dann ist der Blick eben finster. Mürrisch. Was auch immer. Du musst aufhören. Renny hat kein Interesse, Kumpel, also lass es.«

Aber Caleb wollte es nicht lassen, weshalb er, als Daryl darauf bestand, ihn nach Hause zu fahren, einige Kilometer von zu Hause entfernt ausstieg und behauptete, er müsse den restlichen Weg zu Fuß gehen, um den Kopf freizubekommen.

Caleb erzählte ihm keine vollständige Lüge. Er ging zu Fuß. Nur nicht nach Hause.

KAPITEL VIER

Nachdem der Klub gegen ein Uhr nachts geschlossen hatte, ließ sich Renata, die von ihrem Zusammentreffen mit Caleb noch immer aufgewühlt war, Zeit, um die Tische abzuwischen und ihre Sachen zu holen.

Davor gewarnt zu werden, dass Caleb in der Stadt war, und ihn persönlich zu sehen, waren zwei völlig verschiedene Dinge. Zum einen hatte sie nicht den scharfen Stich der Sehnsucht erwartet, als sie ihn wiedersah.

Wie kann ich ihn immer noch wollen?

Er hatte sich so sehr verändert. Definitiv nicht mehr derselbe sorglose Kerl, den sie vor all den Jahren gekannt hatte. Und doch zog er sie umso mehr an, trotz der zynischen Härte in seinen Zügen, der spöttisch verzogenen Lippen, trotz all dieser Zeichen, die zeigten, dass er sich Gefahren und Elend gestellt hatte.

Außerdem schadete es nicht, dass er einen trainierten Körper hatte.

Schon zu Zeiten ihrer Beziehung war er fit gewesen und war nun unfassbar muskulös. Sein enges T-Shirt hatte sich an seinen Oberkörper geschmiegt, breite Schultern, definierte Brustmuskeln, einen flachen Bauch und Arme offenbart, die das Leben aus ihr herausdrücken könnten.

Sie wünschte sich fast, er würde es versuchen. Wie lange war es her, seit sie die Umarmung eines männlichen Wesens genossen hatte, das nicht ihr Sohn war?

Aber Caleb war die falsche Person, um sich nach einer Umarmung zu sehen.

Ich hasse ihn, schon vergessen?

Richtig. Sie hasste ihn.

Und doch sehnte sie sich nach ihm.

Sie verabscheute ihn.

Und doch kribbelten ihre Sinne.

Sie wollte ihn am liebsten umbringen.

Und doch fühlte sie sich durch ihn lebendig.

Selbst jetzt, nachdem er bereits seit Stunden weg war, ließ das Bewusstsein all ihre Nerven prickeln, eine Hypersensitivität, die sie zunächst hatte wissen lassen, wo er sich aufhielt, als er im Klub gewesen war. Sie hatte vielleicht keine innere Bestie wie die meisten Leute in der Stadt, aber das hielt sie nie davon ab zu wissen, wenn Caleb in der Nähe war. Melanie hatte es immer Schicksal genannt.

Jetzt musste Renny sich fragen, ob es eine Warnung war.

Was auch immer die Ursache dafür war, es machte es so schwer, ihn zu ignorieren. Es half nicht, dass er sie scharf beobachtet hatte, während sie arbeitete. Wenn sie sich zufällig umdrehte und hinsah, dann war er da und starrte sie an. Begierde ließ seinen Blick aufflammen, die Sehnsucht war in seine Züge eingebrannt.

Eine schwächere Frau hätte es vielleicht zum Schmelzen gebracht. Sie nicht. Er würde sie weder mit seinen Blicken noch mit seiner Aufmerksamkeit zurückgewinnen.

Was für ein Jammer. So traurig. Dieser Zug ist abgefahren. Du hattest mich einmal und sieh dir an, was passiert ist.

Caleb hatte sie abserviert und war in den Krieg gezogen. Wen interessierte es, dass er zurückgekehrt war? Wen interessierte es, dass er angesichts der Narben, die er trug, offensichtlich gelitten hatte? Da sie auch nur ein Mensch war, fragte sie sich, was mit seinem Gesicht passiert war. Die flache Narbe mit ihrem markanten Glänzen deutete auf eine schreckliche Verbrennung hin, die seine Wange hinunterreichte, in Flecken auf seinem Hals verteilt war und unter dem Kragen seines T-Shirts verschwand. Wie weit erstreckte sie sich?

Ich frage mich, ob er mir erlauben würde, es herauszufinden.

Natürlich nur aus Neugier, nicht auf sinnliche Weise.

Tat es noch immer weh? Sie musste sich fragen, ob er deshalb so zynisch war. So kratzbürstig.

Versucht er, die Leute von sich fernzuhalten?

Das war nicht der Caleb, den sie kannte, der durch Umarmungen und Kuscheln förmlich aufblühte.

Angesichts der Richtung ihrer Gedanken war sie nicht allzu überrascht, als sie das Gebäude verließ und Caleb an ihren Wagen gelehnt vorfand.

Sie hielt in der Tür inne, hin- und hergerissen vor Unentschlossenheit. *Bin ich bereit, mich mit ihm auseinanderzusetzen?* Wäre sie das jemals? In einer Hinsicht hatte Caleb recht. In einer Stadt dieser Größe konnten sie einander nicht ewig aus dem Weg gehen.

Bruno grummelte von seinem Platz neben der Tür aus, während die rote Spitze seiner Zigarette hell glomm. »Verdammte Stalker. Bleib einen Moment hier, Renny, ja? Ich brauche nur eine Sekunde, um diesen Widerling zu verjagen.«

Renny legte eine Hand auf Brunos Arm, um ihn aufzuhalten. »Es ist in Ordnung. Ich kenne den Kerl. Er wird mir nicht wehtun.« Denn er hatte nicht länger die Macht, ihr wehzutun. Er hatte bereits das Schlimmstmögliche getan.

»Bist du sicher? Ich habe nichts dagegen, ihn in Fetzen zu reißen.« Als riesiger Alligator meinte Bruno das wortwörtlich.

Wenn man im Bayou lebte, hatte man gewisse Regeln zu akzeptieren. Die erste bestand darin, dass Gestaltwandler ihre eigenen Regeln machten, die recht oft von brutaler Natur waren.

»Wenn ich dich brauche, damit du ihm das Gesicht einschlägst, werde ich es dich wissen lassen. Danke, Bruno.«

»Pah.« Er schnaubte. »Ich würde es aus Spaß machen. Wie auch immer, ich werde noch eine halbe Stunde hier sein, um alles abzuschließen. Wenn du mich brauchst, schrei einfach.«

»Werde ich tun.« Renny trat von der Sicherheit des breiten Türstehers weg und schlenderte auf ihr Fahrzeug zu. Sie versuchte, ungerührt zu wirken, aber innerlich raste ihr Herz. Was wollte Caleb?

Als sie nahe genug war, um nicht schreien zu müssen, fragte sie: »Warum lauerst du an meinem Wagen? Ich dachte, wir hätten drinnen schon alles gesagt, was es zu sagen gibt.« Außerdem hatte sie sich einige andere Dinge vorgestellt, nachdem sie erkannt hatte, was Caleb mit ihrem BH zu tun gedachte. Jedes Mal wenn sie ihre Hand um ein hohes Glas legte, konnte sie nicht umhin, daran erinnert zu werden.

»Mir gefiel der Gedanke nicht, wie du nachts allein hier draußen bist. Wer weiß, was für gruselige Kerle herumschleichen.«

»Bezeichnest du dich jetzt als gruselig? Das ist härter als das, was ich gesagt hätte. Wohl eher anhänglich und unfähig, Dinge loszulassen.« Sie blieb ein paar Schritte von ihm entfernt stehen, den Kopf zur Seite geneigt, während sie Caleb anstarrte und versuchte, die mysteriöse Funktionsweise seines Verstandes zu verstehen. Sie hatte keinen Erfolg.

»Ich bin nicht anhänglich.«

»Oh, richtig, das bist du nicht, sonst hättest du mich nicht abserviert.«

Er presste die Lippen aufeinander. »Ich hatte meine Gründe.«

»Ich hoffe, es waren verdammt gute Gründe.« Sollte sie erwähnen, dass es keinen Grund gab, der gut genug war, um seine Handlungen zu rechtfertigen?

»Das waren sie.«

»Gut genug, um zu rechtfertigen, dass du mich verlassen und bis auf eine armselige SMS nie wieder kontaktiert hast?«

»Ich sagte, ich hatte meine –«

»Gründe? Ja. Was auch immer. Geh von meinem Wagen weg. Ich muss nach Hause.«

»Ich komme mit dir.«

Sie starrte ihn mit offenem Mund an, bevor sie sich zusammenriss. »Oh nein, das wirst du nicht. Ich kann selbst fahren.«

Caleb prustete. »Das will ich auch hoffen, da ich zu viel Bier getrunken habe.«

»Offensichtlich, wenn du dachtest, es sei eine kluge Idee, mich nach der Arbeit um eine Mitfahrgelegenheit zu bitten.«

»Eigentlich bin ich mit Daryl gefahren, aber ich kam zurück.«

Aus Neugier musste sie fragen: »Warum?«

»Wie gesagt, um ein Auge auf dich zu haben und sicherzugehen, dass dich niemand belästigt.«

»Es geht dich nichts an, ob mich jemand belästigt. Ich gehe dich nichts an. Und ich kann es nicht gebrauchen, dass du an meinem Arbeitsplatz auftauchst, mir das Leben zur Hölle machst und mich dann danach stalkst, nur weil wir früher miteinander ausgegangen sind.«

Caleb lehnte sich zu ihr. »Komm schon, Baby, du weißt, dass wir mehr gemacht haben, als nur miteinander auszugehen. Wir haben uns auf jede mögliche Art geliebt.«

»Ich war jung und naiv.«

»Wir waren geil aufeinander.«

Ja, das waren sie. Manchmal, wenn sie nachts allein war, konnte sie noch immer die Hitze und die sinnliche Erregung seiner Hände auf ihrer Haut spüren, den aufregenden Rausch des Höhepunktes.

Seine Erinnerung ließ sie erröten, selbst als sie herausplatzte: »Du bist widerlich.«

»Nein, ich bin ehrlich.«

Ihr entwich ein bitteres Lachen, als sie sich an das Wort klammerte. »Ehrlich? Wirklich? Du hast gut reden. Ehrlichkeit von dem Mann, der mich mit einer SMS abserviert hat und mir selbst jetzt nicht sagen will weshalb. Lag es an mir?«

Er zögerte nicht einmal. »Natürlich nicht.«

»Warst du in jemand anderen verliebt?«

»Niemals!« Das Wort dröhnte voller Kraft aus seiner Brust.

»Dann sag mir, warum du gegangen bist.«

»Ich kann nicht.«

Sie explodierte. »Du bist unglaublich. Und nicht nur bei mir. Alle. Deine Familie. Deine Freunde.«

Er presste die Lippen aufeinander.

»Warum versuchst du nicht einmal, dich zu verteidigen?«

»Es wäre egal, wenn ich das täte. Du würdest es nicht glauben, und ich werde es nicht als Ausrede verwenden. Ich habe dich schlecht behandelt. Ich habe viele Leute schlecht behandelt, und ich schätze, jetzt muss ich herausfinden, ob ich Dinge wiedergutmachen kann.«

Jetzt ergab es einen Sinn. »Oh, ich verstehe, diese ganze Stalking-Sache dreht sich darum, dass du versuchst, deine Schuldgefühle zu lindern. Du hast Renny abserviert, also entschuldigst du dich und machst alles besser. Weil es so einfach ist.« Als könnten Worte das heilen, was er getan hatte. Aber wenn er dachte, dass sie ihm vergab, würde er sie dann in Ruhe lassen? »Weißt du was, wenn ich genauer darüber nachdenke, nehme ich deine Entschuldigung an. Ich vergebe dir dafür, wie ein Feigling weggelaufen zu sein. Du kannst mich von deiner Aufgabenliste streichen.« *Und aus meinem Leben verschwinden.*

»Eine Entschuldigung reicht nicht aus. Ich will dir helfen. Du solltest nicht im Itsy Bitsy arbeiten. Du bist besser als das.«

Sie zog eine Augenbraue hoch. »Zu gut für einen Gehaltsscheck? Ich muss meine Rechnungen bezahlen wie alle anderen auch, Caleb. Manche von uns haben Pflichten.«

Er legte seine Stirn in Falten. »So habe ich das gehört. Aber du solltest die Last nicht allein tragen. Vielleicht solltest du ein gewisses Arschloch von Vater dazu zwingen, dir zu helfen, damit du dich nicht herabsetzt, indem du an einem Ort wie diesem arbeitest.« Caleb deutete mit der Hand auf die Kneipe hinter ihm.

»Mein Vater ist gestorben, und selbst wenn es nicht so wäre, hätte er keinen Finger gerührt, um mir zu helfen, nicht nach dem Baby.« Als ein auf die Bibel pochender Mann hatte ihr Vater aufgehört, mit ihr zu sprechen, und selbst auf dem Sterbebett, wo er durch ein heftiges Fieber gelandet war, das er sich im Bayou eingefangen hatte, wandte er den Kopf ab, als sie kam, um sich zu verabschieden.

»Ich habe nicht von deinem Vater gesprochen. Ich habe von dem Vater deines Babys gesprochen. Es sind zwei Leute nötig, um ein Kind zu zeugen.«

Ihre Augen wurden schmal. Moment mal ... »Was ist mit Lukes Vater?«

»So wie ich gehört habe, hat der Versager dich und das Kind im Stich gelassen.«

»Das hat er.« Wollte er sie veräppeln?

»Das ist nicht richtig«, knurrte Caleb.

»Nein. Das ist es nicht.« Ungläubigkeit stieg in ihr auf. Sicherlich lag sie falsch.

»Du solltest ihn dazu zwingen, Verantwortung für seine Handlungen zu übernehmen.«

»Denkst du das wirklich?«

Er nickte. »Lass das Arschloch bezahlen.«

Heiliger Strohsack, er wusste es wirklich nicht. »Nun, ich bin froh, dass du so denkst, Caleb, denn da du die Briefe ignoriert hast, die ich dir geschrieben hatte, war ich der Meinung, du hättest dich für uns nicht mehr verantwortlich gefühlt.«

Er erstarrte und wurde blass. »Wovon sprichst du? Was stand in diesen Briefen?«

»Lass mich dich zuerst eines fragen: Hast du sie bekommen?« Er musste nicht antworten, damit sie es wusste. Ein bitteres Lachen entwich ihr. »Nein. Du hast dir nicht die

Mühe gemacht, oder? Du hast sie einfach in den Müll geworfen, genau wie mich und deinen Sohn.«

Nein, er wusste es nicht, und sie fragte sich, ob er sich daran erinnern würde, da er recht heftig zu Boden fiel. Sie blieb nicht da, um es herauszufinden.

KAPITEL FÜNF

DEIN SOHN.

Die Worte hallten noch lange nach, nachdem das letzte Dröhnen ihres Automotors verstummt war. Caleb lag wie festgefroren auf dem Boden. Und vielleicht war er das. Jedenfalls spürte er nichts durch den starren Schild seines Schocks.

Wir haben ein gemeinsames Kind.

Nein, nicht gemeinsam. Renny hatte das Kind allein. Ganz allein, ohne irgendjemanden, auf den sie sich verlassen konnte. Ohne es irgendeiner Menschenseele zu erzählen, nicht einmal seinem Bruder oder seiner Mutter, da sie dachte, er wollte es nicht.

Sie dachte, er wollte sie nicht.

»Ohhhhh!« Sein Schrei klang im Himmel nach, und doch half er nicht, die explodierende Anspannung in ihm zu lindern. Seine Bestie pulsierte unter der Oberfläche. Sie wurde vom Zorn angezogen und kämpfte um die Kontrolle.

Nein.

Nein!

Er musste sein inneres Selbst im Käfig halten.

Aber ich habe einen Sohn!

Ein Sohn, von dem er durch Geheimnisse, Geschäfte und eine Vergangenheit, denen er nicht entfliehen konnte, ferngehalten wurde.

Aber war er nicht entflohen?

Caleb war aus der Militäreinheit ausgetreten, die ihn benutzt hatte. Er war seiner Sklaverei unter dem korrupten Nashorn-Feldwebel entflohen, der ihn und andere in böse Handlungen hineinzog. Ein gewisser giftiger Feind kontrollierte ihn nicht länger.

Caleb konnte nicht umhin, die Narbe an seiner Wange zu berühren. Der Preis dafür, sich von der hypnotisierenden Leine des Nagas befreit zu haben. Die Flucht aus dem Leben, das er nie gewollt hatte, hatte seine Spuren hinterlassen, aber diese begrüßte er förmlich. Diese Narbe kennzeichnete seine Freiheit, erinnerte ihn aber auch daran, wie er dorthin gekommen war.

Als würden ihn die Albträume jemals vergessen lassen.

Ein Schatten blockierte den blassen Halbmond, der sich angestrengt darum bemühte, hell am Himmel zu stehen. Eine klotzige Gestalt stand über ihm. Rote Schlitzaugen leuchteten auf. Ein Alligator, und zwar ein großer. *Ich frage mich, ob er noch einer von Wes' Cousins ist.* Die Mercers vermehrten sich wie Karnickel auf Fruchtbarkeitspillen und pressten ständig ein neues Kind heraus.

»Auf dem Parkplatz wird über Nacht weder geparkt noch geschlafen«, sagte der Koloss.

»Ich scheine meine Mitfahrgelegenheit verloren zu haben.«

Zu seinem Glück war Bruno nicht von der üblen Sorte – auch wenn er ein verdammter Mercer war. Er borgte Caleb sein Handy, weshalb weniger als zwanzig Minuten später sein Bruder mit finsterer Miene hinter dem Steuer auf den leeren Parkplatz des Klubs fuhr.

Constantine kurbelte das Fenster herunter und brummte: »Steig ein.«

Zu Calebs Überraschung lehnte sich sein Bruder herüber und öffnete die Beifahrertür.

»Heilige Scheiße, ich darf vorne mitfahren.«

Sein Bruder lächelte nicht. »Nur weil Prinzessin in meiner Jacke schläft.«

»Gott sei Dank, denn ich habe mich schon gefragt, woher diese Beule in deinem Schoß kommt.«

Sein Bruder sprach kein Wort, während er fuhr, aber Caleb verspürte aus irgendeinem Grund den Drang, alles auszuplaudern. »Also, wie sich herausstellt, habe ich ein Kind.«

Der Pick-up schlingerte. »Was?«

»Sein Name ist Luke. Er ist Rennys und mein Kind.«

Der plötzliche Schwung nach vorn veranlasste Caleb dazu, sich am Armaturenbrett abzustützen, als der Wagen abrupt zum Stehen kam.

»Steig aus«, befahl sein Bruder.

»Warum sollte ich das tun?«, fragte Caleb.

»Warum? Musst du das ernsthaft fragen? Weißt du, ich kann mit der Tatsache umgehen, dass du Ma und mich verlassen hast. Ich verstehe es. Ich war fast achtzehn. Es war nicht so, als hätte ich dich gebraucht. Aber Renny und euer Kind zu verlassen?« Constantine schlug mit den Händen auf das Lenkrad. »Ich weiß verdammt noch mal nicht, wer du bist. Aber du bist nicht mein Bruder. Der Bruder, den ich kannte, hätte niemals sein Kind zurückgelassen.« Constantine stieß gegen ihn, und einzig die Tatsache, dass die Tür geschlossen war, hielt Caleb davon ab, auf dem Schotter am Straßenrand zu landen. Aber selbst so brachte Cons Schlag gegen seinen Arm den Pick-up ins Wanken.

»Bevor du mich hier aussetzt, ich wusste es nicht.«

Die Augen seines Bruders wurden schmal. »Was meinst du damit, du wusstest es nicht? Hat sie es dir nicht gesagt?«

Es war unmöglich, seinem Bruder in die Augen zu sehen, als er seinen Fehler zugab. »Sie hat versucht, es mich wissen zu lassen. Sie hat Briefe geschrieben. Ich habe sie nur nie gelesen.«

»Genau wie du unsere Briefe nie gelesen, nie zurückgeschrieben oder uns angerufen hast. Du bist so ein verdammtes Arschloch. Steig aus.«

In diesem Punkt konnte er nicht widersprechen. Als Caleb die Tür öffnen wollte, knurrte sein Bruder: »Lass die verdammte Tür zu.« Constantine legte den Gang ein und lenkte den Wagen wieder auf die Straße, wobei die Reifen auf dem losen Schotter einmal durchdrehten. Sie fuhren knapp zwei Kilometer in Stille, bevor sein Bruder sagte: »Also bin ich Onkel. Lukes Onkel.«

»Du hast ihn kennengelernt?«, fragte Caleb, der sich plötzlich danach sehnte, mehr über seinen Sohn zu erfahren.

»Wohl eher gesehen. Als du verschwunden bist, hat Renny das für eine Weile auch getan. Ich schätze, damit die Leute nicht wussten, dass sie schwanger war.«

»Das ist irgendwie schwer zu verbergen, nachdem sie mit einem Kind zurückkam.«

»Aber sie ist nicht sofort zurückgekommen. Sie ist erst seit ungefähr sechs Monaten wieder in der Stadt. Ich vermute, sie hat sich aufgrund ihres Vaters dazu verpflichtet gefühlt. Er hat sich irgendeine Krankheit oder so eingefangen und sie kam zurück, um sich um ihn zu kümmern.«

»Renny hat nie jemandem erzählt, dass er mein Kind ist?«

»Nein.«

Sie wollte nicht, dass die Leute wussten, dass er sein Sohn war, was in ihm einen stechenden Schmerz auslöste.

Aber ich kann es ihr nicht wirklich verübeln, wenn man bedenkt, dass sie dachte, ich würde ihn nicht wollen.

Sein Bruder schlug gegen das Lenkrad seines Pick-ups. »Verdammt, ich kann nicht glauben, dass Renny weder Ma noch mir erzählt hat, dass das Baby von dir war. Wir hätten ihr geholfen, wenn wir es gewusst hätten.«

»Genau wie ich.« Caleb sackte auf seinem Sitz zusammen. »Ich habe mein Leben so was von versaut.«

»Ja, das hast du.«

»Wow, danke.«

»Du hast mich als Kind nicht verhätschelt, und ich werde dich auch nicht verhätscheln. Du hast Fehler gemacht. Steh dazu.«

»Du weißt schon, dass ich eigentlich der ältere Bruder sein sollte?«

»Dann verhalte dich auch so. Oder hör wenigstens mit diesem verdammten *Ich-Armer*-Getue auf. Jetzt, wo die Wahrheit raus ist, kannst du der Vater eines kleinen Jungen sein.«

Vater ...

Eine Welle von Schwindel überkam Caleb, woraufhin er sich am Armaturenbrett des Wagens festhielt, um nicht mit dem Gesicht voran darauf zu landen. »Scheiße, Con, ich kann kein Vater sein. Ich weiß nicht wie. Sieh mich an. Ich bin ein einziges Chaos.«

»Du bist genau wie jeder andere Soldat, der nach Hause gekommen ist, nachdem er schlimme Dinge gesehen und erlebt hat. Du brauchst Zeit, um dich einzugewöhnen.

Du wirst einfach lernen müssen, dich anzupassen. Und du musst aufhören, dir selbst leidzutun, und stattdessen den Mist akzeptieren, der passiert ist. Zieh weiter, Bruder. Fang neu an.«

»Aber ich weiß nicht wie.« Selbst als er diese Schwäche zugab, wollte er erschaudern. Sein Krokodil jedenfalls tobte in seinem verborgenen Käfig, wo es sich immer wieder rollte, beschämt über die Tatsache, dass er Angst vor dem Kampf hatte.

»Das weiß keiner von uns, weshalb wir improvisieren und Fehler machen. So ist das Leben, und es ist ein Miststück.« Eine Aussage, die von einem leisen Knurren innerhalb Constantines Jacke unterstrichen wurde.

»Das ist leicht gesagt, aber was soll ich tun?« Zum ersten Mal seit Jahren hatte Caleb keine klaren Befehle. Er musste die Entscheidungen treffen. Was, wenn er die falschen traf?

»Zuallererst solltest du dich fragen, was du erreichen willst.«

»Was meinst du?«

Constantine wandte für einen Moment den Blick von der Straße ab, um ihn anzustarren. »Was soll passieren? Setz dir ein Ziel.«

»Du meinst, ich sollte ein Missionsziel einrichten.«

»Wow, das Militär hat dir wirklich eine Gehirnwäsche verpasst. Okay, Infanterist«, Con schenkte ihm ein Lächeln, »hier ist deine Mission. Passe dich an das Leben in Bitten Point an. In diesem Rahmen bau dir eine Beziehung zu deinem Sohn auf.«

»Wenn Renny mir das erlaubt.« Was er in diesem Moment bezweifelte.

»Was mich zu dem Aspekt *Bei Renny um Gnade*

winseln bringt. Und dazu noch Wiedergutmachung bei unserer Mutter leisten.«

»Und meinen kleinen Bruder ärgern.« Caleb konnte nicht umhin, das hinzuzufügen, bevor er über den angedeuteten Schlag lachte, zu dem Constantine ausholte.

Mit Cons Hilfe beim Erstellen einer klaren Mission kam Caleb in den Sinn, dass er Verbündete brauchte, weshalb er sich auf Melanies Veranda wiederfand – in der spießigen Vorstadt, wo sein ausgeliehener, mit Schlamm bedeckter Pick-up wirkte, als gehörte er dem Gärtner und nicht einem Besucher.

Aber wenigstens sah er mehr oder weniger achtbar aus. Mithilfe einiger Pillen war er über Nacht in einen komatösen Schlaf gesunken und hatte danach ein herzhaftes Frühstück genossen, das seine Mutter zubereitet hatte, bevor sie zur Arbeit ging.

Da Constantine sich von einem Arbeitskollegen abholen ließ und Caleb damit einen fahrbaren Untersatz besaß, hatte er keine Ausrede. Es war an der Zeit, daran zu arbeiten, den ersten Teil seiner Mission zu erledigen.

Caleb nahm einen tiefen Atemzug, sagte den nervösen Schmetterlingen in seinem Bauch, sie sollten sich verpissen, und klopfte dann an die Haustür.

Eine kleine, dunkelhaarige Frau riss diese energisch auf und brüllte: »Wagt es nicht, euch schmutzig zu machen. Wir gehen gleich zum Picknick.« Als die Befehle erteilt waren, wandte Melanie sich Caleb zu und gab ein eloquentes »Oh« von sich.

»Hey, Göre.« Der alte Spitzname ging ihm leicht über die Lippen.

Immer noch unfähig, Worte zu finden, zeigte Melanie ihm ihre Freude darüber, ihn wiederzusehen, indem sie ihn in eine Umarmung zog.

»Meine Güte, bist du sicher, dass du nicht zum Teil Anakonda bist?«, scherzte er, während sie ihn festhielt.

»Niemand ist sich allzu sicher, was mein Ururgroßvater war, also kann man es nicht wissen. Aber du bist nicht hergekommen, um meine Ahnenreihe zu besprechen, und da ich weiß, dass du dich bereits mit Daryl getroffen hast«, Melanie löste sich aus seinen Armen und blickte zu ihm auf, »bedeutet das, dass du nur aus einem Grund hier bist. Renny.« Melanie holte aus und schlug ihm in die Magengrube.

Es tat nicht weh, aber dennoch rief er: »Was zum Teufel? Was ist mit *Ich freue mich, dich zu sehen* passiert?«

»Ich freue mich, aber du hast auch meiner besten Freundin das Herz gebrochen. Weißt du, wie sehr sie sich abmühen musste, weil du ein Arschloch bist?«

Er verzog das Gesicht. »Ich schwöre, ich wusste nichts von dem Baby. Ich habe es erst letzte Nacht erfahren.«

»Ver...flixt noch mal«, stammelte Melanie, als ihre Aufmerksamkeit auf einen Tumult an ihren Füßen gelenkt wurde.

Zwei Jungs mit zerzaustem Haar und dunklen Augen starrten zu ihm auf.

Sie blinzelten nicht. Genauso wenig rührten sie sich.

Schokoladenduft ging von ihnen aus. Mit einem verschmitzten Grinsen leckte sich der etwas Kleinere der beiden einen klebrigen Finger ab – nicht dass das angesichts seiner braun verschmierten Hand geholfen hätte. Der kleine Racker begutachtete die verschmierte Schokolade, woraufhin Melanie knurrte: »Ich dachte, ich hätte den Schokoladensirup versteckt.«

»Hab ihn gefunden«, verkündete der Racker voller Stolz.

»Er hat wohl eher dich gefunden«, murmelte sie. »Wage es nicht, ihn an deiner Hose abzuwischen.«

Der kleine Kerl hörte auf seine Mutter und fand stattdessen etwas anderes, auf das er seine klebrige Hand drücken konnte.

Caleb hatte keine Zeit, um zurückzutreten, da sich das Kind so schnell bewegte. Im einen Moment sah der Junge so aus, als würde er sich seiner Mutter widersetzen, und im nächsten legte er seine Arme um Calebs Beine, spähte zu ihm auf und grinste. »Hi.«

»Heilige Sch...eibenkleister«, sagte er und hielt sich im letzten Moment zurück. »Wie widerstehst du dieser Niedlichkeit?«

»Es ist unmöglich, weshalb sie verwöhnte Monster sind. Tatum, lass Calebs Bein los.« Melanie musste sich vorbeugen, um Tatum praktisch abzupflücken, aber der Schaden war angerichtet. Calebs Jeans war mit Schokolade verschmiert. Melanie musterte die klebrigen Flecke. »Tut mir leid. Die angebliche Trotzphase im Alter von zwei ist nichts verglichen mit der, wenn sie drei sind.«

»Also sind das deine Jungs?« Caleb wartete nicht auf die offensichtliche Antwort seiner Frage. Er ging in die Hocke und musterte die Gesichter.

Eineiige Zwillinge in jeder Hinsicht, angefangen bei dem zerzausten Haar über den ernsten Blick bis hin zu dem Schalk, der ihre Lippen umspielte. Wenn nicht die Tatsache wäre, dass Tatum etwas kleiner war als sein Bruder, hätte Caleb nicht gewusst, wie man sie auseinanderhalten sollte.

Der Zwilling, dessen Hände nicht mit Schokolade

verschmiert waren, streckte die Arme in die Luft und verlangte: »Hoch.«

Caleb richtete sich auf.

Das Kind wedelte erneut mit den Armen, woraufhin Melanie lachte. »Er meinte nicht, dass du aufstehen sollst. Er meinte, dass du ihn hochnehmen sollst. Sieht aus, als hättest du einen Freund gewonnen. Dieser fordernde Knirps ist Rory.«

Freunde gewinnen – selbst wenn sie süß und beängstigend zu halten waren, da sich das Kind wie ein Affe an seinen Oberkörper klammerte – war nicht der Grund, warum Caleb hergekommen war.

»Ich brauche Hilfe«, platzte er hervor.

»Du schlägst dich gut«, beruhigte Melanie ihn. »Keine Sorge. Jetzt ist es fast unmöglich, sie fallen zu lassen. Sie haben denselben Griff wie ihre Mutter. Wenn sie Babys sind, muss man aufpassen. Im einen Moment liegen sie ohne Windel auf dem Wickeltisch und pinkeln in die Luft, während man verzweifelt nach einem Handtuch sucht, und im nächsten drehen sie sich in die entgegengesetzte Richtung und landen auf dem Boden. Gut, dass sie zäh sind, genau wie ihr Vater.«

Andrew, zäh? Caleb erinnerte sich vage daran, ihn ein- oder zweimal gegen einen Spind gestoßen zu haben. Was rückblickend eine miese Nummer gewesen war. Aber hey, so war die Highschool.

»Ja, also wegen der Hilfe. Ich habe einen Sohn.«

»Sein Name ist Luke«, verkündete Melanie, als sie wegging und ein Wohnzimmer betrat.

Caleb folgte ihr, den Affen noch immer auf der Hüfte. »Du kennst ihn?«

»Natürlich.« Melanie rollte mit den Augen. »Ich passe auf ihn auf, wenn Renny tagsüber arbeitet.«

Volltreffer. Wenn irgendjemand ihm dabei helfen konnte, seinen Sohn zu verstehen, dann war das Melanie, besonders da es ausgeschlossen war, Renny zu fragen. »Perfekt. Ich brauche Tipps zum Vatersein.«

Ihr fiel die Kinnlade herunter. »Du meinst, du willst bleiben?«

»Ich denke schon. Vielleicht.«

Sie zog ihre dunklen Augenbrauen zusammen. »Vielleicht? Das ist nicht gut genug. Du bist entweder zu hundert Prozent dabei oder du bist raus. Dieser Junge verdient Besseres, als dass ihm Hoffnungen gemacht werden, nur um sie wieder zu zerstören.«

»Was, wenn ich schwöre, mein Bestes zu tun?«

»Was, wenn ich schwöre, dich aufzuspüren und zu kastrieren, wenn du meiner besten Freundin und ihrem Sohn erneut wehtust?« Das sagte sie so herzlich, und doch erkannte er den drohenden Unterton darin.

»Abgemacht.« Denn wenn er Renny enttäuschte, und jetzt auch seinen Sohn, würde Melanie ihm nicht wehtun müssen. Er wäre tot.

KAPITEL SECHS

In ihrem Sommerkleid – das sie im Ausverkauf für den Bruchteil des Originalpreises gekauft hatte – stand Renny mit Luke hinter dem Bittech-Institut am Rande des Picknicks, welches bereits in vollem Gange war.

Ich hätte nicht herkommen sollen.

Sie hatte nicht geplant zu kommen, aber Melanie – die irgendeine Art sechsten Sinn besaß – musste Rennys Absicht gespürt haben, denn sie rief an und spielte Renny die kleinste Violine der Welt vor.

»Aber du musst kommen, denn sonst laufe ich Gefahr, auf diese verklemmten menschlichen Ehefrauen der anderen Führungskräfte loszugehen.«

»Hast du schon vergessen? Ich bin ein Mensch«, gab Renny zurück. Sie hatte nicht das Gestaltwandler-Gen ihres Vaters geerbt, aber Luke beherbergte auf jeden Fall ein Tier in sich. Hin und wieder leuchteten seine Augen strahlend grün auf und seine Pupillen wurden zu Schlitzen. Was sie tun würde, wenn er sich in seine Krokodilsgestalt verwandelte, wusste sie nicht. Sie konnte ihm nicht gerade beibringen, was er zu tun hatte. Die eine Person, die das tun konnte, war die, der sie aus dem Weg gehen wollte.

Ein Mann, an den zu denken sie nicht aufhören konnte.

Nach der Offenbarung in der Nacht zuvor, dass Caleb nicht einmal von Luke gewusst hatte, hatte sie mit ihren Emotionen gekämpft. Auf der einen Seite brodelte sie vor Wut über das Wissen, dass er ihre Briefe zerstört und damit ihren Sohn ignoriert hatte. Aber gleichzeitig konnte sie diesen Funken Hoffnung nicht zurückhalten. Hoffnung, weil sie den aufrichtigen Schock in seinen Augen gesehen hatte, als er von ihrem Sohn hörte.

Und gib es zu, ein Teil von dir hat ihm bereits vergeben, da du jetzt wenigstens weißt, dass er sein Kind nicht bewusst verlassen hat.

Aber denk zurück und versuche, dich daran zu erinnern, dass er dich verlassen hat.

Allein dafür sollte sie ihm niemals vergeben, was vermutlich um einiges besser funktionieren würde, wenn sie aufhören könnte, wie besessen von ihm zu sein.

Ihre Unfähigkeit, ihn aus ihren Gedanken zu verbannen, stellte sich als Katalysator für ihre Entscheidung heraus. Anstatt zu Hause zu bleiben und sich um all die Arbeiten zu kümmern – wobei sie nur darüber gegrübelt hätte, was sie wegen Caleb tun sollte –, entschied sie sich dazu, zum Picknick zu gehen.

»Zieh dich an«, hatte sie zu Luke gesagt. »Wir gehen zu einem Picknick.« Die Sache war jedoch, dass sie jetzt, wo sie hier war, daran zweifelte, ob es die richtige Entscheidung gewesen war.

Auch wenn sie ihre besten Sachen trug, fühlte Renny sich dennoch so, als fiele sie unter den anderen Frauen mit ihren eleganten pastellfarbenen Leinenkleidern und dem perfekt frisierten Haar auf. Ihr mit Blumen bedrucktes

Sommerkleid war fast so schlimm wie Melanies trägerloses, strahlend rotes Sommerkleid mit der hohen Taille und dem aufgebauschten Rock.

Ein kribbelndes Bewusstsein ließ ihr nur eine Sekunde, um sich zu wappnen, bis sie ein gemurmeltes »Hey, Baby« hörte.

Bevor Renny antworten konnte, reagierte ihr Sohn. Er wirbelte zu Caleb herum und sträubte sich förmlich, als er sich zwischen sie stellte. Ein leises Knurren ging von Luke aus, und sie konnte nicht verhindern, dass ihr Mund ein O der Überraschung formte.

»Luke. Hör auf damit.« Sie fügte beinahe hinzu: *Knurr nicht deinen Vater an*. Der kurze Biss auf ihre Zunge hielt die Worte rechtzeitig auf.

Selbst wenn Luke nicht verstand, wer vor ihm stand, tat Caleb es sehr wohl und saugte den Atem ein. Anstelle seines Sohnes sah er sie an, die Miene hin- und hergerissen, die Augen voller Panik, die Atmung hektisch. »Also das ist ...«

»Mein Sohn Luke.« Auf keinen Fall würde sie laut bestätigen, dass es Calebs Sohn war, nicht wenn Luke zuhörte. Sie fragte sich, was Caleb hier tat und was er als Nächstes zu tun beabsichtigte.

Renny erwartete jedenfalls nicht, dass er in die Hocke ging, um auf Augenhöhe mit ihrem gemeinsamen Sohn zu sein.

»Hey Luke. Ich heiße Caleb.« Der große, vernarbte Soldat, der mindestens vier- bis fünfmal so schwer war wie Luke, streckte eine Hand aus, wobei er vor Angst angespannt war. War es ihr Körper oder der seine, der zitterte?

Wäre der Moment nicht so emotional aufgeladen gewesen, hätte er sie zum Lächeln gebracht.

Kein Lächeln. Kein Weichwerden. Sie musste stark

bleiben. »Was denkst du, was du da tust?«, fragte Renny.

»Ich stelle mich vor«, antwortete Caleb, ohne den Blick von ihrem Jungen abzuwenden. Die ausgestreckte Hand hing in der Luft und Luke schien über das Angebot nachzudenken, bevor er langsam seine kleinere Hand hineingleiten ließ. Caleb schüttelte sie, als wäre sie aus feinstem Glas.

Es brachte sie zum Lachen. »Er wird nicht so einfach brechen.«

»Ich bin zäh.« Luke blähte seine Brust auf. »Weil ich der Mann des Hauses bin.«

»Bist du das?«, erwiderte Caleb.

Luke nickte. »Mama hat das gesagt, weil ich keinen Daddy habe. Rory und Tatum haben einen. Genau wie Philip und Cory.«

Die unerwartete Gesprächigkeit ihres Sohnes ließ Caleb erblassen, weshalb er vielleicht ein wenig zu fest zudrückte. Oder ihr Sohn spürte die seltsame Spannung in der Luft. So oder so, Luke zerrte seine Hand zurück. »Ich will spielen gehen.«

»Bleib in Sichtweite«, mahnte sie, als Luke loslief und sich Melanies Jungs anschloss, die von ihrer Mutter bereits um die Tische gejagt wurden, welche mit weißen Tischtüchern und abgedeckten Speisen bestückt waren.

»Was tust du hier, Caleb? Was versuchst du zu beweisen?« Da Luke außer Hörweite war, hielt Renny es nicht für nötig, ihre Worte zu mäßigen.

»Ich tue gar nichts. Ich dachte nur, ich gehe zu einem Picknick.«

»Du arbeitest nicht für Bittech.«

»Im Moment nicht. Aber Daryl hat gesagt, ich solle mich bewerben, da sie nach Leuten suchen, um ihr Sicherheitsteam zu verstärken.«

»Wenn du bleibst, dann gehe ich.«

Sie wirbelte herum in der Absicht, ihren Sohn zu holen und zu gehen, aber Caleb trat vor sie – eine wahre Mauer aus Muskeln, an die sie sich vor langer Zeit gekuschelt hätte.

»Läufst du weg, Baby?«

Sie neigte ihr Kinn. »Ich versuche nur, eine Szene zu vermeiden. Was ist damit passiert, dass du mir fernbleiben willst, damit es nicht unangenehm wird?«

»Ich habe es mir anders überlegt.«

Wie bitte? »Nun, dann überlege es dir noch mal anders. Du hattest recht. Es ist unangenehm.« Und belebend. Aber vor allem war es beängstigend. Beängstigend, weil sie nicht wirklich gehen wollte.

Er kam näher, woraufhin sie automatisch einen Schritt zurücktrat.

»Mache ich dich nervös?«, fragte er.

Caleb löste in ihr viele Gefühle aus. Nervosität war ein Teil davon, aber vielleicht nicht aus dem Grund, den er vermutete.

»Ich will nichts mit dir zu tun haben. Habe ich mich zuvor nicht klar genug ausgedrückt?«

»Du willst nicht mit mir gesehen werden. Ich kann nicht behaupten, dass ich dir das übel nehme. Ich bin definitiv nicht mehr so gut aussehend, wie ich es einmal war.«

Nein, das war er nicht, aber er war eindeutig heißer, da seine jungenhafte Art durch seine Erfahrungen schärfer geworden war. Die Narben minderten seine Attraktivität nicht, im Gegenteil, sie unterstrichen seine Härte.

»So oberflächlich bin ich nicht, Caleb. Ich schere mich wirklich keinen Deut darum, wie du aussiehst, aber ich werde nicht zulassen, dass du Luke etwas vormachst. Er hat es bereits schwer genug, ohne dass du die Dinge noch verkomplizierst.«

»Was ist an der Tatsache verwirrend, dass ich sein Vater bin?«

»Noch bist du es nicht. Diesen Titel muss man sich verdienen.« Denn sie wollte verdammt sein, wenn sie Caleb einfach in das Leben ihres Sohnes lassen würde, ohne dass er bewies, dass er damit umgehen konnte.

Und er musste beweisen, dass er nicht wieder davonlaufen würde.

Bevor Caleb antworten konnte, ging sie davon. Sie steuerte direkt auf Melanie zu, die ein aufgesetztes Lächeln trug und ihr Wasserglas in einem Todesgriff umklammerte. Drei Ehefrauen umgaben sie und schnitten ihr damit jede Fluchtmöglichkeit ab.

Da sie eine gute Freundin war, stürmte Renny hindurch und murmelte: »Entschuldigung, die Damen, aber ich muss mir meine beste Freundin für einen Moment ausleihen. Mädelskram.« Sie zerrte ihre Freundin von dem Geschnatter weg und blieb stehen, sobald sie einige Meter entfernt waren.

Melanie atmete lautstark aus. »Danke, dass du mich gerettet hast. Meine innere Katze hat mich wirklich dazu gedrängt, meine Krallen zu schärfen. Ich bin mir ziemlich sicher, die zu meiner Linken ist aus Plastik.«

»Danke mir noch nicht. Ich bin wütend auf dich. Wie konntest du Caleb nur sagen, dass ich hier sein würde?«

»Dieser Mistkerl. Ich kann nicht glauben, dass er mich verraten hat«, schnaubte Melanie.

»Das hat er nicht.«

»Du hast mich ausgetrickst.«

»Es ist kein Trick, die Wahrheit zu sagen, und es war leicht herauszufinden, da du die Einzige warst, die von meinem Kommen wusste.«

»Meinetwegen. Dann habe ich ihm eben gesagt, wo du

sein würdest. Was sonst hätte ich tun sollen? Er ist mit jämmerlicher Miene vor meiner Tür aufgetaucht.« Melanie schob die Unterlippe hervor und klimperte mit den Wimpern.

Renny prustete. »Mir ist egal, wie traurig er aussieht. Ich bin noch nicht bereit, mich mit ihm auseinanderzusetzen.«

»Das wirst du nie sein, weshalb du es durchstehen musst. Wenn schon nicht, um ein wenig Ruhe in deinen Kopf zu bringen, dann wenigstens für Luke.«

»Mit meinem Kopf ist alles in Ordnung.« Zumindest an den meisten Tagen.

»Bis auf die Tatsache, dass du nie über ihn hinweggekommen bist.«

»Wovon sprichst du? Ich bin mit anderen Kerlen ausgegangen. Ich habe sogar mit ein paar geschlafen.« Aber mit keinem, der einen anhaltenden Eindruck hinterlassen hatte.

»Und wie viele davon haben mehr als ein paar Wochen gehalten?«

Ein paar Verabredungen wäre wohl eher die richtige Wortwahl. »Es ist nicht meine Schuld, dass ich wählerisch bin.«

Ein eloquentes Augenrollen war Melanies erste Antwort. »Warum gibst du nicht einfach zu, dass keiner von ihnen der Richtige war?«

»Ich habe kein Problem damit, es zuzugeben. Ich werde es wissen, wenn ich den Richtigen finde.«

»Oder du wirst es leugnen, bis du als alte Jungfer den Löffel abgibst. Gott, du bist so stur.«

»Was willst du damit andeuten?«, fragte Renny, auch wenn sie es bereits wusste.

»Du bist die Meisterin des Leugnens«, erklärte Melanie

ernst. »Ich glaube, du bist nie darüber hinweggekommen, weil du bereits den Richtigen gefunden hattest.«

»Sprichst du von *Caleb*?« Rennys Stimme wurde schrill.

»Schmachtest du einem anderen Kerl hinterher, von dem ich nichts weiß? Scheiße, ja, ich spreche von Caleb. Gib es zu, er ist der Richtige.«

»*Der Richtige*«, und ja, Renny machte Anführungszeichen in der Luft, als sie es sagte, »hat mich ohne Verabschiedung oder Grund verlassen. Und jetzt schlendert er wieder in die Stadt und denkt, er könne sagen, dass es ihm leidtut, und damit plötzlich wieder Teil meines Lebens werden.«

»Ich sage es dir nur ungern, meine Liebe, aber er ist bereits ein Teil deines Lebens. Das wird er immer sein, weil er Lukes Vater ist.«

Dieser Tatsache ließ sich nur schwerlich widersprechen, weshalb Renny stattdessen davon ablenkte. »Apropos Väter, da hinten ist Andrew mit Rory unter dem Arm, und er sieht nicht sehr glücklich aus.«

»Wann ist er jemals glücklich?«, murmelte Melanie.

Ärger im vorstädtischen Paradies. Als beste Freundin war Renny in viele Geheimnisse eingeweiht, von denen eines die Tatsache war, dass die Dinge zwischen Melanie und Andrew bereits seit einer Weile nicht mehr gut liefen. Aber Renny wusste, dass Melanie ihr Äußerstes tat, um das zu ändern. Rührte daher der Plan, ein weiteres Kind zu bekommen?

»Soll ich die Jungs retten?«, fragte Renny. Das mit dem Retten meinte sie ernst, denn auch wenn Andrew vielleicht Spermien gespendet hatte, ließen seine väterlichen Fähigkeiten zu wünschen übrig.

»Zu spät. Sie haben die Donuts in die Finger bekommen.« Tatum, dessen Lippen und auch Hände mit weißem

Puder überzogen waren, klammerte sich an die dunkle Hose seines Vaters. Weiße Fingerabdrücke überzogen den Stoff. Melanie seufzte. »Verdammt. Ich hole besser Andrews Ersatzkleidung, bevor er einen Anfall bekommt.«

»Du bist mit einem Set Wechselkleidung unterwegs?«, fragte Renny.

»Ein Set?« Melanie schnaubte. »Wohl eher mit mindestens drei. Ich habe Zwillingsdämonen des Unheils. Wir haben Glück, wenn wir nur zwei Outfits pro Tag brauchen. Und Andrew ist so pingelig, wenn es darum geht, sauber zu sein. Ich bin gleich zurück.«

Melanie stakste in Richtung des Parkplatzes, wobei sie auf halber Strecke stehen blieb, um ihre Pumps auszuziehen.

Renny hielt ein Lächeln zurück. Ihre Freundin mochte vielleicht in die obere Mittelschicht eingeheiratet haben, aber im Herzen war sie noch immer ein Mädchen aus dem Bayou und zog es vor, barfuß zu gehen.

Da sie einen Moment lang allein war, ließ Renny den Blick wandern, bis sie ihren Sohn entdeckte, nur um festzustellen, dass Luke von Caleb mit scharfen Augen beobachtet wurde. Ihr fiel auf, wie er die Hände zu Fäusten ballte, anstatt nach vorn zu stürmen, als Luke stolperte und hinfiel, während er Rory um einen Baum herum verfolgte.

Caleb mochte vielleicht damit zögern einzuschreiten, sie hingegen nicht. Sie ging mit besorgter Miene an seine Seite. »Geht es dir gut, mein Schatz?«

Bevor Luke in Tränen ausbrechen und ein Drama wegen des grünen Flecks auf seinem Knie machen konnte, ertönte eine tiefe, raue Stimme.

»Natürlich geht es dem Jungen gut. Er ist zäh. Das kann jeder erkennen, wenn er ihn nur ansieht. Das muss er von seiner Mutter haben.«

Renny hätte Wes für seine Worte vielleicht gerügt, aber in Windeseile verlor ihr Sohn den Ausdruck, als würde er gleich weinen, drückte stattdessen seine Brust heraus und prahlte: »Hat gar nicht wehgetan.«

Und schon lief er wieder los, um die Zwillinge zu jagen.

Sie verzog den Mund. »Ich kann nicht glauben, dass das funktioniert hat.«

»Er ist ein Junge.« Der Chauvinismus war noch immer gesund und munter und blühte in Wes Mercer förmlich auf.

Renny stand auf und strich mit einer Hand über ihren Rock, um sicherzugehen, dass er dort saß, wo er hingehörte, bevor sie Wes musterte. Es war schwer, ihn zu übersehen. Nichts an dem Mann war klein, angefangen bei seinen prallen Armen über seine weiten Schultern bis hin zu dem Grinsen auf seinen Lippen.

»Was ist so witzig?«, fragte sie.

»Abgesehen von der Tatsache, dass du deinen Jungen verhätschelst?« Die hochgezogene dunkle Augenbraue drückte seine Verachtung aus.

»Ich verhätschle ihn nicht. Nicht allzu sehr.« Aber hatte Melanie ihr nicht Überfürsorglichkeit vorgeworfen? Eigentlich waren ihre Worte denen von Wes sehr ähnlich gewesen. *Er ist ein Junge. Er soll von Dingen herunterspringen.*

Wenigstens sagte Wes nicht noch die andere Sache, die Melanie hinzugefügt hatte: »*Er braucht einen Vater.*« Und Renny war auf der Suche nach einem. Irgendwie.

Sie bemerkte, wie Wes konzentriert über ihre Schulter starrte. »Was siehst du da?«

Ein Lächeln breitete sich auf seinem Gesicht aus, auch wenn es nicht gerade freundlich war. »Dein Ex-Freund erdolcht mich gerade mit seinem Blick.«

»Was hast du getan?«

»Ich?« Wes hatte keinen Erfolg damit, unschuldig zu wirken. Er war schlecht geboren worden. Schlechte Gene. Schlechte Erziehung. Schlechter Junge. Aber sündhaft gut aussehend mit seinem dunklen Haar und der gebräunten Haut.

»Ja, du. Ich weiß, dass du Caleb gern verspottest. Das hast du schon immer getan.«

Wes' Lächeln wurde breiter. »Was kann ich dafür, dass dieses Krokodil so einfach ausrastet?«

»Wenn du es nicht absichtlich tätest, würde er vielleicht nicht durchdrehen.«

»Aber das ist doch das Schöne. Ich habe gar nicht versucht, ihn zu ärgern, als ich gekommen bin, um mit dir zu reden. Allerdings bin ich so froh, es getan zu haben, denn er platzt förmlich aus seiner Haut. Wenn er ein Hund oder eine Katze wäre, hätte er dich bereits angepinkelt, um sein Revier zu markieren.«

Renny konnte nicht umhin, die Nase zu rümpfen. »Das ist einfach nur widerlich. Und du liegst falsch. Ich bedeute Caleb nichts, also warum sollte er sich darum scheren, wenn ein anderer Kerl mit mir redet?«

»Nicht nur irgendein Kerl. Ich.« Wes trat näher und ragte dicht über ihr auf, woraufhin sie sich einen Moment lang fragte, was mit ihr nicht stimmte.

Wes war heiß. Wirklich unglaublich attraktiv. Und doch fühlte sie sich nicht im Geringsten zu ihm hingezogen, obwohl er nahe bei ihr stand und sein Duft frisch und klar wahrnehmbar war.

Es lag nicht daran, dass sie seinen Ruf als den Jungen kannte, von dem man sich fernhalten sollte. Der Junge, den alle Mädchen wollten.

Er ist heiß. Weshalb sie nicht verstehen konnte, dass sie

nichts empfand, als er seinen intensiven Blick auf sie richtete, der nur von dem leichten Grinsen auf seinen Lippen verstärkt wurde. Sie konnte höchstens schwaches Interesse aufbringen.

Ihr Mangel an Anziehung machte sie mutig. »Warum sind wir nie miteinander ins Bett gegangen?«, fragte sie.

Sie warf ihn aus der Bahn – erkennbar an seinen größer werdenden Augen –, aber er hatte eine Erwiderung parat. »Weil du mit Caleb zusammen warst.«

»Und danach?«

»Du bist gegangen.«

Sie verdrehte die Augen. »Und ich bin zurückgekommen. Das ist das, was, dritte Mal, dass wir einander über den Weg gelaufen sind? Jedes Mal flirtest du ein wenig, und doch lädst du mich nie zu einer Verabredung ein.«

»Ich verschwende nicht gern meine Zeit. Jeder Idiot kann sehen, dass du immer noch nach Caleb schmachtest.«

»Das tue ich nicht.«

»Wirklich? Dann beweise es.« Das Lächeln, das Wes' Lippen umspielte, enthielt eine Herausforderung, der niemand widerstehen konnte. Nicht einmal sie.

Weil ich nicht nach Caleb schmachte. Sie konnte und würde ausgehen, mit wem sie wollte. Selbst mit einem Mercer!

»Die Wette gilt.«

Sie stellte sich auf die Zehenspitzen und hörte Wes murmeln: »Oh, das wird Chaos verursachen.«

Vielleicht würde es das. Vielleicht würde es Caleb durchdrehen lassen, aber das war in Ordnung. Es war an der Zeit, dass ihm die Rache dafür zuteilwurde, sie verlassen zu haben.

Lass ihn etwas fühlen. Sollte er erkennen, was er verloren hatte.

Rennys Lippen trafen auf die von Wes, und es sprühten weder Funken noch gab es eine Explosion der Sinne. Es war ... nett.

Glücklicherweise dauerte es nicht lange.

»Ich hoffe, ich unterbreche nichts.« Die richtigen Worte, aber da Caleb sie durch zusammengebissene Zähne hindurchpresste, waren sie alles andere als angenehm.

Renny löste sich von Wes und versteifte sich, als Caleb es wagte, auf besitzergreifende Weise eine Hand auf ihren Rücken zu legen. Der Stoff ihres Kleides verhinderte den Hautkontakt, und doch wurde das Bewusstsein in ihr entfacht.

Verdammt noch mal. Ein richtiger Kuss löste nichts aus, aber Caleb, der dachte, er könnte sie in der Öffentlichkeit für sich beanspruchen, ließ ihren Slip feucht werden.

Es war nicht fair. Sie versuchte, sich von seiner Berührung zu entfernen, wobei sie zuerst nach links, dann nach rechts auswich. Caleb folgte ihr einfach, ohne seinen Anspruch aufzugeben.

Seine Sturheit machte ihn bei ihr nicht im Mindesten beliebt. »Hände weg«, zischte sie über ihre Schulter hinweg.

Caleb ignorierte sie völlig und konzentrierte sich stattdessen auf Wes. »Wenn das nicht mein alter Schulkumpan ist.«

»Kumpan? Ich glaube, das Trendwort heutzutage lautet Freundfeind. Wie ist es dir ergangen, Hasenzahn? Bist du weggelaufen und hast einen Haufen anderer Leute zurückgelassen, bevor du hergekommen bist?«

Angesichts Wes' Dreistigkeit nahm Renny einen scharfen Atemzug.

Die Anspannung in Caleb verstärkte sich ein wenig. Seine Kieferpartie wurde hart. »Ich bin nicht weggelaufen.

Ich habe meinen Dienst beim Militär geleistet und wurde ehrenhaft entlassen.«

»Ah ja. Das Militär. Ich kann nicht behaupten, jemals den Drang dazu verspürt zu haben. Ich habe es vorgezogen, hierzubleiben und die Vorzüge von zu Hause zu genießen.« Renny biss sich auf die Lippe, um nicht zu kichern, als Wes zwinkerte und Caleb mehr als offensichtlich reizte.

Caleb hingegen dachte nicht, dass Wes Witze machte. »Halt dich von Renny fern.«

Eifersucht. Oh je, es ließ sich nicht leugnen. Caleb war eifersüchtig. Wärme machte sich tief in ihrem Körper breit. *Nein. Gib nicht nach.*

Kämpfe gegen die Anziehung an. Kämpfe mit Zorn dagegen an. »Du hast nicht zu entscheiden, mit wem ich ausgehe.« Diesmal schaffte sie es, sich Calebs Berührung vollständig zu entziehen, und stellte sich neben die beiden Männer, die Arme vor der Brust verschränkt.

Wes lachte schallend. »Da hast du's. Ich hoffe, du verlierst nicht allzu viel Schlaf, wenn du darüber nachdenkst, wie schlecht du abschneidest, wenn sie dich mit mir vergleicht.«

Sein arrogantes Selbstvertrauen reizte sie ebenfalls. »Du magst vielleicht süß sein, Wes, aber ich bin nicht daran interessiert, mit einem sexistischen Gangster auszugehen.«

»Gangster?« Wes zog eine Augenbraue hoch. »Ich wurde nicht mehr verhaftet, seit ich achtzehn bin.«

»Was nicht bedeutet, dass du den Pfad der Tugend beschreitest«, merkte Caleb an. »Alle wissen, dass die Mercers schmutzig sind.«

Wes verlor sein fröhliches Lächeln. »Vielleicht sollten alle aufmerksamer sein, bevor sie Beleidigungen loslassen. Also, auch wenn es einfach großartig war, mich zu unterhalten, werde ich dich fragen müssen, was du hier tust.«

Aber Caleb drehte die Frage einfach um. »Was tust *du* hier?«

»Ich bin als Teil des Sicherheitsteams für diese Feier hier.«

Etwas, das Renny gewusst hatte, aber sie konnte sehen, dass dies bei Caleb womöglich nicht der Fall gewesen war, besonders da Wes genauso gekleidet war wie die anderen Gäste auch. Dunkle Hose, ein malvenfarbenes Hemd, dessen Stoff dünn und leicht war, und eine dunkelgraue Krawatte.

»Du bist ein Wachmann?« Caleb gab ein spöttisches Schnauben von sich. »Ist das nicht so, als würde man den Bock zum Gärtner machen? Und seit wann hat ein Mercer einen richtigen Job? Was, ist dir die Schmuggelware ausgegangen? Hast du das Rezept für den schwarzgebrannten Schnaps deines Großvaters verloren?«

Anstatt Wes anzustacheln, führte Calebs Ausbruch nur dazu, dass sein entspanntes Grinsen zurückkehrte. »Ich sehe, dass der Dienst beim Militär deinen Sinn für Humor nicht verbessert hat. Und nur weil du Veteran bist, gibt dir das keine automatische Einladung zu dieser Feier. Ich werde dich darum bitten müssen zu gehen.«

»Melanie hat mich eingeladen.«

»Frag mich, ob mich das einen Dreck interessiert. Ich wette, wenn ich ihren Mann frage, wird er mir sagen, dass ich dich in die Wüste schicken soll.« Wes klang recht selbstsicher und Renny hatte das Gefühl, dass Andrew sich nicht auf Calebs Seite stellen würde. Dafür war ihm auf der Highschool zu oft der Kopf ins Klo gesteckt worden.

»Andrew war schon immer ein weinerliches Arschloch, das nicht den geringsten Scheiß selbst erledigen kann.«

Renny verzog über Calebs Beleidigung das Gesicht, und doch konnte sie nicht widersprechen. Sie hatte immer gedacht, Melanie könnte jemand Besseren haben. Aber auf der anderen Seite hatte ihre Freundin das mehr oder weniger, da sie diejenige war, die verheiratet war und in einem richtigen Haus wohnte.

Aber die Worte über Andrew lenkten Rennys Aufmerksamkeit auf etwas anderes. »Melanie ist noch nicht mit Andrews Ersatzkleidung zurück.«

Sicherlich hatte sie genügend Zeit gehabt, um zum Parkplatz und wieder zurück zu gehen. Ein schwaches Gefühl, dass etwas nicht stimmte, veranlasste Renny dazu, sich auf die Unterlippe zu beißen.

»Sie ist vermutlich stehen geblieben, um zu plaudern.«

»Vielleicht. Ich werde sie trotzdem suchen. Es ist sowieso an der Zeit, dass Luke und ich aufbrechen.«

»Ich bringe euch zum Wagen«, bot Caleb an.

Bevor sie »Nein danke« sagen konnte, wurde ein Murmeln in der Menge laut. Selbst bevor jemand ein Paar bekannter Stöckelschuhe hochhielt – nur Melanie würde schwarze Stilettos zu einem Picknick tragen –, setzte Wes sich in Bewegung, wobei er mit der Hand an der Seite nach einem Walkie-Talkie griff.

Er drückte den Knopf. »Teams A und B, vermisste weibliche Person, ungefähr einen Meter fünfzig groß, in einem knallroten Kleid ...«

Die Informationen, die Wes übermittelte, waren recht genau. Der Mann hatte ein Auge fürs Detail. Oder war ihm nur Melanie aufgefallen?

Auf der Highschool hatte es eine Zeit gegeben, während derer Renny sich fragte, ob ihre Freundin mit ihm zusammenkommen würde. Mit dem bösen Jungen, den jede Mutter hasste. Aber Melanie hatte eine reifere Entscheidung getroffen. Andrew würde es zu etwas bringen. Andrew war ein Gentleman.

Andrew langweilte Melanie auch zu Tode. Aber dennoch hatte sie sich für ihn entschieden.

Aus der mehrere Meter weit entfernten Baumgruppe zu ihrer Linken kamen heulend die Zwillinge gestürmt. Andrew, der mit offenem Mund dastand, tat nichts, um sie zu beruhigen, womit es an Renny lag, zu ihnen zu laufen und sie in dem Versuch, sie zu trösten, in die Arme zu nehmen.

»Schhhh. Beruhigt euch und sagt mir, was los ist.«

Rory schluchzte. »Ein Dinosaurier hat Mama mitgenommen.«

»Er wird sie wahrscheinlich fressen.« Tatum schniefte.

»Was wird sie fressen? Habt ihr etwas gesehen?«

Sie nickten. »Ein Monster«, erklärten sie im Chor, aber das war alles, was sie sagen wollten. Das und mit leiser Stimme: »Es war gruselig.«

»Ihr seid jetzt sicher«, murmelte Renny und zog sie an sich. »Ich verspreche euch, dass hier weder Monster noch Dinosaurier herumlaufen. Ich wette, eurer Mutter geht es gut, ihr werdet schon sehen.«

Trotz ihrer Beschwichtigung stellte sich die Angst der Zwillinge als ansteckend heraus, und Renny sah sich nach ihrem Sohn um, wobei sie sich dafür verfluchte, ihn nicht auch geholt zu haben. Was, wenn etwas durch den Bayou streifte?

Es war tatsächlich etwas unterwegs, allerdings auf zwei Beinen und mit einer Hand auf der Schulter ihres Sohnes.

Der Blick, den der vertrauensvolle Luke Caleb zuwarf, zerriss etwas in ihr und sie konnte nicht umhin zu erschaudern, da sie das unheilvolle Omen nicht ignorieren konnte.

Zum ersten Mal verstand sie, warum Wanda gern sagte: »Jemand verschwört sich gegen uns. Hol die Waffe.«

KAPITEL SIEBEN

In dem Moment, in dem jemand das Paar Schuhe hochhielt, erwachte Caleb zum Leben.

Gefahr. Wachsam sein.

Da Caleb unter einer Angststörung litt, würde man meinen, dass ihn auch nur ein Hauch von Gefahr in die Flucht schlagen müsste.

Aber das war das Seltsame an Calebs psychischen Problemen. Gefahr schien ihm immer Energie zu verleihen. Sie lockte seine schuppige Bestie hervor. Die, um deren Zurückhaltung er kämpfte, außer zu Zeiten wie diesen, wenn die Alarmglocken läuteten. Er brauchte das Raubtier, um die Situation zu beurteilen.

Zuerst ... wo waren Renny und Luke? Sie war leicht zu entdecken, die Arme um Melanies weinende Zwillinge gelegt, aber Luke war nicht bei ihr. Caleb musste sich nicht weit umdrehen, um seinen Sohn zu finden.

Der kleine Kerl, der nicht einmal halb so groß war wie er, stand direkt neben ihm. Eine kleine Hand glitt in die seine hinein, und diesmal zuckte Caleb angesichts des unerwarteten Kontakts nicht zusammen.

Sein Sohn wusste vielleicht noch nicht, wer er war, aber er vertraute darauf, dass Caleb ihn beschützte.

Er vertraut mir. Selbst wenn er dazu keinen Grund hatte. Etwas in Luke erkannte Caleb. Es verstand, dass Caleb Sicherheit bot.

»Wirst du helfen, Tante Melanie zu finden?« Die gemurmelte Frage überraschte Caleb.

»Es suchen bereits Leute nach ihr.«

»Aber nicht am richtigen Ort. Sie suchen im Gebäude.«

»Natürlich suchen sie dort zuerst, weil Melanie vermutlich nur auf die Toilette gegangen ist oder so.« Aber warum sollte sie ihre Schuhe am Rand des Gehwegs liegen lassen, zufälligerweise genau hinter der Ecke des Gebäudes, wo niemand von der Feier etwas sehen konnte? Und warum waren die Zwillinge schreiend aus dem Wald gerannt?

»Das Ding im Sumpf hat sie geholt.«

»Ding? Welches Ding?« Caleb blickte scharf auf seinen Sohn hinab, der die Vegetation am Rande des gerodeten Feldes anstarrte.

»Ein Dinosaurier.«

Einen Moment lang bestand sein erster Impuls in einem spöttischen Schnauben, und doch fragte Caleb stattdessen aus irgendeinem Grund: »Warum denkst du, es war ein Dinosaurier?«

»Es war grün und schuppig.«

»Vielleicht hast du ein Krokodil oder einen Alligator gesehen. Sie können wie Dinosaurier wirken.«

Heilige Scheiße, sein Sohn war Profi darin, mit den Augen zu rollen. »Ich weiß, wie ein Krokodil und ein Alligator aussehen. Und sie laufen nicht auf zwei Beinen.«

Für gewöhnlich nicht, aber in der Zeit, die Caleb beim Militär verbracht hatte, fern von dem, was er kannte, und tief in einer Welt, wo die Mysterien der Magie nicht verloren waren, hatte er Dinge gesehen. Unmögliche Dinge. Er hatte unmögliche Gestaltwandler getroffen. Männer, die sich nur zum Teil verwandelten und den Kopf eines Schakals hatten. Hengste mit dem Oberkörper eines Mannes, die Zentauren von einst. Dann das Beängstigendste von allen, der Naga – eine Bestie, von der man dachte, sie sei bis zur Ausrottung gejagt worden. Das schlangenartige Monster war nicht aufgrund seiner tödlichen Kraft gefährlich, sondern aufgrund der giftigen Art seiner Stimme. Was auch immer der Naga forderte, tat die angesprochene Person. Er musste es wissen. Er hatte unter dem Einfluss eines solchen Wesens viel zu lange gelitten. Seine Narbe zog sich zusammen. Feuer hatte diese sklavenähnliche Bindung getrennt.

Diese Erfahrungen bedeuteten, dass Caleb sich sehr der Tatsache bewusst war, dass die Welt wesentlich gewaltiger und vielfältiger war, als es sich die meisten Leute, selbst Gestaltwandler, vorstellten. Es bedeutete, dass er seinen Geist für die Möglichkeit eines Alligators oder sogar eines Krokodils offenhielt, das auf zwei Beinen ging.

»Hatte das Ding auch zwei Arme?«, fragte Caleb.

Sein Sohn nickte mit dem Kopf. »Mit Krallen. Und das Gesicht war komisch.«

Gesicht, nicht Schnauze. Interessante Wortwahl.

Caleb hielt Lukes Hand fest, als Renny auf ihn zukam, da sich die Zwillinge nun an ihren Vater klammerten, der sich – konfrontiert mit dem Schluchzen seiner Kinder – mehr als unwohl zu fühlen schien.

Was für ein nutzloser Idiot, aber nicht Calebs Problem.

Als Renny nahe genug war, fragte er: »Haben die Jungs dir gegenüber irgendetwas erwähnt, nachdem sie aus dem Wald gekommen waren?«

»Das haben sie tatsächlich. Irgendetwas von einem Monster.«

»Ein Dinosaurier«, korrigierte Luke.

»Ja, das hat einer von ihnen gesagt. Vermutlich ein Reptil irgendeiner Art, das ihnen Angst gemacht hat, aber ich kann mir nicht vorstellen, dass Melanie von einem solchen überrumpelt wird.«

Er konnte nicht widersprechen. Als Teil der Großkatzenfamilie hatte Melanie, selbst in ihrer menschlichen Form, einen sehr stark entwickelten Geruchssinn.

»Ich nehme nicht an, dass du von einem zweibeinigen Echsenmann gehört hast, der durch den Sumpf streift?«

Renny zog eine Augenbraue hoch, während sie ihn anstarrte. »Ist das deine Art, Wes erneut zu beleidigen? Die Mercers sind nicht an allem schuld. Und außerdem hat er bei uns gestanden, als sie verschwunden ist.«

Es gab einen Aufruhr am hinteren Ende der Lichtung, wo eine Trauerweide das Ufer zum Bach mit einem dichten Vorhang verhüllte. Zwischen den Zweigen erschien ein Mann in violettem Hemd, der etwas Rotes trug.

Renny kniff die Augen zusammen, jedoch nicht lange, als Caleb, der über besseres Sehvermögen verfügte, laut sagte: »Es ist Wes, und es sieht aus, als hätte er Melanie.«

»Geht es ihr gut?« Eine berechtigte Frage, da ihre Freundin getragen wurde, anstatt selbst zu laufen.

Einen Moment später bekam sie ihre Antwort, als ein schriller Schrei über das Feld ertönte. »Wie kannst du es wagen!«

»Ich frage mich, was Wes diesmal getan hat.«

»Er ist ein Mercer. Ist das wichtig?«, war Calebs Antwort, als er einer Gruppe von Leuten dabei zusah, wie sie sich auf Melanie und ihren Retter stürzte. »Willst du nach ihr sehen?«

Bevor er die Frage überhaupt zu Ende gestellt hatte, schritt sie bereits auf Melanie zu, schaffte es nur nicht in ihre Nähe, da eine Gruppe von Hühnern, in Pastellfarben gekleidet, ihre beste Freundin mit unzähligen Fragen bedrängte.

»Oh mein Gott, es geht dir gut.«

»Was ist passiert?«

»Stimmt es, dass du von einem Dinosaurier entführt wurdest?«

Und ein leise gemurmeltes: »Du willst doch nur Aufmerksamkeit.«

Während Caleb groß genug war, um sehen zu können, was passiert war, war Renny auf kurze Blicke zwischen den sich bewegenden Körpern angewiesen – nicht dass es viel zu sehen gegeben hätte. Melanie befand sich noch immer in Wes' Griff, denn der Bittech-Wachmann war aus irgendeinem Grund nicht bereit, sie abzusetzen oder an jemand anderen zu übergeben, vermutlich da Andrew zu sehr damit beschäftigt war, am Rand zu stehen und in sein Handy zu flüstern.

Arschloch. Ein wahrer Partner wäre mehr um seine Frau besorgt.

Renny fing den Blick ihrer besten Freundin ein, deutete mit der Hand einen Telefonhörer an ihrem Ohr an und formte mit den Lippen die Worte: »Ruf mich später an.«

Melanie erwiderte auf dieselbe Weise: »Rette mich.«

Renny musterte die Klatschtanten, die riesige Freude daran hatten, ihr Drama zu proben, und schüttelte den Kopf.

Caleb konnte nicht umhin zu grinsen. »Willst du nicht durch die Menge hindurchwaten und sie retten?«

»Auf keinen Fall stürze ich mich inmitten dieser Hühner, während sie ihren Moment genießen.« Anstatt

Melanie zu retten, winkte Renny ihr zu und formte die Worte: »Bis dann.«

Nicht misszuverstehen war ihre tonlose Antwort: »Miststück. Ich hasse dich.«

»Ich glaube, du hast sie geärgert«, merkte Caleb an.

Renny lachte. »Gut. Das ist die Rache für das letzte Blind Date, auf das Melanie mich geschickt hat. Wie sie denken konnte, dass dieser Gastdozent, der noch immer bei seiner Mutter wohnt, reizvoll sein würde, werde ich niemals verstehen.« Renny drehte sich um und begann, in Richtung des Parkplatzes zu gehen.

Caleb blieb an ihrer Seite und sagte: »Bist du sicher, dass du nicht bleiben und mit Melanie reden willst, um sicherzugehen, dass es ihr gut geht?«

Renny schüttelte den Kopf. »Da sind zu viele *Leute*«, sie deutete mit dem Kopf auf die Menschenansammlung, »als dass wir richtig miteinander reden könnten. Es scheint ihr jetzt ganz gut zu gehen, also werde ich einfach Luke nach Hause bringen.«

»Lass mich euch zum Wagen bringen.«

»Du musst nicht –«

Caleb hob eine Hand. »Fang gar nicht erst an. Melanie ist gerade verschwunden. Wir wissen nicht warum. Ihre Jungs und Luke behaupten, etwas gesehen zu haben. Jetzt ist nicht der richtige Zeitpunkt, um dich von deiner Abneigung gegen mich davon abhalten zu lassen, das Richtige zu tun.«

»Ich kann Mommy vor dem Dinosaurier beschützen.«

Sie blickten beide auf Luke herab, der trotz seiner mutigen Worte blass wirkte.

Renny entwich ein Seufzen. »Meinetwegen. Du kannst mit uns gehen, aber ich warne dich, ich habe auf dem hinteren Teil des Platzes geparkt. Wenn man zu spät kommt, ist die Parksituation fürchterlich.«

»Ich weiß. Ich stehe am Müllcontainer.« Caleb erschauderte. »Ich habe vergessen, den Atem anzuhalten, als ich aus dem Wagen gestiegen bin.«

Luke kicherte.

Sie spähten beide nach unten und Caleb stellte fest, dass Luke ihn anstarrte. »Du bist witzig«, sagte der kleine Junge. Die Heldenverehrung war nicht zu übersehen.

Caleb musste kein Genie sein, um den finsteren Blick zu verstehen, den Renny ihm zukommen ließ. Er zuckte die Achseln. Es war nicht so, als hätte er es mit Absicht getan, damit sein Sohn ihn mochte.

Und er würde es verdammt noch mal nicht zurücknehmen.

Als Luke ein kleines Stück voraushüpfte, von der Tatsache bestärkt, dass jemand auf ihn aufpasste, murmelte Caleb leise: »Warum so wütend?«

»Du bist gerade mal zwanzig Minuten hier und er sieht dich bereits an, als wärst du eine Art Halbgott.«

»Der Junge tut das nicht, um deine Gefühle zu verletzen.«

»Das weiß ich, aber das bedeutet nicht, dass es fair oder nicht verletzend ist. Ich tue alles für ihn und muss mittlerweile selbst für das kleinste Lächeln kämpfen. Dir schenkt er es allein dafür, dass du existierst und einen dämlichen Witz erzählst.« Sie schob die Unterlippe hervor.

»Also bist du wütend, weil unser Sohn mich mag?«

Der mürrischen Miene nach zu urteilen, mit der sie ihn ansah, lautete die Antwort wohl ja.

»Weißt du, dass ich ihn nicht einmal mehr auf die Wange küssen darf, wenn ich ihn zur Schule bringe?« Sie presste die Lippen zusammen, als Luke zurückkam und seine Hand in Calebs legte.

»Da ist unser Auto«, verkündete der Junge.

Was bedeutete, dass nicht mehr viel Zeit blieb.

Caleb konnte sie nicht einfach wegfahren lassen. Oder konnte er das? So viele Dinge lagen zwischen ihnen in der Luft und vielleicht spürte sie es, denn sie reichte Luke ihren Autoschlüssel. »Schatz, kannst du Mommy einen Gefallen tun und die Fenster runterkurbeln, damit wir nicht vor Hitze umkommen?«

Mit einem schrillen »Ja« rannte sein Sohn los, wobei er den Schlüssel fest in der Hand hielt.

»Er wirkt so klein«, bemerkte Caleb in der plötzlichen Stille.

»Seltsam, denn mir erscheint er mittlerweile so groß. Er ist gesund und hat die für sein Alter genau richtige Größe.«

»Du hast gute Arbeit geleistet, Renny. Er scheint ein großartiges Kind zu sein.«

Ein schweres Seufzen entwich ihr. »Ich weiß. Er ist der Beste, aber ihm fehlt eine Sache im Leben. Etwas, das ich ihm nicht geben kann.«

»Was? Sag es mir und ich werde es besorgen.«

»Kannst du das?« Sie blieb stehen und drehte sich um, um ihn ernst anzusehen. »Denn was Luke am meisten braucht, ist ein Vater.«

»Ich dachte, du wolltest, dass ich mich fernhalte.« Nicht dass er dachte, er könnte das tun. Jetzt, wo Caleb seinen Sohn kennengelernt hatte, war er entschlossener denn je, zu bleiben.

»Scheinbar war mein brillanter Plan, damit zu warten, Luke von seinem Vater zu erzählen, zum Scheitern verurteilt. Obwohl ich nicht ein Wort gesagt habe, kann jeder sehen, dass er sich zu dir hingezogen fühlt.«

Gleich und gleich gesellte sich eben gern.

»Also, was bedeutet das?« Er wagte es nicht, Mutmaßungen anzustellen.

»Es bedeutet, dass ich wünschte, ich wäre ein mieses Mist... ich meine M-Wort. Denn nur ein mieses M-Wort würde ihren Sohn von seinem Vater fernhalten.«

Er konnte nicht umhin zu grinsen. »Ist das deine niedliche Art, um Miststück zu sagen?«

Sie verzog das Gesicht. »Du hättest es nicht laut aussprechen müssen.«

»Tut mir leid, Baby.«

»Und hör auf mit diesem *Baby*, Caleb. Wir sind kein Paar mehr. Nur weil ich denke, du solltest Zeit mit Luke verbringen –«

»Denkst du das?«

»Ja, das denke ich. Aber diese Entscheidung bedeutet nicht, dass ich dir vergeben habe oder dass zwischen uns alles in Ordnung ist.«

Noch nicht.

Aber das werde ich ändern, Baby.

Das war eine Mission, bei der er nicht scheitern würde.

Als sie an ihrem Wagen ankamen, runzelte Caleb die Stirn. Auch wenn die Karosserie in annehmbarem Zustand war, konnte jeder sehen, dass das Fahrzeug abgenutzt war. Die Reifen passten nicht zueinander und das noch übrig gebliebene Profil war nicht tief genug, um wirkliche Bodenhaftung zu bieten. »Bitte sag mir nicht, dass du wirklich mit diesem Ding fährst.«

»Du sollst wissen, dass mich dieses Ding überall hinbringt, wo ich hinmuss. Meistens jedenfalls«, fügte sie leise hinzu.

»Es hat Fenster zum Herunterkurbeln.« Ungläubigkeit lag in seiner Stimme.

»Und keine Klimaanlage. Es hat irgendwas mit einer Dämmung gegen die Kälte in der Verkleidung zu tun. Aber es ist keine große Sache.«

»Du hast Klebeband auf den Sitzen.«

»Mit süßen kleinen Enten darauf. Bist du jetzt fertig damit, meinen Wagen zu beleidigen?«

»Nein.« Ein Lächeln umspielte Calebs Lippen. »Aber ich kann mir noch etwas für später aufheben.«

»Apropos später, vielleicht möchtest du nachher vorbeikommen.« Sobald sie es ausgesprochen hatte, schlug sie sich eine Hand vor den Mund.

Bevor sie zurückrudern konnte, nahm er ihr Angebot sofort an. »Klingt gut.«

Er stand einige Meter entfernt und sah zu, wie sie den Wagen startete und rückwärts aus der Parklücke fuhr. Er war nahe genug, um sie murmeln zu hören: »Was zur Hölle habe ich gerade getan?«

Aber noch ermutigender waren die Worte seines Sohnes. »Ich werde ihm meinen DS zeigen, wenn er kommt.«

Und Caleb würde ihnen zeigen, dass er ein Mann war, auf den sie sich verlassen konnten. Ein Mann, der nicht weglaufen würde. Nie wieder.

Erst als Renny unterwegs war, spürte Caleb, wie ein Teil seiner Anspannung nachließ. Die Frau, die zu lieben er nie aufgehört hatte, und sein Sohn waren von der Gefahr entfernt.

Und doch beruhigte seine Bestie sich nicht. Im Gegenteil, sie drückte gegen die Fesseln, die sie zurückhielten. Sie drückte. Und drückte.

Caleb knurrte. *Hör auf zu kämpfen. Ich lasse dich nicht raus.*

Zur Ablenkung sah er nach, wie es bei dem Picknick

verlief. Caleb bemerkte, wie Melanie auf das Bittech-Gebäude zumarschierte, während ihre Zwillinge sich an ihre Hände klammerten. Ihr Mann ging einige Schritte vor ihr und war mit seinem Handy beschäftigt. Daryls Schwester war jedoch weniger interessant als Wes, der am Rand der gepflasterten Zufahrt stand und in den Wald starrte.

Wonach suchte er? Und noch wichtiger, bedrohte es Renny und Luke?

»Also, welcher deiner Cousins hat der Frau des Chefs einen Streich gespielt?«, fragte er, als er sich Wes näherte.

Der andere Mann drehte sich nicht um. »Es war keiner von uns. Meine Familie weiß es besser, als sie auch nur anzurühren.«

Eine seltsame Aussage. Melanie war in keinerlei Hinsicht mit den Mercers verwandt, also warum sollte Wes folgern, dass Melanie beschützt wurde?

Wenn man ein Mitglied der Familie Mercer schikanierte, besonders eines von Wes' Geschwistern, dann handelte man sich damit eine Menge Ärger ein. Wes nahm seinen Job als Ältester in seiner Familie sehr ernst. Bereits in jungem Alter hatte er mit dem Stehlen angefangen, um alle Mäuler zu stopfen, besonders seit der Verletzung seines Vaters, die es ihm unmöglich machte, weiterhin Drogen durch den Bayou zu schmuggeln.

Aber deshalb musste der Mistkerl einem nicht leidtun. Wes mochte vielleicht einen starken Familiensinn haben, aber er war ein Arschloch. Dass er zur Gattung der Reptilien gehörte, bedeutete nicht, dass sie sich miteinander verstanden. Im Gegenteil, ihre Rivalität war legendär, besonders wenn es um die Jagd im Bayou ging.

Apropos Jagd ... Nichts, das er je verfolgt hatte, roch so seltsam wie der schwache Duft, der aus der Richtung des

Waldes kam. »Was ist das für ein Gestank? Oder ist das dein Rasierwasser?«

»Meinst du das Parfüm deiner Mutter?« Wes grinste. »Auf der anderen Seite, wenn du von diesem merkwürdigen Geruch redest, der aus dem Wald kommt, dann weiß ich es nicht, aber was auch immer es ist, Melanie hat danach gestunken.«

»Wo hast du sie überhaupt gefunden?«

»Unter der Weide, auf der anderen Seite, wo niemand sie sehen konnte. Sie hat geschlafen wie eine verdammte Prinzessin.«

»Das macht keinen Sinn. Wie ist sie dorthin gekommen?«

»Sie weiß es nicht, und ich habe nur diesen Geruch gefunden ...« Wes verstummte. »Aber du bist nicht zurückgeblieben, um mich wegen irgendeiner Bayou-Kreatur zu befragen. Was willst du?«

»Nur damit das klar ist, ich bin hier, um zu bleiben.«

Wes warf ihm einen harten Blick zu. »Soll das eine Warnung sein?«

»Luke ist mein Sohn.«

»Wird auch Zeit, dass du ihn als deinen beanspruchst.«

»Du wusstest es?«

Wes zuckte die Achseln. »Zuerst nicht, aber als ich euch beide Seite an Seite gesehen habe ... der riesige Quadratschädel ist unverwechselbar. Mein Beileid für Rennys Möse.«

Ein Knurren vibrierte in ihm. »Pass auf, was du sagst. Ich warne dich, ich will dich nicht in der Nähe meines Sohnes haben, und halte dich von Renny fern.«

»Ist das nicht ihre Entscheidung?«

»Nein!« Das Wort brach aus ihm heraus, woraufhin Wes eine Augenbraue hochzog.

»Ich frage mich, was sie sagen wird, wenn sie es herausfindet. Und nur damit du es weißt, ich habe kein Interesse an deinem Mädchen. Ich teste nur gern aus, wie viel dein dickes Fell aushält.«

»Dann teste es bei anderen. Ich will Renny von mir überzeugen, und dabei stehen mir bereits genügend Dinge im Weg. Da kann ich es nicht gebrauchen, dass du rumläufst und irgendwas versaust.«

»Du kannst Renny haben.«

»Wie großzügig von dir.« Calebs Sarkasmus war nicht zu überhören.

»Nicht wirklich, es ist eher eigennütziges Interesse. Sie hat ein Kind, und das bedeutet, dass sie jemanden braucht, der beständig ist. Ich bin nicht bereit, sesshaft zu werden.«

»Wenn nur noch mehr Mitglieder der Familie Mercer so denken und ihren Schwanz in der Hose behalten würden.«

»Sagt der Kerl mit einem Bastard.«

Die verletzten Fingerknöchel, die mit Calebs Antwort auf diese Aussage einhergingen?

Sie waren es mehr als wert.

KAPITEL ACHT

War der Preis ihres Verstands es wert, Caleb in ihr Leben zu lassen? Als Renny ihr Zuhause erreicht hatte, war sie sich noch immer nicht sicher. Das Richtige für ihren Sohn zu tun war nicht zwingend das Richtige für sie. In Calebs Nähe zu sein testete jeden Funken ihrer Willenskraft. War sie stark genug, um zu widerstehen?

Sie fürchtete sich vor der Antwort.

Verwirrt und besorgt rief sie Melanie an, landete jedoch direkt auf der Mailbox. Es warf in ihr die Frage auf, ob sie vielleicht hätte bleiben sollen.

Dann hätten wir mehr Zeit mit Caleb verbringen können.

Mit Caleb, der später vielleicht vorbeikommen würde. Verdammt. Was hatte sie sich nur gedacht.

Sie wartete fünfzehn Minuten, bevor sie es erneut bei Melanie versuchte.

Der Anruf wurde folgendermaßen angenommen: »Du bist mir vielleicht eine beste Freundin, dass du mich dem liebevollen Mitleid dieser Hyänen überlässt.«

»Ich wäre geblieben, aber –«

»Stattdessen hast du es vorgezogen, mit einem lange verschollenen Soldaten davonzuschlendern. Ist schon in Ordnung, lass nur deine beste Freundin für einen heißen Kerl im Stich. Hast du ihn endlich anständig zu Hause willkommen geheißen?«

Hitze stieg in Rennys Wangen und sie stotterte: »Ich habe nicht mit ihm geschlafen.«

»Noch nicht.«

»Niemals.« Okay, das war eine Lüge. Es lief mehr auf *noch nicht* hinaus, aber nur wenn er es schaffte, ihren Widerstand zu brechen. Renny wollte sich nicht auf ihn einlassen. Wenn sie jetzt nur noch den Rest ihres Körpers davon überzeugen könnte, auf sie zu hören. »Und warum denkst du, ich hätte mit ihm geschlafen?«

»Ich habe gesehen, wie du mit ihm und Luke gegangen bist.«

»Zum Schutz. Da die Jungs behaupten, einen Dinosaurier gesehen zu haben, und du verschwunden bist, war er nur vorsichtig. Er wollte nicht miterleben, wie seinem Sohn etwas zustößt.«

»Sicher.«

»Meinetwegen, dann glaub mir eben nicht. Aber wer schert sich schon um mich? Was um Himmels willen ist mit dir passiert?«

»Renny, welch Kraftausdrücke.« Melanie kicherte ins Telefon. »In Bezug darauf, was zum Teufel passiert ist, habe ich genauso wenig Ahnung wie du. Im einen Moment gehe ich zum Wagen, um eine Hose zu holen, und im nächsten – bumm, nichts.«

Renny ging in ihrer kleinen Küche auf und ab, wobei sie ihre Stimme mäßigte, damit Luke sie nicht hörte. Allerdings stellte es sich angesichts Melanies Geschichte als schwierig heraus, leise zu sein. »Was meinst du damit, dass du dich an nichts erinnerst, nachdem du von mir weggegangen warst? Sicherlich hast du jemanden oder etwas gesehen?«

»Nichts, nur eine riesige große Lücke, bis Wes mir einen Schmatzer verpasst hat.«

Der Schock ließ sie in ihrer nervösen Bewegung innehalten. »Er hat dich geküsst, während du bewusstlos warst?«

»So nenne ich es, aber er behauptet, es sei Mund-zu-Mund-Beatmung gewesen.«

»Glaubst du ihm?«, fragte Renny.

»Natürlich nicht. Er ist ein Mercer.«

»Snob.« Renny kicherte. »Gott, wer hätte gedacht, dass du jemals ein solcher wirst.«

»Halt die Klappe. Ich bin kein Snob. Ich bin nur anspruchsvoll«, erklärte Melanie mit ihrer hochnäsigsten Stimme.

Renny zog eine Augenbraue hoch und schnaubte. »So nennst du es?«

»Meinetwegen. Ich bin ein Miststück. Aber sehen wir uns die Tatsachen an. Nenn mir, abgesehen von Wes, einen anderen Mercer, der einen richtigen Job hat.«

»Bruno.«

»Er ist nur ein Cousin dritten Grades. Das zählt nicht.«

»Also, hast du?«

»Habe ich was?«, fragte Melanie.

»Seinen Kuss erwidert, natürlich«, stellte Renny klar.

»Renny! Wie kannst du das nur fragen?«

»Weil ihr vor langer Zeit auf der Highschool scharf aufeinander wart.«

»Und dann bin ich zur Vernunft gekommen.«

Ja, ihre beste Freundin hatte Sicherheit und Langeweile der Attraktivität vorgezogen. Aber wie konnte Renny sie kritisieren? Sie hatte sich für den attraktiven bösen Jungen entschieden, und wohin hatte es geführt? »Also willst du mir sagen, dass du seinen Kuss in keiner Weise erwidert hast?«

»Es war absolut einseitig. Ich bin eine verheiratete Frau.«

»Die den Sex mit ihrem Mann planen muss.«

»Es ist nicht Andrews Schuld, dass der Stress bei der Arbeit seine Anziehungskraft schwächt. Egal wie heiß Wes ist, ich werde mein Ehegelübde nicht brechen. Jetzt lass das Thema fallen, sonst fange ich an, dich über Caleb auszuquetschen.«

»Da gibt es nichts zu bereden.«

»Lügnerin. Raus damit.«

»Okay, also du wirst begeistert sein zu erfahren, dass ich Luke erzählen werde, dass Caleb sein Vater ist.«

»Das hast du noch nicht getan?«, kreischte Melanie.

Renny verzog das Gesicht. »Ich arbeite daran. Es ist nicht einfach, deinem Kind zu sagen: *Hey, Daddy ist wieder in der Stadt und sagt, dass er dich kennenlernen will.*«

»Das will er?«

Als sie die Kinderstimme hinter sich hörte, wurden Rennys Augen groß. Sie wirbelte herum, und tatsächlich befand sich ihr Sohn nicht länger im anderen Zimmer, wo er nur wenige Zentimeter vom Bildschirm entfernt ferngesehen hatte.

Nein. Er hatte sich lautlos hinter ihr manifestiert und ... wie viel gehört?

»Melanie, ich muss aufhören. Hier gibt es eine Krise zu bewältigen.« Renny legte auf, während ihr Sohn sie musterte.

»Hi, mein Schatz. Wie viel hast du gehört?« Mit anderen Worten: Konnte sie sich noch eine Weile länger vor der Wahrheit drücken?

Nein.

»Caleb ist mein Daddy«, verkündete Luke. »Ich habe gehört, wie du das zu Tante Mel gesagt hast.«

Sie konnte nur nicken.

»Cool. Ich werde ihm auch mein Zimmer zeigen, wenn er vorbeikommt.«

Und damit drehte ihr Sohn sich um und wanderte zurück zu seinem Platz, der sich wenige Zentimeter vor dem Fernsehbildschirm befand.

Er saß regungslos da, die Beine im Schneidersitz, die Ellbogen auf den Knien und völlig auf die Zeichentrickfiguren konzentriert.

»Äh, wolltest du mir irgendwelche Fragen stellen?«, fragte sie.

Aus irgendeinem Grund erwartete sie, mit Stille bestraft zu werden, vielleicht einige Vorwürfe über sich ergehen lassen zu müssen, aber kleine Jungs gingen mit solchen Dingen anders um als Erwachsene. Luke drehte sich zu ihr und sagte: »Was gibt's zum Abendessen?«

Mit diesen Worten spürte sie ein Flattern der Panik. Sie hatte Caleb eingeladen, aber keine genaue Uhrzeit genannt.

Oder ihm eine Adresse gegeben, aber die konnte er mühelos rausfinden. Ihre verräterische Freundin hatte sie vermutlich in sein Navigationsgerät einprogrammiert.

Er könnte jederzeit auftauchen, und da er ein Kerl war, würde er etwas zu essen haben wollen. Zum Teufel, sie selbst wollte etwas essen. Wie schade, dass ihre Küche nichts dergleichen enthielt.

Sie zerrte einen murrenden Luke hinter sich her und floh zum Lebensmittelladen. Sie trödelte durch die Gänge und brauchte viel zu viel Zeit, um zu entscheiden, was sie wollte. Ihr Budget war begrenzt, aber sie wollte nicht, dass

Caleb dachte, sie hätte ihn eingeladen, um Schuldgefühle darüber auszulösen, wie sie lebten.

Sie musterte das verpackte Fleisch in der Tiefkühltruhe. So teuer, aber sie konnte nicht gerade erwarten, dass er mit einem Salat und einem Hotdog zufrieden wäre.

Also wurde es ein Steak, groß und dick, das mehr kostete, als sie normalerweise pro Woche für Fleisch ausgab, und da sie dachte: *Was soll's?*, nahm sie noch ein kleineres, das sie sich mit Luke teilen würde. Als sie ein wenig frisches Gemüse geholt und den Ausgaben noch fertigen Nachtisch hinzugefügt hatte, war es fast siebzehn Uhr und Ladenschluss.

In kleinen Orten gab es nicht dieselben Öffnungszeiten wie in der Großstadt. Sobald die Sonne unterging, was im Spätherbst recht früh passierte, schlossen hier draußen die Geschäfte, der Verkehr wurde weniger und die Leute versteckten sich in ihren Häusern – damit die Tiere rauskommen und spielen konnten.

Bitten Point war eine gestaltwandlerfreundliche Stadt. Sicher, sie hatte ihren Anteil an Menschen – sie waren immerhin die dominante Rasse auf dem Planeten –, allerdings kannten diejenigen, die sich dazu entschieden hatten, hier zu leben, das Geheimnis. Und wenn nicht, dann blieben sie nicht lange. Es gab Arten, die Leute davon zu überzeugen, dass es am besten war weiterzuziehen.

Da sie inmitten der Gestaltwandler aufgewachsen war, hatte Renny keine Angst vor ihnen, selbst dann nicht, wenn sie in ihrer tierischen Form waren. Als Krokodil oder Bär neigten sie genauso wenig zu einem Angriff, wie wenn sie sich als Mensch fortbewegten. Nur die Unaufgeklärten der Natur jagten, diejenigen, die auf zwei Beinen gingen, und das war selten. Die meisten wilden Kreaturen zogen es vor, sich auf leichte Beute zu stürzen.

Deshalb achtete sie nicht sonderlich darauf, als ihr Sohn sagte: »Mama, da versteckt sich etwas am Waldrand.« Kinder hatten eine lebendige Fantasie. Zum Teufel, Melanie hatte die Türen vom Kleiderschrank ihrer Kinder abmontiert, damit sich nachts kein Schreckgespenst darin versteckte. Was Luke anging, so hatte Renny ihm ein Bett mit eingebauten Schubfächern darunter besorgt, damit das Monster unter dem Bett ihn nicht packen würde.

Direkt außerhalb der Stadt grenzte der Lebensmittelladen mit seinen großen Rabatten und Ausverkaufsregalen an das Sumpfland. Auch wenn es während dieser kühlen Jahreszeit ruhiger war, wirkte die Gegend mit ihrer üppigen Vegetation, die noch immer vor Leben summte, vermutlich ein wenig einschüchternd auf einen kleinen Jungen.

Sie legte die Einkäufe in den Kofferraum und schlug ihn zu. Erst als sie in den Wagen stieg und den leeren Rücksitz fragte: »Bist du angeschnallt, Kumpel?«, stellte sie fest, dass Luke nicht im Fahrzeug saß. Sie sprang mit hämmerndem Herzen hinaus. »Luke? Luke? Wo bist du?«

»Ich sehe etwas.« Die leise Antwort veranlasste sie dazu, die Umgebung abzusuchen, bis sie ihren Sohn entdeckte, der an der bröckelnden Betoneinfassung stand, die dazu gedacht war, den Bayou zurückzuhalten.

Der kleine Kerl hatte sich von ihr entfernt. »Komm zurück, sofort.«

»Muss ich?« Luke drehte sich schmollend um. »Ich will es sehen.«

Es war Zeit, die strenge Mutter zu spielen. Renny stemmte die Hände in die Hüften. »Sofort.«

»Meinetwegen.« Während er das Wort schnaubte, machte er zwei Schritte und Renny spürte, wie die Luft ihre Lunge verließ, als hinter ihm etwas Dunkles aus den

Schatten sprang und seinen kleinen Körper nur knapp verfehlte.

»Luke! Lauf!« Sie schrie die Worte, als sie auf ihn zustürzte, aber jemand anderes war schneller. Ein großer Körper raste an ihr vorbei und packte Luke, der vor Angst die Augen aufgerissen hatte.

Renny lief auf Caleb und ihren Sohn zu, wobei ihr Blick zwischen den beiden und den Schatten wechselte, die sich nicht länger bewegten.

»Was war das?«, fragte sie. Sie streckte die Arme nach ihrem Sohn aus, und auch wenn sich dieser noch kurz an Caleb klammerte, griff Luke letzten Endes nach ihr.

Für den Moment stand Mommy noch immer an erster Stelle.

Sie presste ihn fest an sich, die Augen geschlossen, in dem Versuch, ihr rasendes Herz zu beruhigen.

»Ich habe nichts gesehen. Ich habe dich schreien hören und kam um die Ecke gelaufen.«

»Ich dachte, ich hätte etwas im Wald gesehen.« Ein Eingeständnis, das sie dazu veranlasste, die Schatten zu mustern, jedoch ohne etwas zu sehen. Hatte sie es sich eingebildet?

»Du dachtest, du hättest was gesehen?«

»Es war noch einer der Dinosaurier«, flüsterte Luke leise. »Sie sind entkommen.«

»Wovon sprichst du? Dinosaurier gibt es nicht.« Renny sagte es, und doch klang es nicht sehr überzeugend, besonders angesichts dessen, wie nachdenklich Caleb wirkte.

»Selbst wenn es sie gäbe, möchte ich nicht, dass du dir Sorgen um Dinosaurier machst, wenn ich in der Nähe bin, mein Großer. Ich war beim Militär und wir Soldaten wissen, wie man mit übergroßen Echsen fertigwird.«

»Sagt die größte Echse von allen«, murmelte sie.

»Die größte, Baby.« Das leise Knurren seiner Antwort ließ ihre Haut vor Bewusstsein kribbeln. Sie warf den Kopf zurück, noch immer entschlossen, ihn auf Abstand zu halten.

Aber dasselbe konnte sie nicht bei Luke tun, der sich aus ihrem Griff befreite. Sie setzte ihn auf den Boden und konnte den stechenden Schmerz nicht aufhalten, als ihr Herz gleichzeitig anschwoll und zusammenschrumpfte, da ihr Sohn sich instinktiv an die Seite seines Vaters stellte.

Er spürt bereits diese Verbindung zu seinem Vater. Es hätte nicht wehtun sollen, aber das tat es trotzdem.

»Was machst du hier?«, fragte sie. Entweder hatte Caleb ein verblüffendes Timing oder er stalkte sie. Seltsam, dass keine der beiden Optionen sie beunruhigte, nicht so wie die Angst davor, ihren Sohn zu verlieren.

»Ich war mir nicht sicher, um wie viel Uhr ich vorbeikommen soll, also dachte ich, ich hole noch etwas zu essen, bevor ich bei euch reinschneie. Aber ...« Er warf einen Blick auf den Laden und verzog das Gesicht. »Ich bin zu spät gekommen.«

Ihrer Meinung nach war er genau rechtzeitig erschienen. Was, wenn das Ding, das sie gesehen hatte, bei Calebs Erscheinen nicht verschwunden wäre? Hätte es sich ihren Sohn geschnappt, wie es Melanie erwischt hatte?

Wenn es überhaupt dasselbe Ding ist, du Einfaltspinsel.

Dennoch, wie hoch war die Wahrscheinlichkeit, dass zweimal am selben Tag ein angeblicher Dinosaurier gesichtet wurde?

»Ich habe Lebensmittel im Kofferraum. Wenn du mir nachfahren willst ...«, bot sie an.

»Könnte ich vielleicht um eine Mitfahrgelegenheit bitten? Mein Bruder hat mich abgesetzt, weil er heute Abend seinen Wagen braucht.«

»Sicher.« Mit der kurzen Fahrt von hier bis zu ihrer Wohnung konnte sie umgehen. Es war eine Chance zu beweisen, dass Calebs Nähe ihr nichts ausmachte. Sie konnte damit umgehen.

Lügnerin.

Sobald sie hinter das Steuer glitt, bemerkte sie, dass ihre Hände zitterten. Caleb fiel es ebenfalls auf. »Bist du sicher, dass es dir gut geht?«

»Ja. Natürlich, ja.« Sie seufzte. »Nein. Nein, es geht mir nicht gut. Macht es dir etwas aus zu fahren?«

Er stellte ihr Zittern nicht infrage. Vermutlich schrieb er es ihrem Schreck zu, und doch bestand die Wahrheit darin, dass sie sich in seiner Nähe wieder wie ein Teenager fühlte. Sprachlos, sich seiner übermäßig bewusst und höchst angespannt. Sie wusste nicht, ob sie schreien oder zu einer Pfütze dahinschmelzen würde, wenn er sie berührte.

So oder so, war es pervers, es herausfinden zu wollen?

Als sie die Plätze tauschten, spähte sie auf die Rückbank und sah Luke, der auf seinem Kindersitz angeschnallt war und den Blick auf Caleb konzentrierte.

Scheinbar waren in dem kleinen Kopf ihres Sohnes allerhand Fragen umhergegangen, denn eine bahnte sich den Weg in die Freiheit. »Bist du wirklich ein Soldat?«

»Ich war es.« Caleb blickte in den Rückspiegel, um seinen Sohn anzusehen. »Ich habe Bitten Point vor langer Zeit verlassen und im Ausland im Krieg gekämpft.«

»Hast du Leute umgebracht?«

»Luke! Das ist keine angemessene Frage.« Auch wenn Renny nichts gegen eine gesunde Neugier hatte, zog sie hier die Grenze.

Caleb legte eine Hand auf ihr Knie, eine intime Geste, die jeglichen weiteren Protest auflöste, besonders sobald sie feststellte, dass es Caleb nichts ausmachte. »Ich habe nichts dagegen zu antworten. Ich habe ein paar Leute umgebracht. Das machen Soldaten so. Wir ziehen in den Krieg und tun, was uns befohlen wird.« Es klang so grimmig.

»Hast du im Krieg deine Verletzung bekommen?«

Renny hätte vor Beschämung aufstöhnen können. »Luke, du solltest nicht so persönliche Fragen stellen.« Auch wenn es einige derer waren, deren Antworten sie selbst interessierten.

»Es ist während meiner letzten Mission passiert. Ich habe mich in einem Feuer verbrannt, in einem großen an einem Ort, an dem ich gefangen gehalten wurde.«

»Jemand hat dich gefangen genommen?« Diesmal war sie diejenige, die mit einer Frage herausplatzte.

Einen Moment lang dachte sie, er würde nicht antworten. Er spannte den Kiefer an und umklammerte mit den Fingern so fest das Lenkrad ihres Wagens, dass seine Knöchel weiß wurden. »Ja. Ich war eine Weile lang Sklave eines ...« Caleb verstummte, als er Lukes konzentrierten Blick im Rückspiegel bemerkte. »Einer sehr bösen Person.«

»Hast du denjenigen umgebracht?«

»Nein.« Nüchtern. Ausdruckslos. »Aber keine Angst, diese Person wird nie wieder jemanden ärgern. Die Guten haben den Kampf gewonnen.«

Das Gebäude, das Renny ihr Zuhause nannte, tauchte auf und sie beendete das ernste Gespräch, indem sie den Zeigefinger ausstreckte und sagte: »Da wohnen wir.« Sie wartete auf seinen Spott, aber Caleb fuhr einfach am Bordstein vor und schaltete den Motor aus.

Luke ging voraus die Außentreppe hinauf, die zu ihrer Wohnung über einem Geschäft führte.

Bis auf ihren Schlüssel waren Rennys Hände leer, da Caleb darauf bestanden hatte, die Einkäufe hineinzutragen. Wie häuslich von ihm.

Tatsächlich war die nächste Stunde eine surreale Vision des Lebens, das sie hätten haben können, wenn er sie nicht so unerwartet verlassen hätte.

Auch wenn er kein Koch war – es sei denn, es zählte, im Bayou einen Barsch zu fangen und über offenem Feuer zu braten –, half Caleb dabei, Gemüse zu schneiden, während er die Fragen des plötzlich sehr gesprächigen Lukes beantwortete.

»Was ist deine Lieblingsfarbe?«

»Schwarz.«

»Meine ist blau. Was ist deine liebste Chipssorte? Meine ist Ketchup.«

»Barbecue.«

Und so ging es weiter. Keine so intensiven Fragen wie im Wagen, was gut war, denn Renny fiel es bereits schwer genug, die Ruhe zu bewahren, ohne sich in Calebs Vergangenheit zu verstricken.

Das Sitzen an dem kleinen Tisch, während sie aßen, nahm ihr fast den Atem. *Das ist, was Familien tun: gemeinsam essen, reden, lachen.*

Sie musste sich immer wieder daran erinnern, dass es nicht real war. Nicht von Dauer. Caleb mochte vielleicht im Moment hier sein, aber es gab keine Garantie dafür, dass er bleiben würde.

Als es spät wurde, konnte Luke ein Gähnen nicht verbergen. Renny sagte: »Zeit fürs Bett. Sag Caleb Gute Nacht.«

Ihr Sohn schüttelte den Kopf. »Ich will nicht gehen. Ich will bleiben und mit meinem Daddy reden.«

Der Moment erstarrte. Renny hätte nicht sagen können, wen Lukes Benutzung des Wortes *Daddy* mehr verblüffte. Angesichts der Tatsache, dass Calebs Augen glänzten – *weint er?* –, wusste sie, wer es war.

Es war nicht leicht – ein Teil von ihr schrie: *Nein, er gehört mir, wie kannst du hier auftauchen und ihn mir wegnehmen?* –, aber hier ging es nicht um sie. »Caleb, warum bringst du Luke nicht ins Bett? Aber achte darauf, dass er zuerst seine Zähne putzt.«

»Ich will auch eine Geschichte«, forderte Luke. Ein weiteres Ritual, das an den Neuankömmling übergeben wurde. Aber es war nur ein Abend, und konnte sie es ihrem Sohn verübeln, Zeit mit seinem Vater verbringen zu wollen?

Ja. Ich habe ihn großgezogen. Und sie erzog ihn richtig, weshalb Renny auf ihre Wange zeigte. »Caleb kann dir vorlesen, aber dann brauche ich jetzt meinen Gutenachtkuss.«

Luke rannte zu ihr und breitete die Arme aus. Sie zog ihn in eine Umarmung und übersäte sein Gesicht mit schmatzenden Küssen, bis er kreischte und sich wand. »Mommy!«

Sie setzte ihn ab und sah zu, wie Luke zu Caleb hinüberging, um seine Hand zu nehmen. »Komm und sieh dir mein Zimmer an.« Als ihr Sohn ihn wegzog, warf Caleb ihr einen Blick über seine Schulter zu und flüsterte: »Danke.«

Sie wandte sich ab, damit er die Tränen in ihren Augen nicht sehen konnte. Es waren keine Tränen der Wut, weil ihr Sohn sich für Caleb anstatt für sie entschieden hatte, sondern wegen dem, was hätte sein können.

Während ein Teil von ihr sie unbedingt beobachten wollte, ließ sie die beiden ihre gemeinsame Zeit haben. Wenn, und es war ein großes Wenn, Caleb es ernst damit meinte, ein Teil von Lukes Leben zu werden, dann gäbe es zahlreiche Möglichkeiten, um die Schlafenszeit und andere Dinge zu teilen.

Nachdem das Geschirr des Abendessens weggeräumt war, hatte sie Zeit, um auf dem Sofa zu sitzen, bevor Caleb aus dem Schlafzimmer kam. »Er ist eingeschlafen, bevor ich mit der Geschichte fertig war. Ich schätze, ich war langweilig.«

»Das tut er auch immer, wenn ich ihm vorlese.«

»Er hat mich Daddy genannt.« Caleb war nicht fähig, die Verblüffung in seiner Stimme zu verbergen.

»Weil du es bist.«

»Aber ich weiß nicht, wie man einer ist. Was, wenn ich es vermassle?« Die Angst in diesen Worten war unüberhörbar.

»Willkommen im Klub der Eltern. Du kannst alle Bücher lesen, die du willst, und dir allerhand Ratschläge anhören, aber letzten Endes improvisierst du einfach.«

Das entlockte ihm ein Lachen. »Improvisieren?«

»Bisher hat es für mich funktioniert, also mach es nicht schlecht.« Stille breitete sich zwischen ihnen aus und sie konnte seinem Blick nicht standhalten. »Ich schätze, du wirst jetzt gehen.« Denn Luke war nicht mehr da, um als Puffer zu agieren. Es waren nur er und sie – und einige erregbare Hormone, die schrien: »*Tu etwas!*«

»Willst du, dass ich gehe?«

Eine Frage voll unterschwelliger Dinge, und in ihrem Kopf eine Fluchtmöglichkeit. »Ja.« Der aufflammende Schmerz in seinen Augen entging ihr nicht, weshalb sie seufzte und hinzufügte: »Nein. Wie ist das als klare Antwort?«

Ein Lächeln umspielte seine Lippen, ein Lächeln, das allein für sie bestimmt war. Es traf sie mehr, als es hätte tun sollen. Wärme machte sich in ihrem Bauch breit.

Caleb hatte sich noch nicht von der geschlossenen

Schlafzimmertür wegbewegt. Er sah sich mit zusammengezogenen Augenbrauen um.

»Wo ist dein Schlafzimmer?«

»Du befindest dich darin.«

»Aber hier ist kein Bett.«

»Du hast eine überragende Beobachtungsgabe.« Sarkasmus begleitete ihre Worte, aber ohne Boshaftigkeit. Die meisten Leute waren schockiert, wenn sie von ihrer Wohnsituation erfuhren. »Luke brauchte ein Schlafzimmer mit Tür, da er früher ins Bett geht, und so fliegen seine Spielsachen nicht überall herum.«

»Ihr könntet eine größere Wohnung gebrauchen.«

»Eine größere Wohnung bedeutet mehr Geld.« Bevor er dachte, sie würde um Almosen betteln, fügte sie hastig hinzu: »Uns geht es hier gut.«

Caleb presste die Lippen zu einer dünnen Linie zusammen. »Würdest du damit aufhören?«

»Womit?«

»So gereizt zu reagieren, wann immer ich etwas über euer Leben sage.«

»Vielleicht reagiere ich gereizt, weil du schrecklich viel Kritik übst für einen Kerl, der erst wieder in unser Leben gekommen ist. Ich tue mein Bestes.« Zu ihrem Entsetzen brach ihr die Stimme.

Bevor sie verstehen konnte, was passiert war, sprang Caleb über die Couch und zog sie in seine Arme. Einen Moment lang erlaubte sie ihm, sie zu halten, genoss das Gefühl seines Körpers an ihrem und die Berührung eines Mannes. Dieses Mannes.

Feuer wurde in ihren Sinnen entfacht, weckte sie und erhöhte ihre Temperatur.

Es wäre so leicht, ihr Gesicht zu neigen und seine Lippen zu finden.

Es wäre so leicht nachzugeben ...
Und doch so schwer, sich zu erholen, wenn er sie wieder verletzte.
Es gab nur eine Sache zu tun, um die wachsende Intimität zwischen ihnen zu zerstören. Sie wischte ihre nassen Augen und Wangen von einer Seite zur anderen an seinem Hemd ab, und um das Maß vollzumachen, schnäuzte sie ihre Nase hinein.

KAPITEL NEUN

Das hat sie nicht getan.

Oh, aber Renny hatte es getan. Sie hatte ihre vom Weinen verstopfte Nase in sein Hemd geschnäuzt und sich dann zurückgelehnt, wobei ein winziges, siegreiches Lächeln ihre Lippen umspielte.

Warum sollte sie das tun? Renny war eine Dame – wenn auch angesichts ihrer Erziehung von der taffen Sorte –, aber dennoch war sie alles andere als ordinär ... es sei denn, sie hatte Hintergedanken?

Sie trat von ihm zurück, um zu der Schachtel Taschentücher auf der Theke zu gehen.

Als sie sich umgedreht hatte, lehnte er sich an die Rückseite ihrer Couch, die Arme ausgebreitet und ohne Hemd.

Sie starrte ihn mit offenem Mund an. »Was denkst du, was du da tust?«

»Du hast mein Hemd als Taschentuch benutzt. Ich nahm an, es wäre ein Hinweis von dir, dass ich es ausziehen soll.«

»Deshalb habe ich es nicht getan.«

»Also gibst du zu, es absichtlich getan zu haben?«

Sie presste die Lippen aufeinander und funkelte ihn an.

Er konnte nicht umhin zu lachen. »Komm schon, Baby. Entspann dich. Setz dich neben mich. Ich verspreche, dich nur an den Stellen zu beißen, die dich erregen.«

Ihr plötzliches Einatmen und die Art, wie er praktisch die Hitze spüren konnte, die ihre Haut rot werden ließ, waren eindeutig.

Schön zu sehen, dass sie sich erinnert ...

»Ich denke, es ist an der Zeit, dass du gehst. Luke ist jetzt im Bett, also gibt es keinen Grund für dich zu bleiben.«

»Und ich sage, dass es zu viele gibt, um sie aufzulisten. Wir müssen reden, Renny.«

»Worüber? Luke? Ich habe dir gesagt, dass du ihn sehen kannst. Er weiß, dass du sein Vater bist. Was willst du noch von mir?«

»Dich.« Das einzelne Wort entwich ihm, und so wie sie zurückzuckte, hätte er sie genauso gut ohrfeigen können.

»Ich kann das nicht, Caleb. Nicht noch einmal.«

Der blanke Schmerz in diesen Worten tat mehr weh als die Narben auf seinem Körper. Aber er konnte sie auch nicht einfach in der Luft zwischen ihnen hängen lassen. Im Bruchteil einer Sekunde stand er vor ihr.

»Baby.« Das sanfte Wort verließ seine Lippen, während er seine Arme um sie legte. Zuerst versteifte sie sich in seiner Umarmung. Dann seufzte sie.

»Ich habe mir versprochen, dir zu widerstehen«, murmelte sie.

Er strich mit den Fingerknöcheln über die seidige Haut ihrer Wange. »Dasselbe Versprechen habe ich mir gegeben.«

Sie hob den Blick. »Du bist beschissen darin, Versprechen zu halten.«

Er wusste, dass sie es im Scherz meinte, aber es machte ihn wütend. Nicht wütend auf sie, weil sie die Wahrheit sagte, sondern auf sich selbst. »Ich wollte dich nie verlassen.«

»Warum bist du dann gegangen? Warum, Caleb?«

Sie bat ihn um eine Antwort, die er ihr geben wollte. Er wollte unbedingt, dass sie verstand, dass es nicht an ihr gelegen hatte – sondern an ihm. Genauer gesagt an dem Monster in ihm. Der kaltblütigen Bestie, die er nicht immer kontrollieren konnte.

Da er keine Worte finden konnte, keine, die seine Gefühle ausdrücken würden, ließ er sich von seinem Instinkt leiten. Das Problem war, dass der Überlebensinstinkt ihn nicht aus der Tür führte, wie er es erwartet hätte, sondern ihn dazu veranlasste, den Kopf zu einem Kuss zu senken.

Sie drehte ihren Kopf weg, sodass seine Lippen die ihren verpassten und stattdessen auf die weiche Haut ihrer Wange trafen.

Davon nicht entmutigt, besonders da sie sich nicht aus seinen Armen löste, ließ er seinen Mund zu ihrem Ohr wandern. Sie hatte es immer geliebt, wenn er an ihrem Ohrläppchen knabberte.

Das hatte sich nicht geändert. So viel hatte sich nicht geändert, zum Beispiel die Gefühle, die sie in ihm auslöste ...

Ein leises Seufzen entwich ihr, als er an dem Stück Haut zog. Ihr Körper wurde weicher und sie trat näher an ihn heran, um die kleine Lücke zwischen ihnen zu schließen.

Nach Hause kommen. Der geflüsterte Gedanke hallte mit einem Gefühl der Richtigkeit wider.

Renny passte so perfekt in seine Arme, ihr üppiger

Körper ergänzte seine Härte. Ihr Duft, die Essenz, der es nie misslang, das in ihm glimmende Feuer zu entfachen. Ein Feuer, das nur für sie brannte.

Da sie sich seiner Berührung hingab und ihr Körper nachgiebig und weich in seinen Armen lag, führte er seinen Mund wieder zu ihrem. Diesmal drehte sie sich nicht weg. Stattdessen traf sie ihn in einer sinnlichen Umarmung, einer langsamen Erkundung, die jeden einzelnen seiner Sinne entzündete. Ihre Berührung – so zärtlich. Ihre Geräusche – ein atemloses Keuchen. Ihr Geschmack – wirksamer als Ambrosia. Sein Geist und seine Seele jubelten über die Zusammenkunft.

Mein.

Und das meinte er nicht im Sinne von Besitz, sondern in der Überzeugung, dass Renny die einzige Frau war, die ihn jemals mit Körper, Geist und Seele vervollständigen konnte.

Das Wissen, dass sie so viel Macht über ihn hatte, hätte ihn erzittern lassen sollen. Er war bereits zuvor Gefangener einer Frau gewesen und hatte gelitten, aber Rennys Kontrolle war nicht erzwungen. Sie zwang ihn nicht zum Handeln. Es war nicht ihre Schuld, dass ihn allein ihre Anwesenheit verführte und all seine Versprechen vergessen ließ.

Wie konnte er überhaupt daran denken aufzuhören, wenn er sich so mühelos an die feurige Natur ihrer Leidenschaft erinnerte? Die Erwartung hielt ihn davon ab, sich zurückzuziehen. Die Begierde ließ ihn nach mehr verlangen.

Letzten Endes landete er mit ihr auf seinem Schoß auf der Couch, was gut war, da eine Schwäche seine Gliedmaßen erfüllte. Es war ein feines Zittern, das jede Faser seines Seins durchdrang, als die Vergangenheit und Gegenwart in diesem Moment miteinander kollidierten und nicht nur seinen Körper, sondern auch sein Herz hart trafen.

Wie konnte ich sie jemals verlassen?

Warum hatte er so lange gebraucht, um seinen Weg zurück zu finden?

Er vergrub seine Finger in der seidenen Haarsträhne, die ihr über die Schulter fiel, und zog ihren Kopf nach hinten, damit er mit den Lippen die feine Linie ihres Halses nachfahren konnte.

Das schnelle Flattern ihres Pulses neckte ihn, verspottete die Bestie, die zubeißen wollte, aber er kämpfte gegen den Drang an. Er wollte Renny nicht wehtun. Bei dieser Sache würde der menschliche Teil von ihm seinen Willen durchsetzen.

Mit der Zungenspitze zeichnete er Muster auf ihre Haut. Kurz darauf saugten seine Lippen daran. Allerdings war er nicht zufrieden damit, nur an ihrem Hals zu knabbern.

Ich sehne mich nach etwas Feuchterem.

Brüste wie reife Pfirsiche luden ihn ein, sie zu umfassen, und genau das tat er. Er hielt sie in der Hand, während er mit dem Daumen über die Spitze strich. Selbst durch den Stoff ihres Hemdes und ihres BHs reagierte ihre Brustwarze und verhärtete sich zu einer Knospe, die hervorstand. Ein Schaudern ging durch ihren Körper und ein kurzer Blick auf ihr Gesicht offenbarte, wie sie sich die Lippen leckte. Sanft rieb er mit dem Daumen über eine der Spitzen.

Sie erschauderte erneut und ein leises Seufzen entwich ihren Lippen.

Verführerisch reichte nicht einmal annähernd aus, um sie zu beschreiben.

Wie konnte er widerstehen?

Caleb senkte den Kopf und reizte eine Brustwarze,

umschloss sie mit dem Mund und saugte daran. Der Stoff ihres Oberteils wurde feucht, während ihre Atmung in kürzeren Abständen kam.

»Caleb.« Sie stöhnte seinen Namen.

Meinen Namen.

Sie wusste, dass er es war, der sie erregte. Sie akzeptierte und sehnte sich nach seiner Berührung. Von diesem Wissen ermutigt, spielte er am Saum ihres Hemdes, zog es über die Wölbung ihrer Brüste und enthüllte ihren schlichten weißen BH. Sie brauchte keinen Spitzenstoff oder Formbügel, um ihre Brüste zu präsentieren. Sie waren perfekt.

Als er die Haken auf der Rückseite löste, stellte er fest, dass sie voller waren, und doch noch immer hoch sitzend, rund und ...

»Deine Brustwarzen sind dunkler.« Diese Beobachtung sprach er laut aus und hätte sich selbst treten können, als sie sich mit den Händen bedecken wollte, als wäre sie schüchtern oder verlegen.

»Das ist während der Schwangerschaft passiert.«

Die Erinnerung veranlasste ihn dazu, die Lippen aufeinanderzupressen, und er löste sich fast von ihr, da er wusste, dass er versagt hatte. Aber er hielt sich zurück.

Würde sie sich, wenn er jetzt ging, fragen, ob es daran lag, dass er etwas über ihren Körper gesagt hatte? Er wollte niemals, dass Renny sich etwas anderes als perfekt fühlte, und im Moment, da sie sich auf die Unterlippe biss und noch immer bedeckte, konnte er sehen, dass sie sich fragte, ob er sie noch attraktiv fand.

Wenn du nur wüsstest, wie umwerfend du für mich bist, Baby, und wie oft du mich davor bewahrt hast, für immer in die Dunkelheit zu stürzen.

Er nahm ihre Hände weg, damit er diese prachtvollen

Titten anstarren konnte – sie waren so verlockend, dass ihm praktisch das Wasser im Mund zusammenlief. Er sah sie an und fing ihren Blick ein. »Du bist wunderschön.«

Sie gab ein Geräusch von sich. »Das sagst du nur so. Ich weiß, dass ich schwerer bin als früher, und ich habe Dehnungsstreifen.«

Die zusätzlichen Kurven ihres Körpers sahen für ihn mehr als gut aus. Männer mochten es etwas üppiger. Was den Rest betraf ... »Du hast Dehnungsstreifen und ich habe Narben. Was soll's?« Er zuckte die Achseln. »Das Leben ist beschissen. Dinge passieren. Manchmal hinterlassen sie eine Spur, die dich daran erinnert.« So wie das Feuer seine Spuren hinterlassen hatte, und doch hatte er in den Flammen seine Freiheit wiedergewonnen, weshalb es eine Erinnerung war, die ihm nichts ausmachte. »Manche Narben trägt man als Ehrenabzeichen.« So wie die Dehnungsstreifen, die bedeuteten, dass sie Leben geboren hatte. *Meinen Sohn.* Wie konnte sie denken, dass er die zurückgebliebenen Spuren nicht mögen würde? Er fuhr über die Haut an ihrem Bauch, da ihn die silbrigen Linien nicht im Geringsten störten.

Sie strich mit der Hand über seine entstellte Wange und er erschauderte, als sie die nie vollständig geheilte Haut berührte. »Du hast dich verändert.«

Ja. Und nein. Seit er das Militär verlassen hatte, ließ er seine andere Seite nicht raus. In dieser Hinsicht *veränderte* er sich nicht mehr. »Ich will nicht leugnen, dass ich einige Dinge durchgemacht habe, die mich beeinflusst haben, und doch bleibe ich auf gewisse Weise derselbe. Ich habe nie aufgehört, an dich zu denken.«

»Darüber will ich nicht reden.« Sie senkte den Blick, während eine leichte Anspannung ihren Körper versteifte.

Toll gemacht, du Idiot. Du hast den Moment ruiniert.

Caleb erwartete, dass sie sich zurückziehen würde, aber sie überraschte ihn, indem sie sich vorbeugte, ihre Lippen auf seine presste und ihn leidenschaftlich küsste, wobei in ihrer Hektik ihre Zähne gegen die seinen stießen.

Wenn sie es vorzog zu handeln, anstatt zu reden, dann war er damit einverstanden. Er war ihrer Berührung beraubt, und angesichts dessen, wie sie sich an ihm rieb, war er nicht der Einzige. Sie legte sich auf die Couch und er bedeckte sie zum Teil, den Körper seitlich geneigt, damit er seine Hände weiterhin erkunden lassen konnte.

Ihre wadenlange Yogahose war figurbetont und perfekt für seine Hand, mit der er ihren Schritt umfassen wollte. Ihre Hitze brannte durch den Stoff, der bereits durch die Nässe ihrer Erregung feucht geworden war.

Sie bewegte die Hüften, als er seinen Handballen an sie presste, und ihre Atmung kam stoßweise. Während er rieb, waren seine Lippen damit beschäftigt, an den Brustwarzen zu saugen und zu knabbern, die er entblößt hatte.

Sie grub ihre Finger in seine Kopfhaut, hielt ihn an seine Brust und trieb ihn mit ihrem leisen Wimmern der Ermunterung an.

Die Hitze ihrer Haut verspottete ihn durch ihre Hose hindurch. Er musste sie berühren. Jetzt.

Er ließ seine Hand unter den Stoff und dann unter den Gummibund ihres Slips gleiten. Mit den Fingern strich er durch flaumige Locken und hörte, wie sie den Atem einsaugte.

Caleb führte seine Erkundung fort und berührte mit der Fingerspitze den feuchten Rand ihrer Schamlippen. Er spreizte sie, bevor er mit einem Finger eindrang.

Heiß. Feucht. Eng.

Oh, verdammt.

Er stieß mit seinem Finger in sie hinein in dem

Wunsch, es wäre sein pochender Schwanz, aber er wollte die Dinge nicht überstürzen. Er wollte diesen Moment nicht ruinieren.

Seine Mission: sie befriedigen. Er wollte sie seinen Namen schreien hören. Er wollte ihren Höhepunkt an seinen Fingern, oder noch besser, an seiner Zunge spüren.

Er führte einen zweiten Finger ein, dehnte sie, und während er hinein- und hinausglitt, biss er in ihre Brustwarze, während sie keuchte: »Ja. Ja. Ja.«

Ihr Körper spannte sich an, als sie sich dem Abgrund näherte. Schneller. Immer schneller.

»Ja! Ja!«

Der markerschütternde Schrei kam nicht von Renny.

KAPITEL ZEHN

»Mommy!« Der spitze, schrille Schrei zerbrach den Moment besser, als es ein Eimer voller Eiswasser hätte tun können.

»Luke!« Sie rief seinen Namen, als sie von der Couch aufsprang. Renny zog schnell ihr Hemd nach unten, während sie um die Möbel eilte, um zum Schlafzimmer zu kommen.

Caleb nahm eine Abkürzung, sprang über die Couch und betrat das Schlafzimmer, bevor sie es überhaupt zur Tür geschafft hatte.

Beim Eintreten fand sie Luke zusammengekauert am Kopfteil vor, während Caleb mit angespanntem Körper vor dem Fenster stand.

Dem offenen Fenster.

Eine kühle Brise mit einem Hauch des Bayous erfüllte den Raum und ließ die Superhelden-Vorhänge flattern, die sie aus ausrangierter Bettwäsche genäht hatte. Der feuchte Sumpf war ein bekannter Geruch, aber darunter lag etwas anderes, ein penetranter Duft, den sie nicht identifizieren konnte.

»Was ist das für ein Geruch?«, fragte sie, als sie den Raum durchquerte und die Arme nach ihrem Sohn ausstreckte. Luke stürzte sich auf der Suche nach Sicherheit in sie hinein.

Caleb, der noch immer das Fenster anstarrte, antwortete ihr. »Ich weiß nicht, was das ist. Es ist eine Mischung verschiedener Dinge, nicht dass das einen Sinn ergäbe.«

Nun, das war vage. »Hast du das Fenster offen gelassen, als du ihn ins Bett gebracht hast?«

Der Anspannung seiner Schultern und seinem Kopfschütteln nach zu urteilen hatte er das nicht getan. Trotz der warmen Temperaturen durchfuhr sie ein Schauer.

Wer hat das Fenster aufgemacht? Und noch beunruhigender war die Frage: Warum?

»Ich habe etwas gesehen«, schluchzte Luke. Die Angst verwandelte ihn wieder in einen kleinen Jungen, der sich an seine Mutter klammerte.

»Was hast du gesehen, mein Schatz?« Sie wiegte ihn in den Armen, eine bekannte Bewegung, mit der sie begonnen hatte, als er noch kleiner war und aufgrund von Bauchschmerzen oder eines neuen Zahns getröstet werden musste.

»Der Dinosaurier hat mich gefunden. Er will mich fressen!«

»Es war nur ein Albtraum, Schatz. Dinosaurier existieren nicht.«

Die richtigen Worte für eine solche Situation, und doch konnte sie nicht leugnen, dass etwas passiert war. Jemand oder etwas hatte dieses Fenster geöffnet und einen Geruch hinterlassen, der unangenehm in der Luft verweilte.

Caleb streckte den Kopf und einen Teil seines Oberkörpers aus dem Fenster, welches nicht nur geöffnet war, sondern dem auch das Fliegengitter fehlte. Konnte Luke die

Angst in ihr spüren, da er sich voller Panik noch fester an sie klammerte? Offensichtlich glaubte er, dass etwas versucht hatte hereinzukommen, und angesichts dessen, wie Caleb sich verhielt, war er derselben Meinung.

Aber wer könnte es auf ihren Sohn abgesehen haben?

Dasselbe Ding, das die Zwillinge verängstigt und Melanie etwas angetan hat. Versteckte sich etwas Gefährliches im Bayou? Es wäre nicht das erste Mal.

»Was geht hier vor sich, Caleb?«, fragte sie mit einer Stimme, die zu schrill klang, aber sie konnte nicht anders. Sie drückte den Kopf ihres Sohnes an sich, während sie ihn auf ihrer Hüfte wiegte.

Caleb wandte sich vom Fenster ab und erwiderte ihren Blick. Er zog seine breiten Schultern hoch. »Ich weiß nicht, was zum Teufel hier vor sich geht, aber es gefällt mir nicht. Irgendetwas hat versucht, hier reinzukommen.«

Bei seinen Worten wimmerte Luke und vergrub den Kopf tiefer an ihrer Schulter.

Ein Knurren ertönte und Renny konnte nicht umhin, einen Schritt zurück zu machen, als Calebs Augen grün schimmerten, da sich seine innere Bestie einen Moment lang aufbäumte.

Sie war verängstigt – und fasziniert. Auch wenn sie wusste, dass Caleb ein Gestaltwandler war, hatte sie seine andere Seite nie zu sehen bekommen, fast so, als würde er sich dafür schämen.

Oder davor fürchten.

Andere hatten keinerlei Probleme damit, ihre Bestie herauszulassen, damit diese sich recken und strecken konnte. Es war nicht ungewöhnlich, sie nachts hin und wieder umherstreifen zu sehen, auch wenn Daryls schwarzer Panther schwer zu erkennen war.

Caleb hingegen genoss sein Anderssein nicht so wie die

anderen. Er hielt es versteckt, bis auf die Zeiten intensiver Emotionen. Dann, und nur dann, ließ er gelegentlich so weit nach, dass sich das Krokodil erheben konnte.

Ein kurzer Blick war alles, was sie bekam, bevor Caleb die Tür zu diesem Ort zuschlug und seine Augen wieder normal wurden, aber sein Körper war noch immer angespannt.

»Ihr könnt nicht hierbleiben.« Es war ausdruckslos.

Sie war derselben Meinung, aber bei seiner Aussage gab es einen Haken. »Wir können sonst nirgendwo hin.« Das war nicht ganz die Wahrheit. Sie könnten vermutlich bei Melanie schlafen, aber konnte sie es, nachdem die Zwillinge an diesem Nachmittag so verschreckt worden waren, wirklich wagen, ihre eigenen Sorgen und Ängste auf ihnen abzuladen?

Caleb richtete sich entschlossen auf und seine Augen funkelten, fast als würde er sich auf den Kampf vorbereiten.

Was bedeutet, dass sein Vorschlag mir vermutlich nicht gefallen wird.

»Es gibt einen Ort, an dem ich euch beschützen kann. Bei mir.«

Er hatte recht. Es gefiel ihr überhaupt nicht.

Aber wenn es um die Sicherheit ihres Sohnes ging, hatte sie keine Wahl.

KAPITEL ELF

Es überraschte Caleb, dass Renny nicht sonderlich protestierte, als er ihr sagte, sie würde mit zu seinem Haus kommen. Eigentlich war es das Haus seiner Mutter, aber er glaubte nicht, dass Ma protestieren würde, nicht wenn er wusste, dass sie sich danach sehnte, ihren Enkel kennenzulernen.

»Gib mir eine Minute, um ein paar Sachen zu holen«, murmelte sie stattdessen. Noch faszinierender war es, wie Luke sich auf ihn stürzte und die Arme und Beine so eng um seinen Körper wickelte, wie es ihm möglich war, als er die Arme ausstreckte, um seinen Sohn zu nehmen.

Renny brauchte ein paar Minuten, um eine Tasche zu packen, während Luke an Calebs Brust gekuschelt lag. Das Vertrauen, das sein Sohn in ihn hatte, reichte fast aus, um einem erwachsenen Mann Tränen in die Augen zu treiben.

Ein kurzes Kratzen an seinem Schritt linderte diesen Drang.

Seine Familie zu lieben war schön und gut, aber er konnte nicht zulassen, dass schwächende Emotionen seine

Sinne vernebelten. *Ich muss wachsam und bereit sein, denn die Gefahr lauert.*

Irgendetwas bedrohte seine Familie und er musste sie beschützen.

Es war seltsam. Innerhalb nicht einmal eines Tages war er davon, sich zu fragen, ob er jemals hineinpassen würde, und von dem Versprechen, Renny fernzubleiben, dazu übergegangen, fast mit ihr zu schlafen, sofort eine Bindung zu seinem Sohn aufzubauen und jetzt zu schwören, dass er sich um sie beide kümmern würde.

Ich schätze, ich werde bleiben.

Und er würde jeden umbringen, der versuchte, ihn wieder zum Gehen zu bewegen.

Fest zubeißen.

Diese Tür schloss er. Die Hilfe dieses Teils von ihm brauchte er nicht.

Als es an der Zeit war, die Wohnung zu verlassen, musste Caleb Luke an seine Mutter übergeben, da er die Hände freihaben wollte, nur für den Fall, dass das, was hereinzukommen versucht hatte, noch in der Nähe war. Sein Sohn weigerte sich jedoch, getragen zu werden.

»Ich bin kein Baby«, verkündete Luke mit hervorgeschobener Unterlippe.

»Natürlich nicht«, erwiderte Caleb, als er den Schmerz in Rennys Gesicht sah. »Aber tu mir einen Gefallen, ja, mein Großer? Kannst du die Hand deiner Mutter halten? Sie sieht irgendwie verängstigt aus. Es ist deine Aufgabe, sie zu beschützen, bis wir zum Wagen gelangen.«

Die schmale Brust vor Stolz angeschwollen und in einem Pyjama, auf dem – *stöhn* – lächelnde Alligatoren abgebildet waren, ergriff Luke die Hand seiner Mutter.

Mit Caleb als Anführer, der nach draußen trat und nach Anzeichen für Gefahr suchte, gingen sie die Treppe hinunter zum Gehweg und bewegten sich schnell auf das Fahrzeug zu.

Nichts störte die Ruhe des Abends, nicht einmal ein Windhauch. Auch das Zirpen der Grillen blieb aus.

Es gab nichts als die Geräusche, die sie machten, als ihre Füße auf den Bürgersteig trafen.

Caleb vertraute der Stille nicht im Mindesten. »Steigt in den Wagen«, befahl er.

Als Renny die hintere Beifahrertür öffnete, betrachtete Caleb die Schatten. Es gab zu viele, und den Versuch, die verschiedenen Gerüche einzuordnen, machte er gar nicht erst. Was auch immer versucht hatte, durch das Fenster zu klettern, hatte einen Gestank hinterlassen, der die Luft in alle Richtungen durchdrang.

Was zum Teufel ist das?

Die Antwort kribbelte am Rand seiner Sinne und ein Teil von ihm verspottete ihn mit dem Gefühl der Vertrautheit, aber gleichzeitig hatte der Geruch etwas Fremdartiges an sich, eine Empfindung, dass etwas nicht stimmte, die seine Haut prickeln ließ und das Krokodil in seinem Kopf dazu veranlasste zu schnappen.

Beiß den Feind.

Hör mit dem Beißen auf. Benimm dich.

Caleb konnte es auf keinen Fall gebrauchen, vor Luke und Renny die Kontrolle über seine Bestie zu verlieren. Er würde ihnen sicherlich Angst machen. Aber noch schlimmer, was, wenn er das Reptil nicht kontrollieren konnte, mit dem er sich einen Körper teilte? Was, wenn *es* wieder passierte?

Sobald Renny und Luke sicher auf ihren Plätzen saßen, begab Caleb sich zum Fahrersitz, den Renny ihm gelassen hatte.

Er glitt hinter das Steuer und starrte den Türknopf an

der Fahrerseite an. »Du hast nicht mal eine automatische Verriegelung?«

Mit einem Funkeln in den Augen schlug Renny mit der Hand auf ihren Türknopf, was Luke ihr sofort gleichtat. »Ist das für dich automatisch genug?«

Ja, die Dinge hier würden sich ändern, beginnend mit dem Lebensstandard. Caleb wollte verdammt sein, wenn es seinem Kind an Sachen mangelte, so wie es bei ihm gewesen war.

Das war nicht falsch zu verstehen. Seine Mutter hatte ihr Bestes getan, aber als alleinerziehende, berufstätige Mutter zweier aufgeweckter Jungs – die mit rasanter Geschwindigkeit aus ihren Hosen und Schuhen herauswuchsen – mussten ihre Gehaltsschecks für das Wichtigste ausreichen, weshalb ihnen vieles verwehrt blieb.

Aber so wird es meinem Kind nicht ergehen.

Sein Kind würde das Beste von allem haben, selbst wenn er seinen Stolz herunterschlucken musste, um sich einen Job zu suchen. Um einen Job würde er sich am Morgen Gedanken machen. Zuerst musste er alle in Sicherheit bringen.

Die Fahrt zum Haus seiner Mutter fand in Stille statt, da das Radio ihres Wagens nicht mehr als gelegentlich ein paar Musikfetzen inmitten des Rauschens herausbrachte. Er hatte keinen Atem mehr, um zu seufzen, als sie entschuldigend murmelte: »Die Antenne ist abgebrochen.«

Es dauerte nicht lange, um sein Zuhause zu erreichen, aber es war lange genug, dass ein müder kleiner Kerl fast einschlief.

Renny protestierte nicht, als Caleb derjenige war, der ihren Sohn von der Rückbank nahm und ins Haus trug.

Seltsamerweise brach Prinzessin, das tollwütige Eichhörnchen, welches das Haus für seine Festung zu halten schien, nicht in misstönendes Gebell aus. Es war das erste Mal seit seiner Ankunft, und Caleb war dankbar dafür. Er war davon überzeugt, dass die Hündin sadistische Freude daran hatte, außer Sichtweite auf der Lauer zu liegen, damit sie auf ihn zustürzen konnte, mit schrillem Bellen und aufblitzenden Zähnen, die jedem Mann die Eier in den Bauch hochzogen.

Ein kurzer Blick nach links durch die Küche offenbarte, dass die Schlafzimmertür seiner Mutter geschlossen war und kein Licht durch die Schlitze schien. Jahre der frühen Arbeitsschichten bedeuteten, dass Ma um neun Uhr abends ins Bett ging. Constantine hingegen war noch immer wach, mit seiner pelzigen Ratte auf dem Schoß, die ein wachsames Auge auf Caleb gerichtet hatte. Sie bellte nicht, aber Caleb sah das Funkeln in ihrem Blick und das Hochziehen ihrer Lefze, das sagte: *Ich beobachte dich.*

Sein Bruder zog eine Augenbraue hoch, da er sich vermutlich über das schläfrige Kind in Calebs Armen und die Tatsache wunderte, dass Renny hinter ihm eintrat.

Es war nur ein stummes Nicken seitens Caleb nötig, um die Fragen zurückzuhalten, die er in Constantines Augen sehen konnte.

Als Caleb den Flur entlang zu seinem Zimmer ging, hielt er nur einen Moment lang inne, um auf die offene Tür zu zeigen, die zum Badezimmer führte. Angesichts der geheimen Natur seiner früheren Beziehung zu Renny waren sie nie wirklich in seinem Haus gewesen. Sie hatten den Großteil ihrer Zeit im Bayou verbracht, wo das weiche Moos ihr duftendes Bett und der mit Wolken gesprenkelte Himmel ihre Decke waren.

Als er sein Zimmer betrat, das während seiner Abwesenheit überraschenderweise unberührt geblieben war, zog Caleb die ordentlich gemachte Bettdecke zurück – ein Teil des Militärtrainings verblasste nicht so einfach – und legte Luke auf die Matratze.

Renny stellte sich neben ihn und zog die dicke Decke hoch, bevor sie Luke einen sanften Kuss auf die Stirn gab, aber als sie gehen wollte, gab Luke ein Geräusch von sich.

»Hab keine Angst, mein Schatz, Mommy geht nirgendwo hin.« Ohne einen Blick oder ein Wort zu Caleb glitt Renny auf die andere Seite des Bettes und zog ihr Kind eng an sich.

War es seltsam, dass er sich zu ihnen gesellen wollte?

Er hätte gern die Arme um sie beide gelegt und ihnen versichert, dass er sie beschützen würde.

Ich werde euch nicht wieder enttäuschen.

Vielleicht spürte sie sein neuestes Versprechen, ein Versprechen, das er bis zu seinem Tod halten würde. Was auch immer der Grund dafür war, als Renny ihn ansah, war er froh um die Stille, da er sich nicht sicher war, ob er in diesem Moment hätte sprechen können. In ihren Augen erkannte er Vertrauen.

Nach allem, was ich getan habe ... vertraut sie darauf, dass ich sie beschütze.

Bevor er sich blamieren und darum betteln konnte, sich zu ihnen ins Bett zu legen – womit er vermutlich das verdammte Gestell zum Zusammenbruch gebracht hätte –, ging Caleb und schloss leise die Tür hinter sich.

Einen Moment lang stand er im Flur, den Kopf gesenkt, und versuchte nur zu atmen. Die Panik, die er die ganze Zeit im Zaum gehalten hatte, überrollte ihn wie eine Welle. Er nahm keuchende Atemzüge und sank schwindelig in die Hocke, da es seinen Beinen an Kraft mangelte, um ihn zu halten.

Wie kann ich sie beschützen?

Er konnte nicht einmal sich selbst beschützen.

Ich kann sie nicht im Stich lassen.

Nicht erneut.

Nie wieder.

Dann reiß dich zusammen!

Hör auf mit deiner Selbstmitleidsorgie und übernimm das Kommando. Er war kein Feigling. Er war kein Schwächling.

Mit tiefen Atemzügen drängte er die Panik zurück. Er zwang Kraft in seine Gliedmaßen und stand auf. Er machte die nötigen Schritte, um von der Tür wegzukommen, die ihn von den beiden wichtigsten Dingen in seiner Welt trennte, und torkelte förmlich ins Wohnzimmer.

»Ich brauche ein Bier.« Aber er würde keines trinken. Nicht, wenn er klare Sinne brauchte.

»Ich hätte eher an einen Seelenklempner gedacht«, erwiderte Constantine von seinem Platz auf der Couch aus. »Bin das nur ich oder hast du gerade ein Kind samt Mutter zur Übernachtung hergebracht?«

»Das habe ich.« Eine Übernachtung, zu der er nicht wirklich eingeladen war.

»Aber ich bin ein wenig verwirrt. Wie willst du Renny vögeln, wenn ein Kind in der Nähe ist?«

Caleb war sich nicht einmal bewusst, dass er sich bewegt hatte, außerdem war es ihm egal, wie groß sein kleiner Bruder war. Er zerrte ihn am Hemd von der Couch und knurrte: »Wage es verdammt noch mal nicht, sie respektlos zu behandeln.«

»Ich glaube, ich habe noch einen langen Weg vor mir, wenn ich diesbezüglich mit dir mithalten will, *großer Bruder*«, spottete Constantine. »Kennst du überhaupt die Bedeutung des Wortes Respekt?«

»Ich weiß genug, um dir zu sagen, dass ich nicht zulasse, dass du schlecht über Renny sprichst.«

»Keine Sorge. Ich habe nicht beabsichtigt, irgendetwas über sie zu sagen. Aber was dich betrifft ... über dich mache ich mich lustig, wann immer mir danach ist. Besonders wenn ich ein Problem damit habe, dass du erneut das Leben von Renny und dem Jungen versaust.«

»Wer sagt, dass ich es ihnen versauen werde?«

»Du hast es schon einmal getan. Wie ich gehört habe, ist es beim zweiten Mal leichter.«

Leichter? War Constantine verrückt? »Nichts daran, diesen Ort und sie zu verlassen, war leicht. Ich habe es jeden verdammten Tag bereut.«

»Und trotzdem bist du gegangen. Jahrelang warst du weg und hast dich einen Scheißdreck um alle anderen geschert. Jetzt kommst du zurück und erzählst diese hübschen Worte darüber, hierzubleiben und den Mist wiedergutzumachen. Kannst du es mir verübeln, wenn ich dir nicht glaube?«

»Nein. Ich schätze, du wirst mir Zeit geben müssen, um mich zu beweisen.«

»Das Problem mit der Zeit ist, dass du damit die Gelegenheit bekommst, Renny und ihrem Jungen erneut wehzutun.«

»Was ich mit ihnen mache, geht dich nichts an.«

»Da bin ich anderer Meinung. Dies ist mein Haus, und ich habe ein Recht darauf zu wissen, was zum Teufel vor sich geht. Das den Flur runter ist mein Neffe.« Constantine zeigte mit einem Finger in die entsprechende Richtung. »Und ich will verdammt sein, wenn ich mich zurücklehne und zulasse, dass du ihm übel mitspielst. Das verdient er nicht, genauso wenig wie sie.«

»Zuallererst, wie oft muss ich verdammt noch mal sagen, dass es mir leidtut?« Es war nicht einfach, seine Stimme leise und unter Kontrolle zu halten, aber Caleb versuchte es. Die Wände seines Hauses waren nicht dick, und auch wenn die Klimaanlage an den Fenstern laut summte, wollte er nicht, dass Renny und sein Sohn von seiner noch immer angespannten Beziehung zu seinem Bruder gestört wurden. »Ich habe es versaut, okay? Ich habe es extrem versaut und ich weiß, dass viele Entschuldigungen und anderer Mist nötig sein werden, damit die Leute mir dafür vergeben. Aber ich versuche es, verdammt noch mal.«

»Indem du Renny und ihren Jungen mitten in der Nacht nach draußen schleifst?«, fragte sein Bruder ungläubig.

»Du hättest dasselbe getan. Irgendetwas ist hinter meinem Sohn her und hat bereits zweimal versucht, ihn zu holen.« Caleb brachte seinen Bruder schnell auf den neuesten Stand. Als er ihm von den Vorfällen beim Picknick, vor dem Lebensmittelladen und in Rennys Wohnung erzählt hatte, war Constantines Miene nachdenklich geworden.

»Es geschieht wieder.«

Das hatte Caleb nicht zu hören erwartet. »Was geschieht wieder? Wovon zur Hölle sprichst du?«

Constantine erwiderte seinen Blick. »Ich vergesse immer wieder, dass du mit den Lokalnachrichten nicht auf dem Laufenden geblieben bist. Oder wenigstens mit den Gestaltwandlerneuigkeiten aus unserer Stadt. Es hat vor ein paar Jahren angefangen.«

»Merk dir, wo wir stehen geblieben sind.« Caleb hob eine Hand. »Sag es mir noch nicht. Lass uns rausgehen und du kannst mir erklären, was du meinst, während ich das Grundstück kontrolliere.«

Denn auch wenn sie mehrere Kilometer aus der Stadt herausgefahren waren, hatte dieses Ding, was auch immer es war, das es auf sein Kind abgesehen hatte, offensichtlich keinerlei Probleme damit, zu reisen oder zu folgen.

Außerhalb des Hauses war das Summen der Klimaanlage an den Fenstern lauter, aber trotzdem konnte Caleb den beruhigenden Klang der Grillen und andere Geräusche aus dem Bayou hören. Es war nichts Außergewöhnliches festzustellen, aber dennoch konnte es nicht schaden, auf Nummer sicher zu gehen.

Als Caleb sich in Bewegung setzte, um das Haus zu umrunden, wobei er den Blick auf den Boden richtete, um nach Spuren Ausschau zu halten, stürzte Constantine sich in eine Zusammenfassung über den seltsamen Mist, der Bitten Point heimsuchte.

»Also, ungefähr zwei Jahre oder so, nachdem du gegangen warst, ist eine Reihe von Leuten verschwunden. Keine Männer, nur ein paar Frauen und Kinder. Alles Gestaltwandler.«

»Entführungen oder Morde?«

Sein Bruder zuckte die Achseln. »Wir haben es niemals wirklich herausgefunden. Ein paar von denen, die verschwunden sind, kamen ohne Erinnerung an das, was passiert war, zurück, während andere ...« Er verstummte.

»Nie zurückkehrten?«

»Nein. Es war, als hätten sie sich in Luft aufgelöst.«

Oder als wären sie vom Bayou verschluckt worden. Die Sümpfe wussten, wie man ein Geheimnis bewahrte – und eine Leiche.

»Wie lange ging das so?«

»Nicht allzu lange. Zwei bis maximal drei Wochen. Aber als es geschah, wurde unter einigen der Kinder geredet, dass sie ein Monster gesehen hätten.«

»Das wie ein Dinosaurier aussah?«, fragte Caleb.

»Nein, in den Gerüchten, die ich gehört habe, hieß es,

es sei ein Wolfsmensch, mit viel Fell, großen Zähnen und Klauen.«

»Ein Lykaner im Bayou?« Ungläubigkeit lag in Calebs Stimme.

»Nein, ein Wolfsmensch, der auf zwei Beinen lief, was, wie wir wissen, unmöglich ist.«

»Nicht wirklich.« Calebs Entdeckungen außerhalb des Bayous zerstörten einige lange gehegte Ansichten.

»Was meinst du mit *nicht wirklich?*«

»Ich meine, dass einige der Dinge, von denen wir früher dachten, sie seien unbestreitbar, es definitiv nicht sind. Gestaltwandler können auf zwei, vier oder sogar acht Beinen gehen.« Er erschauderte. Davon bekam er noch immer Albträume. »Auch wenn die Fähigkeit, sich in eine Hybridgestalt zu verwandeln, selten ist, existiert sie. Ich habe es gesehen.«

Einen Moment lang blinzelte sein Bruder ihn nur an. »Verdammte Scheiße. Kannst du das?«

Er konnte nicht lügen. »Ja, aber es ist nicht zu empfehlen.« Die gleichzeitige Mischung aus Mann und Krokodil brachte einen seltsamen mentalen Prozess mit sich, aber es war besser, als dem Krokodil die vollständige Kontrolle zu überlassen.

»Nicht zu empfehlen? Warum?« Das Gesicht seines Bruders strahlte. »Ich könnte ein Schlangenmann sein!«

Einen Moment lang erinnerte ihn der Goliath, der sein Bruder war, an den kleinen Jungen, der Caleb immer gefolgt war, als wäre er sein persönlicher Held.

»Schlangenmann?« Caleb konnte sich einen neckenden Unterton nicht verkneifen. »Er hinterlässt eine Schleimspur, wohin er sich auch schlängelt.«

Während Caleb nach ihrem toten Vater kam und sich in ein Krokodil verwandelte, kam Constantine nach ihrer

Mutter und beherbergte eine Python in sich. Angesichts seiner jetzigen Masse musste Caleb sich fragen, wie groß seine Schlange geworden war. Er war sich nicht sicher, ob er es herausfinden wollte.

»Schlangen hinterlassen keine schleimigen Spuren.« Constantine richtete sich auf und grinste spöttisch. »Sie zerquetschen ihren Feind in ihrem gewaltigen Griff.«

»Umarmen ist keine Kampftechnik.«

»Knabbern auch nicht, Kroko.«

»Ich wurde zum Kämpfen trainiert.«

»Ich schätze, den Arschloch-Unterricht haben sie kostenlos dazugegeben.«

Die Zurechtweisung enthielt keine wirkliche Bosheit, wodurch sie noch effektiver wurde. »Tut mir leid.«

»Was auch immer. Ich denke, anstatt dich zu entschuldigen, sollten wir von jetzt an eine Spardose aufstellen. Jedes Mal zwanzig Mäuse, wenn du es sagst. Ich schätze, innerhalb einer Woche werde ich mir einen neuen Satz Reifen für meinen Pick-up leisten können.«

Die Faust traf auf den Arm seines Bruders, bevor Caleb darüber nachdenken konnte. Es war eine Gewohnheit aus seiner Militärzeit, wenn er und die Jungs Unsinn machten. Einen Moment lang konnte er seinen Bruder nur mit offenem Mund anstarren, da er sich fragte, wie Constantine es aufnehmen würde.

Er grinste. »Tat nicht weh.«

Bei diesen bekannten Worten lachte Caleb. Wie oft hatten sie diesen Satz früher benutzt, in dem Versuch zu beweisen, wer der Härteste war?

Soweit er sich erinnerte, hatte Caleb vorn gelegen, seit ihm mit Schrotmunition in den Hintern geschossen worden war, und er grinste – wenn auch mit zusammengebissenen

Zähnen –, während Ma die Kugeln mit einer Pinzette herausholte.

Als ihr Gelächter nachließ, hörte Caleb ein Rascheln zu seiner Linken. Er fokussierte seinen Blick und starrte die Schatten am Rand des Gartens an, wo das dichte Laubwerk unzählig viele Versteckmöglichkeiten bot.

Wenn Caleb seine Zeit beim Militär irgendetwas beigebracht hatte, dann war das, niemals den Feind zu unterschätzen. Wo ein Wille war, da war auch ein Weg, und selbst Monate, nachdem er den Krieg im Ausland verlassen hatte, bereitete es ihm noch immer Probleme, die Welt nicht aus einem zynischen Blickwinkel zu betrachten.

Was war mit den schweren Ästen, die von dem üppigen Laub heruntergedrückt wurden? In den Baumspitzen konnte die Unachtsamen ein Hinterhalt erwarten. Jemand oder etwas konnte unter dem Schlamm und Unkraut liegen, dazu bereit, sich zu erheben. Der Feind konnte in seinem eigenen Verstand sein, darauf wartend, sich aus seinem körperlichen Gefängnis zu befreien und zu toben.

Lass mich raus. Ich kann auskundschaften.

Das konnte seine Reptilhälfte tatsächlich, aber würde die kalte Kreatur es dabei belassen? Und was konnte sein Krokodil tun, was der Mann nicht konnte?

Ich weiß, dass Gefahr lauert. Sie kann überall sein.

Da er dies wusste, wäre Caleb auf der Hut, als Mann, um es aufzuhalten.

Da nichts das Nachtleben zu stören schien – die Geräusche des Bayous krochen über seine Haut –, fragte Caleb seinen Bruder weiter nach diesem angeblichen Wolfsmenschen aus, der vor Jahren den Bayou heimgesucht hatte. »Ich nehme an, sie haben den Kerl oder Wolf oder was auch immer die Leute entführt hat niemals geschnappt?«

Constantine schüttelte den Kopf. »Nein. Eines Tages

wurde ein Kind auf dem Fahrrad geschnappt, am nächsten Tag hat man den Jungen im Park sitzend vorgefunden, der keine Ahnung hatte, wie er dorthin gekommen war. Und das war das letzte Mal, dass es passierte. Bis jetzt.«

»Also waren das heute die ersten Vorfälle?«

»Vielleicht.«

»Was meinst du mit vielleicht?« Caleb betrachtete seinen Bruder mit zusammengekniffenen Augen.

»Wir haben einen Anruf auf der Wache bekommen«, die Feuerwache, auf der Constantine als Feuerwehrmann arbeitete, »dass sich vielleicht etwas im Teich im Park eingenistet hat. Ein paar Kinder haben behauptet, etwas gesehen zu haben, und da wir nicht wollten, dass eines von ihnen gefressen wird, falls sich ein Krokodil oder Alligator dorthin verirrt hat, sind wir mit einem Wagen rausgefahren und haben uns mit einigen Männern in Grün getroffen. Wir haben den Teich durchsucht und nichts gefunden.«

»Aber?«, drängte Caleb, der seinen Bruder mit seinem Blick fixierte.

»Da war dieser Geruch. Er war seltsam.«

»Irgendwie reptilienähnlich, aber nicht ganz, mit einem Hauch von *Da stimmt was nicht*«, sagte Caleb.

»Ich hätte es eher als fremdartig bezeichnet, aber ja. Und was Spuren betrifft, gab es nichts, das Sinn ergeben hätte.«

»Was meinst du?«

»Ich meine, hast du jemals etwas gesehen, das mit einem menschlichen Fuß und einem Fuß mit Klauen und Schwimmhäuten gegangen ist?«

Nein, das hatte Caleb nicht, weshalb er in dieser Nacht mit einer Waffe unter dem Kissen auf der Couch schlief, ein Auge geöffnet und ein Ohr gespitzt, um festzustellen, ob die Falle aus Limonadendosen schepperte, die er vor allen Fenstern aufgehängt hatte.

Aber selbst die besten Absichten hielten die Albträume nicht in Schach.

Die Flammen züngelten näher, tanzende, grelle Teufel, die begierig darauf waren, alles zu kosten, was sie erreichen konnten. Caleb zerrte an seinen Fesseln, aber das Seil hielt ihn fest.

Ein Gefangener, der auf seine Bestrafung wartete, da er es gewagt hatte, nicht zu gehorchen.

Betteln war keine Option.

Nicht nur würde er niemals so tief sinken, es war auch niemand mehr da, der seine Bitten hören könnte.

Und dennoch kam das glühend heiße Feuer immer näher.

Lass mich raus.

Seine Bestie pulsierte und verlangte die Freilassung.

Erneut zerrte er an dem dicken Seil, mit dem seine Handgelenke über Kreuz gebunden waren. Er hatte es geschafft, die Fasern an der rauen Steinoberfläche der Wand ein wenig zu bearbeiten, aber es reichte nicht, um sich zu befreien.

Du hast keine Wahl. Lass mich raus.

Die Hitze pulsierte an seiner Haut, versengte beinahe seine Haare und zog bereits trockene Poren zusammen. Er wollte die Bestie nicht herauslassen. Er konnte die Schreie des Kampfes hören. Das Blut riechen ...

Lecker.

Der Gedanke widerte ihn an. Die Vorstellung bereitete ihm Hunger.

Es war nicht richtig. Er sollte sich nicht an der wilden Natur seines Krokodils weiden. Er sollte nicht nach denselben Dingen gieren.

Ich bin ein Mann.
Du bist auch ein Raubtier.

Außerdem stand er in Flammen. Sie leckten an seiner Haut, angezogen von den Kleidungsfetzen, die er noch trug, und versengten das Seil, das ihn gefangen hielt. Aber er hatte keine Zeit, um darauf zu warten, dass die Flammen ihn befreiten, nicht, wenn seine Haut Blasen schlug.

Er schrie, nicht vor Schmerzen, sondern vor Frust. Wie ironisch, dass der Grund, warum er gefesselt war, das war, was ihn retten würde. Er würde seine Bestie nicht für den Feind entfesseln, er musste es tun, um zu überleben.

Sein Krokodil ließ vor Freude die Zähne zusammenschnappen.

Die Verwandlung kam schnell und brutal. Seine Haut verhärtete sich zu Schuppen, die Form seines Gesichts, seiner Hände, sein ganzer Körper wand sich, gestaltete sich neu und wurde ... zu einem Krokodil.

Und es war nicht freundlich. Oder klein.

Als er das letzte Mal gemessen worden war, war er vom Maul bis zum Schwanz über dreieinhalb Meter lang gewesen. Wie er es schaffte, sich zu dieser Größe auszudehnen, hatte er nie verstanden. Er wusste allerdings, dass er und andere seiner Art der Aussage *schwerer sein, als man aussieht* eine gänzlich neue Bedeutung verliehen.

Die Entfesselung seiner Bestie hielt die Flammen nicht davon ab, seine Haut zu berühren. Fleisch wurde verbrannt.

Riecht gut.

Er hätte gewürgt, wenn er nicht nur ein Passagier im Reptilienzug gewesen wäre, der auf Flucht aus war – und Zerstörung.

Da man ihn weggesperrt hatte, er unter Schmerzen litt und wütend war, nachdem jemand es gewagt hatte, auf ihn zu schießen, befand Caleb sich in einem Rausch und konnte nichts tun, um seine grausame Seite davon abzuhalten, sich auf den Kerl mit der Waffe zu stürzen.

Das Knacken von Knochen, der metallische Geschmack von Blut, das Hochgefühl, sein eigenes Entsetzen, dass er es genoss.

Nein.

Nein!

Hände berührten ihn. Sanfte Hände. Zusammen mit einem leisen Murmeln.

»Es ist in Ordnung, Caleb. Es ist nur ein Traum. Wach auf.«

Renny! Blitzartig öffnete er die Augen und fand Renny über ihn gebeugt vor, zu nahe, zu verlockend.

Lass sie uns kosten.

Da er nicht wusste, ob der Mann oder die Bestie in ihm sprach, blaffte er: »Bleib weg von mir.«

Sie zuckte zurück, als wäre sie geohrfeigt worden. »Nun, entschuldige, dass ich dich geweckt habe.«

Er rieb sich mit einer Hand über das Gesicht. »Tut mir leid. Ich reagiere nicht immer angenehm, wenn ich geweckt werde.« Er hatte einige Männer geschlagen, die es gewagt hatten, ihn anzurühren, während er sich ausruhte.

»Gut zu wissen. Wenn du das nächste Mal einen Albtraum hast, werde ich aus der Ferne mit Gegenständen nach dir werfen.«

Nächstes Mal?

Sie schien ihren Fehler im gleichen Moment wie er zu bemerken. Er konnte sich ein Lächeln nicht verkneifen. »Bedeutet das, dass du bleibst?«

»Ich glaube, diese Frage sollte ich besser dir stellen«, gab sie zurück.

Ihm fiel auf, dass es draußen stockdunkel war, und ein

kurzer Blick hinüber zum DVD-Player offenbarte die neonbeleuchteten Zahlen, die drei Uhr dreiundzwanzig anzeigten. »Warum bist du wach? Hast du etwas gehört?« Er schwang seine Beine über die Kante, sodass er auf der Couch saß.

Ihre blonden Haare flogen, als Renny den Kopf schüttelte. »Ich musste auf die Toilette und habe dich auf dem Rückweg im Schlaf murmeln gehört. Hast du oft Albträume?«

Eine Lüge würde den Erhalt seiner Würde bedeuten. Er entschied sich für die Wahrheit. »Jede Nacht, es sei denn, ich nehme die Tabletten, die der Arzt mir gegeben hat.«

»Du hast sie vor dem Schlafengehen nicht genommen?«

»Natürlich nicht. Ich kann euch nicht beschützen, wenn ich wie weggetreten bin.«

»Oh Caleb.« Sie hauchte seinen Namen und trat einen Schritt auf ihn zu, ein sich bewegender Schatten, der keine Panik weckte. Stattdessen wurde etwas anderes geweckt. »Kommen die Albträume durch das Feuer?«

»Ja und nein. Das Feuer ist fast immer Teil davon.« Und doch war es das Chaos danach, während dem er um seine Flucht kämpfte, das seine Träume am meisten heimsuchte.

Renny setzte sich behutsam neben ihn auf die Couch. »Es tut mir leid.«

Er konnte sich ein heiseres Lachen nicht verkneifen. »Dir tut es leid? Du bist die Person, die sich am wenigsten entschuldigen muss.«

»Was soll ich dann empfinden? Mitleid? Ich bezweifle, dass dir das gefallen würde.«

»Es gibt nur eine Sache, die ich von dir will.«

Ihr Blick traf den seinen in der Dunkelheit und er

konnte die Sehnsucht darin erkennen, gleichzeitig aber auch die Angst. »Und das ist die eine Sache, von der ich nicht weiß, ob ich sie jemals geben kann.«

Mit diesen Worten ergriff Renny die Flucht. Was gut war, denn ansonsten hätte er vielleicht den Rat des Krokodils beherzigt.

Beanspruche sie. Denn eine Sache wurde kristallklar. Er brauchte Renny in seinem Leben. Aber wenn er zu schnell vorging, könnte sie vielleicht weglaufen. Und er konnte sie nicht erneut verlieren.

KAPITEL ZWÖLF

Lauf. *Lauf.*

Rennys Brustkorb hob und senkte sich hektisch, während sie um Atem rang und durch den Bayou lief, dessen dicke Luft sich in ihrer Lunge ansammelte. Schlamm quoll zwischen ihren Zehen hindurch und die Sogwirkung verlangsamte ihre Geschwindigkeit, während Unkrautpflanzen gegen ihre nackten Beine peitschten. Ihr Nachthemd endete oberhalb ihrer Knie und bot keinerlei Schutz.

Selbst der Mond verspottete sie, denn er war nicht bereit, sich hinter den Wolken zu verstecken und ihr damit zu helfen, sich in die Dunkelheit einzufügen.

Platsch.

Das plötzliche Spritzen von Wasser, als sie mit dem Fuß auf eine Pfütze traf, entlockte ihr einen kurzen Schrei. Eine wunderbare Art, um ihren Aufenthaltsort preiszugeben. Sie hielt einen Moment lang inne, unfähig, ihr atemloses Keuchen zu unterdrücken.

Nichts außer ihrem Ringen nach Luft störte die Stille. Kein einziges Geräusch.

Aber sie wusste, dass es da war. Auf der Jagd. Auf ihrer Spur. Voller Hunger ...

Hektisch sah Renny sich nach einer Versteckmöglichkeit um. Irgendetwas.

Das sich wiegende Schilf und das Funkeln des Wassers verspotteten sie, bis sie nach links blickte. Dort, nicht allzu weit von ihr entfernt, war ein Hügel.

Er würde sie nicht vor dem Monster verbergen, das es auf sie abgesehen hatte, aber der auf der Anhöhe sitzende Mann würde sie beschützen.

Er richtete seinen Blick nach unten und fing den ihren ein. Ein grelles Grün leuchtete in seinen Augen auf.

Caleb.

Caleb war hier. Er würde sie beschützen.

Energiegeladen lief sie auf ihn zu und er sah sie kommen. Sie wusste, dass er das tat. Aber die Bestie kam ebenfalls.

Wer würde zuerst ankommen?

Mit ausgestreckten Armen griff sie nach ihm, selbst als der übel riechende Atem des Monsters ihren Rücken streifte.

»Caleb! Hilf mir. Caleb.« Sie sprach seinen Namen flehend aus.

Sicherlich hörte er sie, und doch wandte er sich ab.

Und das Maul der Bestie –

Mit einem erstickten Schrei setzte Renny sich im Bett auf. Ihre Haut war klamm, ihr Herz raste – aber sie war nicht gefressen worden.

Gott sei Dank. Ich bin am Leben.

Aber allein.

Oh nein! Wo war Luke?

Renny schlug die Decke zurück und suchte darunter,

für den Fall, dass sie Lukes kleinen Körper verbarg, aber er war nicht da, genauso wenig wie im Rest des Zimmers.

Ohne BH, aber wenigstens annehmbar mit einem T-Shirt und ihrer Yogahose bekleidet – da sie nicht die Energie gehabt hatte, um etwas anderes anzuziehen, nicht mit allem, was passiert war –, hatte Renny keinerlei Bedenken dabei, das Zimmer zu verlassen, um ihren Sohn ausfindig zu machen. Sie schaffte es zum Ende des Flurs, bevor sie innehielt.

Sie war wie erstarrt und wagte es kaum zu atmen, während sie zusah – und versuchte, nicht zu weinen.

Luke, noch immer in seinem Pyjama, stand am Rand der Küche und sah Claire zu, die damit beschäftigt war, eine Kanne Kaffee zu kochen, wobei sie leise summte.

»Bist du meine Oma?«

Der Schrei, den Claire von sich gab, hätte die Toten wecken können. Sie wirbelte herum, eine Hand auf die Brust gepresst und die aufgerissenen Augen auf Luke gerichtet, der fragend den Kopf schief legte.

»Heilige Mutter Gottes. Wie bist du hierhergekommen?«

»Daddy hat mich wegen des Dinosauriers hergebracht.«

Man musste Claire anrechnen, dass sie nicht auf die interessante Erklärung für seine Anwesenheit reagierte. »Ja, diese Dinos können nervig sein. Warum setzt du dich nicht und ich mache dir Frühstück. Hättest du gern Pfannkuchen?«

»Ja bitte, Oma.«

Claire drehte sich um, um in den Schränken zu wühlen und den Herd anzuheizen, aber nicht bevor Renny das Schimmern von Tränen entdeckte, Tränen, die auch ihr in den Augen standen.

Was habe ich getan?

Als sie erkannt hatte, dass Caleb weder sie noch ihr Kind wollte, hatte Renny nicht weitergewusst. Sie war nicht mit einer Großfamilie aufgewachsen. Ihr Vater, ein störrischer Bär im wahren Leben, brach alle Verbindungen zu seiner Familie im Westen ab, als er nach Florida zog, um mit Rennys Mutter zusammen sein, die sowohl Mensch als auch Waise war. Dadurch hatte Renny nie Großeltern gehabt.

Als Renny von ihrer Schwangerschaft erfahren hatte, war ihre erste Tendenz gewesen, dafür zu sorgen, dass Caleb es zuerst hörte. Nur dass Caleb niemals antwortete, und da er keinerlei Interesse zeigte, hatte sie damit gezögert, es Calebs Mutter zu erzählen, aus Angst, dass sie von ihr dieselbe Reaktion wie von ihrem Vater bekommen würde.

»*Hure. Spreizt deine Beine für dieses nichtsnutzige Reptil. Deine Mutter wäre zutiefst beschämt.*«

Tatsächlich, ihre Mutter hätte den Kopf hängen lassen, aber nicht aus dem Grund, den ihr Vater vermutete. Der arme Daddy hatte sich so sehr verändert.

Dennoch ließen die Worte ihres Vaters sie innehalten. In ihrer naiven Logik war sie davon ausgegangen, dass Caleb, da er von ihrer Schwangerschaft wusste, seiner Mutter davon erzählen würde. Sie hatte nur nicht damit gerechnet, dass Caleb es nie erfuhr, was bedeutete, dass Claire sich nicht der Tatsache bewusst war, dass sie einen Enkel hatte.

Vier verlorene Jahre aufgrund unkluger Entscheidungen.

Sei ehrlich. Der Stolz hat dich davon abgehalten, etwas zu sagen.

Es fühlte sich nicht gut an, sich einzugestehen, dass sie einen riesigen Fehler gemacht hatte. Renny war so wütend auf Caleb gewesen, so wütend auf die Ungerechtigkeit der

Welt im Allgemeinen, dass sie jemanden verletzt hatte, der ihren Sohn innig geliebt hätte.

Aber ich habe die Chance, damit anzufangen, die Dinge wieder in Ordnung zu bringen.

Und wenn sie Wiedergutmachung leisten konnte, bedeutete das nicht, dass Caleb auch das Recht dazu hatte?

Wenn man vom Teufel sprach ... Sie spürte ihn, bevor sie ihn hörte. »Ich dachte, ich hätte einen Schrei gehört.«

»Unser Sohn hat sich deiner Mutter vorgestellt.«

Caleb schnupperte. »Dem Geruch von Speck und Pfannkuchen nach zu urteilen verstehen sie sich.«

Sein leichter Tonfall linderte nicht die Schwere, die ihren Brustkorb erdrückte. »Es tut mir so leid, Caleb. Ich fühle mich schrecklich, weil ich Luke nicht hergebracht habe, damit er deine Mutter kennenlernt. Ich wollte nie jemandem wehtun.«

»Ich weiß, wie das funktioniert, Baby. Wir können jetzt nur weitermachen und versuchen, unsere Fehler nicht zu wiederholen.«

Sie drehte sich um und betrachtete nicht nur seine ernste Miene, sondern auch seine glattrasierte Kieferpartie, sein Hemd und das nach hinten gekämmte, nasse Haar. Unglaublich attraktiv und offensichtlich mit dem Plan eines Ausflugs. »Gehst du irgendwo hin?«

»Nun, es ist Sonntag.« Angesichts ihrer Überraschung lachte er. »Bevor du denkst, ich habe mich der Religion zugewandt, ich habe ein Vorstellungsgespräch.«

»Tatsächlich?« Sie blinzelte ihn verwundert an. Das war das erste Mal, dass sie davon hörte.

»Ja, tatsächlich. Ich bekomme bereits einen Scheck vom Militär, da ihnen mein Dienst und meine Narben scheinbar etwas wert sind, aber es wird nicht reichen, um uns eine anständige Wohnung leisten zu können.«

»Um uns was leisten zu können?« Sie trat einen Schritt zurück und versuchte, seine Worte zu entziffern. »Sprichst du davon, dass wir zusammenziehen?«

»Nach der letzten Nacht –«

Sie hob eine Hand, um ihn aufzuhalten. »Was letzte Nacht passiert ist, war ...«

»Besonders.«

»Ich wollte überstürzt sagen. Du bist erst wieder in die Stadt zurückgekehrt und ich habe das Gefühl, dass die Dinge zu schnell gehen.«

»Dann werde ich langsamer machen.«

»Was, wenn ich will, dass du aufhörst?« Das wollte sie nicht, aber gleichzeitig hatte Renny das Gefühl, dass sie nicht klar dachte. Caleb berührte sie und sie schmolz einfach dahin. Sie vergaß jegliche Gründe dafür, ihn auf Abstand zu halten.

Er senkte den Kopf. Vor ihr stand ein großer Mann, gedemütigt und geschlagen. »Wenn es das ist, was du wirklich willst.«

Nein. Sie wollte nicht, dass er ging. Sie wollte mehr seiner Küsse, seiner Umarmungen und ... mehr von ihm. Aber konnte sie mit dem Herzschmerz umgehen, wenn Caleb sie erneut im Stich ließ? »Ich kann nicht mit dir zusammen sein. Nicht so.« Auch diese Aussage gab ihr das Gefühl, als bräche ihr Herz in tausend Stücke.

Seine Schultern sackten zusammen, als ihre Worte ihn trafen. Aber nur einen Moment lang. »So ein Pech, denn ich gebe nicht auf.« Er riss den Kopf hoch und seine Augen flackerten, zu einhundert Prozent menschlich, aber entschlossen. »Ich habe dich bereits einmal verloren, weil ich nicht hart genug gekämpft habe, und ich will verdammt sein, wenn ich dich erneut verliere. Das mag vielleicht nicht das sein, was du hören willst, Baby, aber Tatsache ist, dass ich bleiben werde. Ich werde ein Vater für meinen Sohn sein und«, er senkte die Stimme, »wir werden ein Bett teilen.« Selbst wenn er sich nachts fesseln musste, damit er ohne Sorge neben ihr schlafen konnte.

»Caleb –«

Er gab ihr keine Gelegenheit, ihre Antwort zu beenden, und presste stattdessen seinen Mund auf ihren, für einen harten Kuss, der kaum eine Sekunde anhielt. Dann ging er an ihr vorbei in die Küche, wo er Luke das Haar zerzauste, seiner Mutter einen lauten Schmatzer auf die Wange drückte und ein Stück Speck stibitzte, bevor er durch die Tür ging und lässig erklärte: »Ich bin in ein paar Stunden zurück. Verlasst das Haus nicht, bis ich wieder da bin.«

Natürlich konnte sie nicht gehen, dachte sie verwirrt. Er hatte ihren Wagen genommen, um zu seinem Vorstellungsgespräch zu fahren, womit ihr nur blieb, sich den Konsequenzen ihrer Handlungen zu stellen. Allein.

Stell dich deinen Handlungen.

Mit einem tiefen Atemzug betrat sie die Küche und sagte: »Guten Morgen, Claire.«

Renny konnte nicht leugnen, dass sie den harten Blick verdiente, den Calebs Mutter ihr zuwarf. »Renny. Warum setzt du dich nicht auf einen Hocker, während ich dir einen Frühstücksteller richte? Dann will ich alles über meinen Enkel hören.«

Es dauerte eine Weile, um Claire alles zu erzählen. Einige Teile waren härter als andere. Es beinhaltete einige Tränen, die Claire mit ihr teilte, da sie nachvollziehen konnte, wie es war, ein Kind allein großzuziehen. Als es getan war – wobei der mit den Augen rollende Constantine bereits Luke mitgenommen hatte, damit dieser nicht anfangen würde, sich Puppen und ein Teeservice zu wünschen –, wusste Renny, dass sie nicht allein war, egal was mit Caleb passierte.

»Du und Luke seid Familie«, erklärte Claire, was angesichts ihrer Handbewegung in Richtung des Spülbeckens bedeutete, dass Renny das Geschirr spülen durfte. Igitt.

KAPITEL DREIZEHN

IN DER NOT frisst der Teufel Fliegen.

Dieses Mantra half nur wenig, um Calebs Ärger zu lindern, als er feststellte, dass das Vorstellungsgespräch, das er am vergangenen Abend per E-Mail vereinbart hatte, mit Wes Mercer stattfinden würde, der erwartungsgemäß grinste, als Caleb zu seinem Zehn-Uhr-Termin im Bittech-Gebäude erschien.

»Sieh einer an, was sich in mein Büro geschleppt hat.« Wenn ein fensterloser Raum voller Monitore als Büro zählen konnte.

Stolz löste in Caleb den Wunsch aus, auf dem Absatz kehrtzumachen und *Scheiß drauf* zu sagen. Stolz brachte ihn auch dazu zu bleiben, da sich Leute auf ihn verließen. »Diese Sache gefällt mir ungefähr genauso sehr wie dir, und zwar verdammt noch mal gar nicht.«

»Ziemlich dämlich, das zu sagen, wenn man bedenkt, dass du wegen eines Jobs hier bist.« Wes lehnte sich auf seinem Stuhl zurück und verschränkte die Finger, während ein Grinsen seine Lippen umspielte.

Caleb spannte den Kiefer an und hielt seine zu Fäusten

geballten Hände an den Seiten, um der Verlockung zu widerstehen, Wes das Grinsen aus dem Gesicht zu wischen. »Nicht dämlich, sondern ehrlich. Ich werde nicht so tun, als würde ich dich plötzlich mögen. Genauso wenig werde ich dir für einen Job in den Arsch kriechen.«

»Mach nur weiter, wobei ich erwähnen sollte, dass du mich bisher nicht wirklich überzeugst. Tatsächlich denke ich, du solltest dich besser umdrehen und wieder verziehen.«

»Ich vermassle die Sache total.« Caleb seufzte. »Hör zu, ich brauche diese Stelle.« Das tat er wirklich. Er hatte herumgefragt und er war nicht bereit, Lebensmittel in Tüten zu packen, Geschirr zu spülen oder im Bayou zu angeln, womit er außer Reichweite wäre, falls Renny oder Luke ihn bräuchten. »Dieser Job ist die beste Wahl in der Stadt.«

Bittech bot nicht nur ein vernünftiges Gehalt, wie sein Bruder erklärt hatte, sondern auch Sozialleistungen für Angestellte und ihre Angehörigen.

Und verdammt, ich habe Angehörige, um die ich mich kümmern muss.

Wes drehte sich von ihm weg und trommelte mit den Fingern auf die an der Wand befestigte Arbeitsplatte. Die beschichtete Oberfläche bildete einen Ring um den Raum unterhalb der Monitore. Darauf befanden sich ein halbes Dutzend Tastaturen samt kabelloser Mäuse. »Du weißt schon, dass du Befehle von mir entgegennehmen wirst, wenn du hier arbeitest.«

Etwas, das Caleb noch immer überraschte, wenn man bedachte, dass Wes in seinem Alter war und recht jung für die Stelle des Sicherheitschefs erschien.

»Ich weiß, wie man Befehle entgegennimmt.« Zu gut.

Aber diesmal würde Caleb es aus freien Stücken tun, nicht aus Zwang.

»Wie sieht es mit dem Brechen von Regeln aus?« Die Frage klang seltsam, und Caleb fiel auf, dass Wes ihn konzentriert musterte.

»Ich bin kein Regelbrecher.« Seine Mutter hatte ihn arm, aber rechtschaffen erzogen.

»Was, wenn du es tun müsstest, um andere zu beschützen?«

Caleb zog die Augenbrauen zusammen. »Was willst du damit sagen?«

»Ich frage mich, ob ich dir vertrauen kann.«

»Kommt darauf an. Du kannst vermutlich darauf vertrauen, dass ich dein Bier halte, während du von einer Klippe springst. Du kannst vermutlich nicht darauf vertrauen, dass ich dich hinter deinem Rücken nicht als Volltrottel bezeichne.«

Wes lachte. »Weißt du, wenn du nicht ein solches Arschloch wärst, könnte ich dich fast mögen.«

»Mann, sag nicht solchen Mist. Das ist gruselig.«

»Gruselig ist die Tatsache, dass ich es überhaupt in Erwägung ziehe, dir zu erzählen, was vor sich geht.«

»Mir was erzählen?«

Einen Moment lang antwortete Wes nicht. Dann atmete er schwer aus. »Scheiß drauf. Du warst nicht hier, also weißt du es vermutlich nicht und bist nicht beteiligt.«

»Woran beteiligt? Hör auf, dich so mysteriös zu verhalten, und spuck's aus.«

»Ich spreche von den Tests, die hier stattfinden.«

Verwirrt platzte Caleb heraus: »Welche verdammten Tests?«

»Ich meine die Tests, die direkt hier in den Bittech-Laboren stattfinden.«

»Geh noch mal zurück, damit ich verstehen kann, denn offensichtlich verpasse ich hier etwas. Du sagst, dass Bittech Tests an den Leuten durchführt. Ist es nicht das, was ein Labor tun sollte?«

»Ja, und nach außen hin betrachtet ist das in Ordnung. Nicht in Ordnung ist die Tatsache, dass sie nicht nur Proben von Freiwilligen nehmen. Sie bringen Proben von Leuten her, die gar keine Ahnung davon haben.«

»Wie können die Leute es nicht wissen? Ich meine, ich bin mir ziemlich sicher, ich würde es bemerken, wenn mich jemand mit einer Nadel pikst und mir Blut abnimmt.«

»In einigen Fällen stehlen sie es von Arbeitgebern, wie der Feuerwache, die dazu verpflichtet ist, ihre Leute regelmäßig auf Drogen zu testen. Und der Tierarzt, der Bittech Proben schickt, um auf Krankheiten und Viren zu testen.«

Erneut, keine große Sache, da die Blutproben von Gestaltwandlern nur zu denen gelangen durften, die in das Geheimnis eingeweiht waren – wie Bittech. »Also behalten sie Proben, die ihnen geschickt wurden. Ich verstehe immer noch nicht, was die große Sache daran sein soll.«

»Weil sie andere Proben bekommen haben, die nicht freiwillig gegeben wurden. Mein Onkel Bob, der nicht mehr beim Arzt war, seit er sich im Sommer siebenundachtzig mit diesem Nest voller Vipern angelegt hat, hat eine Akte. Genau wie Kerry, meine Cousine, obwohl sie erst vor drei Monaten in die Stadt gezogen ist. Es gibt noch viele andere. Es scheint, als würden sie alle in der Stadt dokumentieren.«

»Aber warum?«, fragte Caleb.

Bei dieser Frage zuckte Wes die Achseln. »Wenn ich das wüsste. Ursprünglich wurde das Labor in den Siebzigern gegründet, damit die Wissenschaftler unsere Situation studieren konnten. Dann hat es sich dazu entwickelt, dass die Ärzte den gemischten Pärchen dabei helfen, schwanger zu werden«, da unterschiedliche Spezies Probleme bei der Fortpflanzung hatten, »und sie haben auch daran gearbeitet, unsere eigenen Medikamente zu entwickeln, für die seltenen Krankheiten, gegen die unsere Gestaltwandler-Gene nicht ankommen. Wenn es um solche Fälle geht, kann ich verstehen, warum sie Sachen aufbewahren. Aber die Proben, die ich gesehen habe, gehen in die Hunderte. Dein Bruder ist dabei. Deine Mutter auch. Wozu zur Hölle brauchen sie diese Proben?«

Eine berechtigte Frage, die jedoch noch weitere aufwarf. »Woher weißt du von alledem?«

Wes lächelte. »Als Sicherheitschef sehe ich viele Dinge, selbst Dinge, die ich nicht sehen sollte. Dinge, die keinen Sinn ergeben, wie zum Beispiel die Anzahl von Menschen, die jetzt hier arbeiten.«

»Menschen?« Caleb konnte seine Ungläubigkeit nicht verbergen. »Ich hätte schwören können, dass mein Bruder gesagt hat, die meisten Leute, die hier arbeiten, seien entweder einer von uns oder in das Geheimnis eingeweiht.«

»So war es einmal. Vor ein paar Monaten hat das Institut neu eingestellt. Überwiegend Menschen. Menschen, die anfangs nicht wissen, was wir sind, denen es aber gesagt wird, sobald sie ein paar Tests bestanden haben. Die Firma hat ihnen Proben unseres Blutes und unserer Haare zum Herumspielen gegeben.«

Caleb durchfuhr ein Schauer. Hatte er beim Militär nicht Gerüchte über Wissenschaftler gehört, die an ihrem Blut herumpfuschten? Das Getuschel zu der Zeit war beängstigend, wenn es die Wahrheit war. *Sie erschaffen eine Armee aus Monstern.*

Und ja, er meinte *erschaffen*. Auch wenn die Geburt in der Erschaffung neuer Gestaltwandler resultieren konnte, war das nicht immer der Fall. Man musste sich nur Renny ansehen, deren Vater, ein Bär, eine unentwickelte Tochter gezeugt hatte.

Ich weiß nicht, ob ich sie als unentwickelt bezeichnen würde. Renny mochte sich vielleicht nicht in etwas mit Klauen verwandeln, aber sie war definitiv besonders.

So besonders, dass selbst der Versuch ihres Vaters, sie *ändern* zu lassen, nicht funktionierte. Menschen konnten auch zu Gestaltwandlern *werden*. Aber es war nicht einfach. Es war nichts so Leichtes wie ein Kratzer oder ein Biss, wie es in Filmen dargestellt wurde. Die Erschaffung eines neuen Gestaltwandlers erforderte den Austausch von Flüssigkeiten – vieler Flüssigkeiten. Die Trägersubstanz der Wahl war Blut, welches dem Besitzer entnommen und einem Menschen injiziert wurde. Mit der heutigen Technologie war das nicht allzu schwer, aber es funktionierte nicht immer. Die meisten Körper stießen das Gestaltwandler-Gen ab. Einige hatten die Theorie, dass es dafür sorgen sollte, dass es nicht zu viele von ihnen gab. Vermutlich eine gute Sache, wenn man bedachte, dass ihr inneres Tier nicht immer nett zu anderen war.

»Wonach suchen die Wissenschaftler?«, fragte Caleb.

»Genau das interessiert mich auch, deshalb habe ich Andrew gefragt.«

»Und?«

»Der kleine Mistkerl hat mir gesagt, ich solle mich um meine verdammten Angelegenheiten kümmern. Dass alle durchgeführten Arbeiten mit dem vollen Wissen des Hohen Rates geschehen und dass ich den Mund halten würde, wenn ich wüsste, was gut für mich sei.«

»Der kleine Mistkerl hat dir tatsächlich gedroht? Und du hast ihn nicht umgebracht?«

Äußerlich änderte sich nichts. Wes war noch immer in

menschlicher Gestalt, aber als er lächelte, wobei seine weißen Zähne schimmerten, war er ganz Alligator. »Ich war kurz davor.«

»Andrew will nicht, dass du etwas ausplauderst, und doch erzählst du es mir.«

»Manchmal braucht ein Mann Verbündete.«

»Seit wann spielen wir im selben Team?«

»Seit irgendetwas nicht stimmt, und so wenig ich dich auch leiden kann, glaube ich nicht, dass du danebenstehen und zusehen würdest, wie diese Stadt verarscht wird.«

Nein, das würde er nicht tun, aber er war sich auch noch nicht sicher, wie seine Pläne aussahen. »Ich bin erst wieder in der Stadt und du versuchst bereits, mich in irgendwas reinzuziehen. Ich bin für einen Neuanfang zurückgekommen, nicht um in irgendeine Verschwörungstheorie verwickelt zu werden. Ich meine, komm schon, außer dass Menschen in das Geheimnis eingeweiht werden, sind deine Beweise recht mickrig. Ich meine, wenn der Hohe Rat es unterstützt ...« Caleb zuckte die Achseln.

»Das bedeutet einen Scheißdreck, und das weißt du. Du hältst es nicht für verdächtig, dass es hier ein medizinisches Labor gibt, das mit Gestaltwandler-DNA rumspielt, und wir plötzlich verrückte Berichte von riesigen Echsen bekommen, die Amok laufen?« Paranoia war der beste Freund eines Gestaltwandlers.

»Es könnte trotzdem ein Zufall sein.« Auch wenn Caleb das nicht glaubte. »Hast du mit noch jemandem darüber gesprochen?«

»Mit wem denn? Die meisten Leute in der Stadt hat Bittech in der Tasche, und diejenigen, bei denen es nicht so ist, sind nicht daran interessiert, Staub aufzuwirbeln.«

Kam ihm das nicht bekannt vor? Vor nicht allzu langer Zeit war Caleb Teil einer Gruppe gewesen, die wusste, dass in ihrer Militäreinheit etwas faul war. Alle schienen zu wissen, dass etwas Verdächtiges vor sich ging, und doch unternahmen sie nichts. Und sobald sie bestätigten, was passierte, war es zu spät.

Ich werde mich nicht mehr zurücklehnen und zusehen. Ich werde die Kontrolle über mein Schicksal übernehmen und nicht zulassen, dass jemand mich oder die Leute, die ich kenne, ausnutzt.

»Wenn ich dich richtig verstehe, denkst du, dass sie mehr betreiben als nur Forschung. Du denkst, dass sie Experimente durchführen.« Dass sie Monster erschufen.

Wes zuckte die Achseln. »Ich habe keine Ahnung. Vielleicht bin ich nur ein paranoider Freak. Vielleicht suchen sie nach einem Heilmittel für das Sumpffieber. Oder nach irgendeinem Haarwuchsmittel für Menschen, das sie für ein Vermögen auf dem freien Markt verkaufen werden.«

»Ich verstehe immer noch nicht, warum du mir das sagst. Von all den Leuten, denen du vertrauen könntest ...« Caleb breitete seine Hände aus. »Entschuldige, wenn ich noch immer ein wenig skeptisch bin.«

Der andere Mann beugte sich vor und fixierte ihn mit einem Blick, während seine Miene ernst wurde. »Sei skeptisch, aber wachsam. Sei informiert, denn was ist, wenn ich recht habe? Was ist, wenn das der Anfang von etwas ist, das uns alle verletzen könnte?«

»Sag mir nicht, dass du heroisch geworden bist.« An dem Tag, an dem ein Mercer sich in einen Ritter für Fairness, Moral und Gerechtigkeit verwandelte, würde der Sumpf zufrieren.

Wes verzog den Mund. »Gott bewahre. Diese Entscheidung herauszufinden, was zur Hölle vor sich geht, ist reiner Eigennutz, denn wenn die Kacke am Dampfen ist, dann könnte mein Leben schwierig werden. Ich würde mein

Leben lieber damit verbringen, einem einfachen Job nachzugehen, nach Hause zu kommen, um Bier zu trinken und hübsche Mädchen zu vögeln, anstatt ständig in Erwartung einer Silberkugel über meine Schulter zu schauen, weil jemand uns der Welt offenbart hat.«

Eine berechtigte Angst, die sie alle teilten. Soweit Caleb sich erinnern konnte, war die Angst, dass die Menschen von ihrer Existenz erfuhren, groß. Niemand schien zu bezweifeln, dass die Offenbarung ihres Geheimnisses zu Menschen mit Silbermunition und blutgierigen Gewalttaten führen würde.

Ja, sie hatten nicht viel Vertrauen in die Menschheit. Um die Theorie jedoch zu testen, müssten sie zugeben, dass Werwölfe und andere Kreaturen unter ihnen lebten. Niemand war bereit, den möglichen Beginn eines Genozids zu riskieren.

Was bedeutete, dass Caleb nicht gehen konnte, wenn Wes etwas auf der Spur war.

»Was soll ich tun?«, fragte Caleb.

»Erstens will ich, dass es noch jemand außer mir weiß.«

»Machst du dir Sorgen, ausgeschaltet zu werden?«

»Ich plane noch nicht, mit dem Gesicht nach unten im Bayou zu treiben, aber es kann nicht schaden, jemand anderen in das Geheimnis einzuweihen. Zweitens, fang an zu beobachten.«

»Was beobachten?«

»Bittech. Die Stadt. Eigentlich alles. Ich werde dich einstellen, damit du dazu befugt bist, dich im Institut zu bewegen. Irgendetwas Seltsames geht vor sich, etwas, das meine Alligator-Sinne zum Kribbeln bringt. Wir müssen herausfinden, was passiert, und es beenden.«

»Klingt einfach, solange wir beide uns einig sind, dass das nicht bedeutet, dass wir Freunde sind.«

Wes zog seine dunklen Augenbrauen zusammen. »Niemals. Sobald das vorbei ist, kehren wir zum momentanen Zustand zurück.«

Hervorragend. Caleb hatte riesige Freude daran, Wes auf die Nerven zu gehen. Beim Militär hatte er einige fantastische Streiche gelernt.

»Also, bist du dabei?«, fragte Wes.

»Ich bin dabei. *Boss*.« Caleb konnte sein Grinsen nicht verbergen, als er es sagte.

»Tatsächlich wirst du mich mit Mr. Mercer ansprechen.« Begleitet von einem noch breiteren Grinsen.

Die Dinge, die Caleb tun musste ... Lustigerweise hatte es eine ermunternde Wirkung, für Wes zu arbeiten, während er dem Bauchgefühl des Alligators nachging. *Ich bin eingestellt.* Was gut für seine neue Familie war. Und er hatte ein Mysterium zu lösen, was in ihm den Drang auslöste, die Melodie von *Scooby Doo* zu summen – und ein riesiges Sandwich zu essen.

Diese verdammte Pille, die er genommen hatte, um seine Nerven zu beruhigen und jegliche Panikattacken zu verhindern. Sie brachte seine Gedankenprozesse durcheinander – und machte ihn hungrig, genau wie ein gewisses Gras, das er auf der Highschool geraucht hatte.

»Wann fange ich an?«

»Heute Abend. Aber nicht als Angestellter der Firma. Ich möchte, dass wir uns den Bayou an der Stadt ansehen.«

»Was hat der Sumpf mit dem Zeug zu tun, das im Labor passiert?« Seine Augen wurden groß. »Suchen wir nach Leichen?« *Ich hoffe nicht.* Es gab nichts Schlimmeres, als auf eine Leiche zu stoßen und zu spüren, wie sein Krokodil Hunger bekam. Igitt.

»Die Suche nach einigen der vermissten Leute ist Teil des Grundes. Der andere ist, dass das, was auch immer es auf Melanie abgesehen hatte, noch immer da draußen ist. Nach Anbruch der Dämmerung werde ich von meinem Haus auf der Westseite anfangen und mich auf dich zubewegen.«

»Du willst, dass wir nachsehen, ob wir das Ding, das sich da draußen versteckt, einkeilen können.«

»Oder eine Spur finden. Ich habe selbst ein paar Runden gemacht, könnte aber ein zweites Paar Augen gebrauchen.«

»Ich kann nicht glauben, dass wir auf Dinosaurierjagd gehen. Willst du, dass ich auch nach dem Wolfsmenschen Ausschau halte?«

Wes lächelte nicht einmal, als er sagte: »Ich sehe, du hast eine Zusammenfassung dessen bekommen, was gesichtet wurde.«

»Eine Geschichte über einen Wolfsmenschen, der die Leute entführt? Ja. Ich habe es von meinem Bruder gehört. Aber ich bin weniger besorgt wegen des Kerls mit Haarproblemen und mehr wegen dieses Dinosauriers, von dem die Leute ständig reden. Letzte Nacht war er hinter meinem Sohn her.« Es ließ Calebs Blut noch immer gleichzeitig kochen und gefrieren, da Luke so kurz davor gewesen war, entführt zu werden.

»Dieses verdammte Echsenmistvieh kommt rum.«

»Das klingt, als wärst du ihm schon einmal begegnet.«

»In gewisser Weise.« Wes drehte sich mit seinem Stuhl um und wandte sich einer Reihe von Monitoren zu. »Vor ungefähr einer Woche haben einige der Raucher des Instituts gesagt, sie hätten etwas im Bayou gesehen. Ich will ehrlich sein, da sie Menschen sind«, denn die meisten Gestaltwandler neigten dazu, vor allem mit Flammen und Rauch zurückzuweichen, »dachte ich, dass sie vielleicht ein paar der Sumpfgase eingeatmet hätten. Ich meine, ein herumlaufender Echsenmann? Klingt verdammt verrückt, nur hat sich herausgestellt, dass es wahr ist. Sieh dir an, was ich auf einem der Überwachungsvideos entdeckt habe.«

Er tippte schnell auf einer Tastatur, woraufhin ein Bildschirm, der einen sehr langweiligen weißen Korridor zeigte, auf eine andere Ansicht umsprang. Angesichts des grünen Schimmers der Umgebung war zu erkennen, dass das Video bei Nacht aufgenommen worden war. Was den Ort anging, so war es die leere Betonbucht eines Ladedocks.

»Das ist so faszinierend.« Caleb konnte nicht widerstehen, es auszusprechen.

»Halts Maul und schau es dir an.« Der Zeitstempel sprang vor und plötzlich taumelte etwas ins Blickfeld. Menschliche Augen in einem fremdartigen Gesicht starrten für einen kurzen Moment in die Kamera, bevor das Wesen davonlief.

Calebs Unterkiefer machte mit dem Boden Bekanntschaft. Er konnte kein Wort sagen, während Wes murmelte.

»Scheiße, das war zu weit. Warte eine Sekunde.« Wes spulte zurück und Caleb lehnte sich vor, dazu entschlossen zu bestätigen, was er dachte, gesehen zu haben.

Nackter Asphalt, beleuchtet von einer Lampe über der Tür der Bucht. Eine karge Stelle umgeben von Dunkelheit, einer Dunkelheit, in der sich etwas bewegte.

Am Rand des Lichtkreises schlurfte eine Gestalt in den Kamerabereich. Zwei Beine, eines dicker als das andere, das dünne blass und mit dem Fuß in einem Schuh, während das andere nackt war und definitiv keine kleinen Zehen hatte. Die Kreatur hatte einen langen Oberkörper, dunkel gefärbt mit zwei Armen. Eine unförmige Figur, die sich dem Ladedock näherte und einen Moment lang innehielt, um nach oben zu blicken – große, menschliche Augen, die in die sie aufzeichnende Linse starrten.

Menschliche Augen in einem abscheulichen Gesicht.

»Heilige Scheiße, es ist ein Echsenmann.«

Oder für ein Kind ein Dinosaurier, da es aufrecht ging und die Arme eng an den Seiten hielt.

Wes verlangsamte das Video und spielte es Bild für Bild bis zu dem Moment ab, in dem die scheußliche Fratze in die Kamera starrte. Das unheilvolle Funkeln in den Augen war unverkennbar.

Der Bildschirm fror ein.

»Was zur Hölle ist das?«, fragte Caleb.

»Irgendeine Art von Hybrid.«

»Ach was. Das verstehe ich schon, aber wie ist das möglich?« Auch wenn sich die Spezies kreuzen konnten, mit Ausnahme einiger Großkatzenarten, kamen Hybridkreuzungen einfach nicht vor.

Wenn sich ein Bär und ein Wolf paarten, dann war das Kind entweder das eine oder das andere. Wenn ein Alligator mit einer Katze verkehrte, war auch dort das Kind entweder das eine oder das andere. Aber dieses Ding auf dem Bildschirm ...

»Es hat einen Schnabel. Und ich glaube, dass das hier«, Wes beugte sich vor und fuhr den Umriss einer Form auf der Schulter nach, »ein Flügel ist.«

»Willst du andeuten, dass es ein verdammter Drache ist?« Caleb konnte nicht anders, er lachte.

Wes blickte finster drein. »Ich weiß nicht, was zum Teufel es ist. Genau wie ich nicht weiß, wo zur Hölle es lebt. Aber ich weiß, dass es sich mit den Leuten in der Stadt anlegt.«

Das war eine ernüchternde Erinnerung. »Konntest du es nicht zurückverfolgen? Es hat einen recht markanten Duft.«

»Einen Duft, der sich in der Mitte des Sumpfes in Luft

auflöst. Nicht ein Baum in Sicht. Nichts. Nicht einmal ein Fußabdruck im Schlamm.«

Diesmal runzelte Caleb die Stirn. Bereits als Kinder verstanden hier alle, dass die Mercers zu den besten Fährtenlesern der Gegend gehörten. Die Leute tuschelten, dass sie wissen müssten, wie man jagte, um all diese Bastardmäuler zu stopfen.

Aber selbst wenn sie es nicht aus Notwendigkeit taten, war die Fähigkeit angeboren und eine, die Caleb respektierte. Im Gegensatz zu den Hunde- und Katzenartigen waren Reptilien wie Wes und er selbst an Land im Nachteil. Ihr Seh- und Hörvermögen war ausgezeichnet, aber ihr Geruchssinn war nicht so ausgeprägt, wie er es beispielsweise bei Wölfen war.

Was jedoch die Nase nicht riechen konnte, konnten die Augen sehen, und wenn Wes behauptete, dass die Spuren einfach aufhörten, dann hatte Caleb keinen Grund, ihm nicht zu glauben, auch wenn es weit hergeholt erschien.

»Deshalb willst du, dass ich dir heute Nacht helfe. Aber sicherlich hättest du jemand anderen fragen können.«

»Das habe ich.«

»Und?«, drängte Caleb.

»Es ist nicht gut ausgegangen.« Das Aufflackern von Schmerz in Wes' Augen war unverkennbar, ein flüchtiger Blick, der sich in Wut verwandelte.

Dies war persönlich für Wes. »Wer sonst hat noch danach gesucht?«

»Ein paar von uns. Wir haben die Neuigkeiten geheim gehalten, damit wir den Leuten keine Angst machen.«

»Wer ist *uns*?«

»Ich, mein Bruder. Daryl. Es sind noch ein paar andere, aber wie gesagt, wir haben es geheim gehalten.«

»Was eine dämliche Idee zu sein scheint. Ich meine,

wenn etwas da draußen ist, das es auf Gestaltwandler abgesehen hat, sollten wir es dann nicht die ganze Stadt wissen lassen und einen Suchtrupp bilden, um das Ding ausfindig zu machen?«

»Man würde denken, dass das ein guter Plan ist.« Ein gequältes Lächeln umspielte Wes' Lippen. »Nur dass der Kerl, der versucht hat, ein Stadttreffen zu organisieren, vermisst wird.«

»Und davon hast du dich aufhalten lassen?«

»Nein. Ich habe aufgehört, als der zweite Kerl, mein Bruder, auch verschwunden ist.«

»Dein Bruder? Welcher?«

»Gary.«

»Er war zwei Klassenstufen unter uns, oder?«

»Ja. Er ist auf dem Weg in die Stadt auf seinem Motorrad verschwunden. Seither wurde er nicht gesehen.«

»Tut mir leid, Mann.« Caleb tat es wirklich leid. Ungeachtet seiner Schwierigkeiten mit Wes würde er einen solchen Verlust niemandem wünschen.

»Na ja, Ma und meine Schwestern haben es am schwersten genommen. Ich denke, der schlimmste Teil ist, nicht zu wissen, ob er sich verzogen hat, weil er auf die Stadt und ihre Probleme scheißt, oder ob ihm etwas zugestoßen ist.«

»Was sagt dein Bauchgefühl?«

»Dass er am Leben ist und in Schwierigkeiten steckt.«

»Wenn du denkst, dass sein Verschwinden mit dem Mist zu tun hat, der hier passiert, warum hängst du es dann nicht an die große Glocke? Warum bleibst du stumm?«

»Weil ich weder meine Schwestern noch meine Mutter riskieren will. Wenn der Stadtrat mit dem Verschwinden zu tun hat, dann will ich mich nicht verraten. Soweit die Mitglieder wissen, habe ich die ganze Sache aufgegeben.

Nur ich, mein Bruder und Daryl wissen wirklich etwas. Und ein paar Cousins, aber die verraten nichts und sind nur mir unterstellt.«

»Und ich Glückspilz wurde zur Party eingeladen.« Caleb konnte nicht umhin zu lachen. »Da fühle ich mich doch wohlig warm. Hoffst du, dass das Dinomonster der Stadt mich auch erwischt?«

»Ich hatte gehofft, du würdest Genitalpilz bekommen, aber Fehlanzeige. Aber im Ernst, ich brauche deine Hilfe. Etwas, das meinen Bruder ausschalten kann, ist für uns alle gefährlich. Noch beunruhigender ist die Tatsache, dass jemand bereit ist, alles zu tun, um das, was auch immer vor sich geht, geheim zu halten.«

Was bedeutete, dass es an ihnen lag, es herauszufinden.

Und zu beenden.

KAPITEL VIERZEHN

Es war lächerlich, sich so darüber zu freuen, Caleb mit ihrem zerbeulten Wagen vor dem Haus vorfahren zu sehen. Aber ihr Selbsttadel hielt nicht die Erregung zurück, die ihren Puls schneller werden ließ, als sie ihren Blick auf ihn konzentrierte.

Im Gegensatz zu Renny machte Luke sich keine Gedanken darum, zu freudig darüber zu wirken, Caleb zu sehen. Er strengte seine kurzen Beine an und lief auf Caleb zu, der ihn in die Arme nahm und in die Luft warf.

Renny quiekte. Luke kreischte. Caleb lachte.

»Hab dich!«, rief Caleb, der ihren Sohn mühelos auffing. Es war egal, dass Renny möglicherweise einige Jahre ihres Lebens verloren hatte.

Gewöhn dich dran. Väter machen die Dinge nicht so wie Mütter.

Mit Luke sicher auf seiner Hüfte anstatt der Schwerkraft ausgeliefert, kam Caleb näher.

Ihr Puls flatterte. Aufgeregt. Verängstigt.

Sie konnte sich nicht entscheiden.

Unsicherheit herrschte noch immer vor, wenn es darum

ging, wie sie bezüglich der Leichtigkeit und Schnelligkeit empfand, mit der Luke sich an seinen Vater gebunden hatte. Dem Groll, den sie wegen Calebs scheinbarer Sorglosigkeit lange Zeit gehegt hatte, schien es schwerzufallen, Wurzeln zu schlagen. Der Zorn glitt ihr durch die Finger, ähnlich wie feiner Sand. Sein Verschwinden hinterließ ein Loch, das schnell von Vorfreude gefüllt wurde.

Und lass uns die Hitze nicht vergessen.

Jedes Mal wenn Renny auf Caleb traf, wurde es schwerer, sich an die Einsamkeit ihres Lebens zu erinnern, bevor er zurückgekehrt war. Er brachte Farbe in ihr Leben. Abgesehen von Luke, was hatte sie, das in ihr den Wunsch auslöste, einfach nur aus Freude heraus zu lächeln?

Er macht mich glücklich.

Das Genießen seiner Anwesenheit bedeutete jedoch nicht, dass sie Befehle mochte, und anhand seiner zusammengezogenen Augenbrauen konnte sie erkennen, dass sie gleich darüber diskutieren würden. Gut. Denn es war an der Zeit, dass er die Grundregeln lernte. Ihre Regeln.

Regel Nummer eins: Sie würde sich nicht widerstandslos beugen.

Caleb blieb einige Meter von ihr entfernt stehen und betrachtete ihr Erscheinungsbild. Ein wenig dreckig, da sie den Nachmittag damit verbracht hatte, das Unkraut im Garten zu jäten, während Luke spielte.

»Hi.« Sie versuchte es mit fröhlich. Vielleicht würde es seinen finsteren Blick abmildern.

»Komm mir nicht mit *hi*. Was machst du hier draußen?«, fragte er.

»Frische Luft schnappen und mich bewegen.« Sie beugte ein Knie und machte einen Ausfallschritt. Sie mochte vielleicht ein paar Kilo zu schwer sein, aber sie war weiterhin gelenkig.

Er schien nicht beeindruckt zu sein. »Ich habe dir gesagt, du sollst mit Luke im Haus bleiben.«

Nichts hätte ihr Prusten zurückhalten können. »Ich würde gern sehen, wie du an einem sonnigen Tag einen aktiven Vierjährigen in einem Haus ohne Spielzeug oder Kinderfilme bespaßt.«

»Du bist seine Mutter. Du hättest es ihm befehlen sollen.«

Caleb hatte als Vater noch einiges zu lernen. Sie lachte. »Ich würde gern sehen, wie du das versuchst und dann durchsetzt. Es ist auch lustig, das von dir zu hören, da du der Kerl bist, der kaum Zeit im Haus verbracht hat. Warst du nicht ein Meister der Flucht?« Sie hatte einmal Calebs Mutter in der Schule gehört, wie sie im Gespräch mit anderen Eltern beklagte, dass ihre Jungs einfach nicht stillhalten wollten, wenn sie nicht dazu überging, sie mit Klebeband an der Wand zu fixieren oder ihre Füße am Boden festzukleben.

Scheinbar war eine Erinnerung daran, dass Luke nach Caleb kam, keine ausreichende Entschuldigung. Er presste die Lippen aufeinander. »Das ist nicht witzig. Ich habe dir gesagt, ihr sollt drinbleiben, damit ihr sicher seid. Weißt du, was hätte passieren können, wenn dieses Ding zurückgekommen wäre, während ich nicht da war, um euch zu beschützen?«

»Nein, ich weiß nicht, was möglicherweise passiert wäre, weil wir keine Ahnung haben, was das gestern war. Es hätte auch ein Affe sein können, frisch von einem Schlammbad im Sumpf, der aus dem Zoo ausgebrochen ist. Vielleicht wollte er reinkommen, um sich zu waschen.« Das alberne Beispiel entlockte Luke ein leises Lachen.

»Oder es hätte irgendein krankes Raubtier sein können, das sich von herkömmlichen Mitteln nicht abschrecken lässt. Ihr hättet verletzt werden können!« Sein Körper zitterte, aber nicht vor Zorn, wie sie feststellte, sondern vor ... Angst?

Caleb hatte wirklich Angst um sie.

Sie wäre vielleicht nachsichtig mit ihm gewesen, aber er hatte das Unverzeihliche getan. Er hatte Luke Angst gemacht.

Ein Schauer durchfuhr ihren Sohn. Ihre Miene wurde finster. »Hör auf mit dieser Schwarzmalerei, Caleb. Du machst Luke Angst, und das werde ich nicht zulassen. Was letzte Nacht passiert ist, war ein Zufall. Vermutlich irgendein Tier aus dem Bayou, das auf der Suche nach Essensresten war.«

»Weil du viele Tiere kennst, die Fenster öffnen können«, gab er voller Sarkasmus zurück.

Nein, aber sie würde jetzt nicht nachgeben. »Waschbären sind ziemlich clever.« Und hey, die Idee mit dem Affen war nicht allzu weit hergeholt. Es konnte passieren. Oder?

»Nur dass es kein Waschbär war, der letzte Nacht versucht hat, in sein Zimmer zu kommen.«

Luke hob den Kopf von Calebs Schulter, um zu murmeln: »Der Dinosaurier war hinter mir her. Aber er ist nicht hierhergekommen. Oma hat gesagt, das würde er nicht tun, und wenn doch, dann –«

»Füllt sie ihm das Maul mit Steinsalz«, verkündete Claire, die mit ihrer Schrotflinte auf der Veranda stand. »Also hör auf, das Mädchen zu belästigen, Caleb. Der Junge brauchte frische Luft. Er war zu keinem Zeitpunkt in Gefahr. Ich habe zusammen mit Prinzessin aufgepasst.«

Als sie ihren Namen hörte, sprang die Hündin aus den platt gelegenen Ringelblumen im Blumenbeet auf und gab ein Bellen von sich, das Caleb erschreckte und einen Schritt zurücktreten ließ. Luke lachte darüber.

Die Anstrengung in Calebs Gesicht war lustig. Es war schwer, verärgert die Stirn darüber zu runzeln, von einem winzigen Hund überrascht worden zu sein, wenn es ihrem Sohn so offensichtliche Freude bereitete.

Da die Anspannung gebrochen war, war es an der Zeit, das Thema zu wechseln.

»Wie ist das Vorstellungsgespräch gelaufen?«, fragte Renny.

»Ich wurde eingestellt. Ich fange morgen als Wachmann an.« Er verzog das Gesicht.

»Das ist großartig. Ich höre, die Zahnzusatzleistungen sind fantastisch.«

»An meinem Biss ist nichts auszusetzen, Baby.« Ein kurzes Zwinkern und ein heißes Lächeln ließen ihr die Hitze in die Wangen steigen.

»Ich habe morgen früh die Zehn-Uhr-Schicht im Lebensmittelladen. Soll ich dich zur Arbeit fahren? Ich kann dich vermutlich auf dem Weg zu Lukes Schule absetzen. Aber wir werden früh losfahren müssen.«

Die vor seiner Brust verschränkten Arme bedeuteten nichts Gutes. Und hallo Streit Nummer zwei. »Du gehst nicht zur Arbeit.«

»Oh doch, das tue ich.«

Sie musste die Anspannung in seinem Kiefer nicht sehen, um zu wissen, dass die Situation hässlich werden würde. Scheinbar fiel es Claire ebenfalls auf.

»Luke, Liebling, warum kommst du nicht mit mir rein und probierst die Kekse, die ich frisch aus dem Ofen geholt habe. Ich habe ein Glas kalte Milch, die geradezu zum Tunken einlädt.«

Mit einem Zappeln, das Caleb dazu veranlasste, Luke

herunterzulassen, lief ihr Sohn los und ließ Renny mit einem ernsthaft gereizten Mann zurück.

So heiß. Aber sexy hin oder her, sie würde nicht nachgeben. »Ich werde morgen arbeiten gehen, Caleb, ob es dir gefällt oder nicht. Die Rechnungen zahlen sich nicht von selbst.«

»Ich weiß, deshalb habe ich mir einen Job besorgt.«

»Na, herzlichen Glückwunsch. Aber nur damit du es weißt, ich will keine Almosen und werde dich nicht um Geld anbetteln.«

»Niemand hat gesagt, dass du betteln musst. Ich tue nur, was richtig ist. Ein Mann sollte seine Familie versorgen.«

»Ich bin mir sicher, deine Mutter wird es zu schätzen wissen.«

»Renny!« Er brüllte ihren Namen, als seine Erregung wuchs, aber das war in Ordnung, denn sie wurde ebenfalls unruhig. »Warum musst du so schwierig sein?«

»Weil ich gern wüsste, wer dir die Erlaubnis gegeben hat, Entscheidungen für mich zu treffen.«

»Ich versuche nur zu tun, was richtig ist.«

»Großartig. Tu das, aber wenn du schon dabei bist, denk daran, dass ich meine eigenen Entscheidungen treffe. Du bist nicht mein Chef.« Was laut ausgesprochen irgendwie kindisch klang.

»Du bist stur.«

»Ich bin eine Frau.«

Er funkelte sie an.

Renny stemmte eine Hand in die Hüfte und erwiderte seinen Blick ebenso finster. »Mach nur. Zieh deinen Trotzanfall durch. Lass es raus.«

»Trotzanfall? Bezeichnest du so meine Bemühungen, dich und Luke beschützen zu wollen?«

»Du hast recht. Es ist mehr wie eine Diktatur. Und ich rebelliere. Dass ich dich wieder in mein Leben lasse, bedeutet nicht, dass du plötzlich die Kontrolle hast. Die habe ich.«

»Was ist mit Luke? Darf ich da nicht mitreden?«

»Doch. Aber im Moment liegen die endgültigen Entscheidungen bei mir. Irgendwann werde ich dir vielleicht vergeben können, aber möglicherweise wird es länger dauern, es zu vergessen.« Denn manche Dinge, wie Verrat, verfolgten ein Mädchen auf ewig – und die Erinnerung an einen Kuss verschwand niemals.

Mittlerweile hätte sie vielleicht eine Explosion erwartet. Frustration darüber, dass sie nicht einfach in seine Arme fiel und fraglos gehorchte.

Stattdessen lachte Caleb, ein leises, vibrierendes Geräusch, das ihre Sinne kribbeln ließ.

»Was ist so witzig?«, fragte sie.

»Du. Dass wir streiten. Das Mädchen, an das ich mich erinnere, hätte mich nie angeschrien.«

»Das Mädchen, an das du dich erinnerst, hat gelernt, härter zu werden.« Es war am besten, wenn er es jetzt erfuhr, bevor die Dinge weitergingen.

»Gefällt mir.«

Nun, das war nicht die Antwort, die sie erwartet hatte, und möglicherweise war es ihre Überraschung, die dazu führte, dass sie ohne jeglichen Protest in seine Arme gezogen wurde.

Oh, gib es einfach zu. Sie wollte in seinen Armen sein. Sie wollte seine Lippen auf ihren, die sie mit dieser trägen Sinnlichkeit liebkosten, die nur er bieten konnte.

Er umfasste ihre Taille und hob sie mühelos hoch, was ihr besseren und tieferen Zugang zu seinem Mund verschaffte.

Köstlich.

Das sinnliche Gleiten seiner Zunge über die ihre ließ wohlige Schauer über ihren Rücken laufen.

Sie legte die Hände um seine Schultern und vergrub ihre Finger in seinem kurzen Haar, um ihn an sich zu pressen.

Er ließ eine seiner Hände von ihrer Taille gleiten, um eine Pobacke zu umschließen. Möglicherweise knurrte er leise an ihren Lippen. Sie biss sanft zu, in der Hoffnung, er würde es erneut tun.

Eine Kinderstimme fragte: »Warum berührt Daddy Mommys Po?«

Ja, warum?

Vielleicht weil es ihr gefiel?

Das Problem war, dass sie keine Privatsphäre hatten, um die Sache weiterzuführen.

Hmpf.

KAPITEL FÜNFZEHN

WIR BRAUCHEN WIRKLICH eine eigene Wohnung.

Der Gedanke kam ihm, als Luke sie beim Knutschen im Vorgarten erwischte, was dazu führte, dass Renny sich von ihm löste – widerwillig.

Neeeein, ich will nicht aufhören.

Aber er musste. Jetzt war nicht der richtige Zeitpunkt, um sie zum nächsten Bett zu zerren oder sie im Vorgarten zu begrapschen. Er war jetzt Vater, und auch wenn er selbst nur für kurze Zeit einen Vater gehabt hatte, wusste er, dass anständige Eltern nicht vor ihrem Kind herummachten – es sei denn, sie wollten sie lebenslang verstören. Caleb erinnerte sich noch immer an sein Entsetzen, als seine Mutter mit Constantine schwanger wurde und er erkannte, dass es bedeutete, dass seine Mutter – igitt – Sex gehabt hatte.

Aber Luke war nicht der einzige Grund, warum er diese Frau nicht einfach über eine Schulter werfen und mit ihr einen vergnüglichen Nachmittag im Bett genießen konnte. Seine Mutter und sein Bruder befanden sich ebenfalls im Haus, und auch wenn es als Teenager Spaß gemacht hatte – und fast ein Sport gewesen war –, für ein

Schäferstündchen herumzuschleichen, war er jetzt ein Mann. Und dieser Mann wollte ein Bett und ein wenig Privatsphäre.

Wir brauchen eine eigene Wohnung. Dieses Mantra wiederholte sich beharrlich während des Nachmittags, dessen Stunden er damit verbrachte zu lernen, wie man richtig mit Autos im Dreck spielte – wozu auch *Brummbrumm*-Geräuscheffekte gehörten. Ein lehrreicher Tag für jemanden, der nie viel mit Kindern zu tun gehabt hatte.

Als Erstes lernte er, dass sie verdammt noch mal unermüdlich waren. Wenn Luke begann, Fragen zu stellen, hörten diese nie auf, und nach dem siebenten »Warum?« hintereinander warf er Renny einen hilflosen Blick zu, die daraufhin nur kicherte und wegging.

»Dafür wirst du büßen«, drohte er spielerisch.

»Ich kann es nicht erwarten«, war ihre neckische Antwort.

Als sein Sohn irgendwann loslief, um Saft zu trinken – da Caleb Luke zu seiner Mutter geschickt hatte –, machte Caleb Renny ausfindig. Er fand sie auf einem Liegestuhl auf der Rückseite des Hauses vor, wo sie durch die Fliegengitter der Veranda vor Insekten geschützt war und ein Taschenbuch las.

»Du wärst eine schreckliche Soldatin«, sagte er, als er einen Schatten über ihr warf.

Sie grinste zu ihm auf. »Warum?«

»Du hast mich unter Beschuss zurückgelassen«, knurrte er. »Ich habe es kaum durch das Trommelfeuer aus Fragen hindurchgeschafft.«

»Ich bringe dir nur auf dieselbe Weise das Schwimmen bei, wie mein Vater es bei mir getan hat. Zu deinem Glück bist du nicht untergegangen.«

»Also denkst du, ich habe mich gut geschlagen?«

Erschieß mich auf der Stelle. Allein die Frage ließ ihn wie ein Weichei klingen. Da er seine Männlichkeit bekräftigen musste, setzte er sich auf ein Ende des Liegestuhls, was dazu führte, dass die andere Seite nach oben klappte und Renny auf ihn fallen ließ.

»Caleb!«, kreischte sie.

»Das höre ich gern«, sagte er und verlagerte sein Gewicht, sodass der Stuhl wieder im Gleichgewicht war. Er hielt sie weiterhin auf seinem Schoß, wo sie hingehörte. »Aber wenn du meinen Namen so schreist, könntest du dich vorher wenigstens nackt ausziehen.«

»Wir können uns nicht nackt ausziehen. Jemand –«

»Könnte es sehen«, beendete er den Satz seufzend. »Erwachsen zu sein macht wirklich keine Lust.«

»Also mir macht es schon *Lust*«, sagte sie mit einem Zwinkern. »Wie schade, dass ich es dir gerade nicht zeigen kann.«

Unglaublich. Der erhöhte Herzschlag und die Hitze, die seine Haut durchzog? Pure verdammte Erregung. »Du bist wissentlich grausam. Das weißt du, oder?«

Das Lächeln auf ihren Lippen wurde, falls das überhaupt möglich war, noch unanständiger. »Wer, ich? Würde ich dich bestrafen?«

»Das hoffe ich.« Er umfasste ihren Hinterkopf, wobei sich seine Finger in ihrem weichen Haar vergruben. »Denn ich muss bestraft werden. Damit ich dich um Vergebung küssen kann.«

Sie atmete scharf ein, kurz bevor seine Lippen die ihren bedeckten, langsam und sinnlich über sie hinwegglitten und jegliche Erwiderung verstummen ließen, die sie hätte vorbringen können.

Aber Renny schien nicht daran interessiert zu sein, es ihm zu verweigern. Sie erwiderte seinen Kuss, was eine weitere grausame Bestrafung darstellte, da er nicht anders konnte, als sich vorzustellen, wie diese prallen, weichen Lippen einen gewissen Teil von ihm umschlossen. Einen harten Teil ...

Seine Erektion drückte gegen seine Jeans und er spürte das Reiben der Naht ihrer Shorts, als sie sich auf ihm bewegte.

Ein leises Seufzen war seine Eintrittskarte, um den Kuss zu vertiefen, wobei das feuchte Gleiten seiner Zunge entlang der ihren einen Schauer durch ihren Körper wandern ließ.

Ihre sinnliche Empfänglichkeit für seine Berührung war eine weitere Form qualvollen Neckens. Sie grub ihre Finger in seinen Rücken und schlang die Arme um ihn, sodass er an sie gepresst war. Er selbst glitt mit den Händen nach unten und umfasste ihre runden Pobacken. Eine perfekte Handvoll, die er massierte.

Das Zurückziehen ihres Kopfes, wodurch ihr Kuss unterbrochen wurde, entlockte ihm ein Knurren. »Komm wieder her.«

»Wir sollten aufhören«, keuchte sie.

»Das ist einfach grausam.« Da sie ihm ihre Lippen nicht geben wollte, entschied er sich stattdessen dazu, an ihrem Hals zu knabbern.

Sie fuhr mit den Fingern durch sein Haar und zog daran, auf feste und beinahe schmerzhafte Weise. Er konnte nicht sagen, ob er aufhören sollte oder ob sie mehr wollte ...

Mehr natürlich.

Er saugte an ihrer Haut, woraufhin sie stöhnte: »Du spielst unfair.«

»Und ich liebe es. Genau wie du.« Er konnte es spüren. Sie konnte ihre Erregung nicht vor ihm verbergen.

»Aber jemand könnte es sehen.«

Und diejenigen, die ungewollte Zuschauer sein könnten, waren Familie, was bedeutete, dass er sie nicht umbringen konnte.

Aber aufzuhören ... *Ich will nicht aufhören, sie zu berühren.*

Er knurrte gegen ihre Haut.

»Caleb!« Sie sagte es auf eine Weise, die ihn wissen ließ, dass er seine Leidenschaft zügeln musste.

Er löste sich von ihr und atmete lange und schwer aus. »Wann bin ich alt geworden und habe angefangen, mich verdammt noch mal dafür zu interessieren, das Richtige zu tun?«

Sie lächelte. »Du bist erwachsen geworden. Und nur damit du es weißt«, sie beugte sich vor, um zu flüstern, »es ist wirklich, wirklich sexy.« Sie gab ihm einen letzten innigen, süßen Kuss, der ihn noch lange Zeit, nachdem sie geflüchtet war, mit geschlossenen Augen dasitzen ließ. Wie entmannend war es, diesen Moment für immer wiedererleben zu wollen?

Zum ersten Mal seit einer gefühlten Ewigkeit fühlte er sich vollständig. Er hatte gefunden, was in seinem Leben fehlte, der letzte Teil – nein, kein Teil, sondern eine Person, die ihn ergänzen konnte.

Die mich glücklich macht.

Rührseliger Mist. *Ich wäre glücklicher, wenn ich ein abschließbares Schlafzimmer hätte.*

Aber das würde kommen. Er konnte seiner Ungeduld nicht erlauben, die Dinge zu überstürzen. Er hatte Jahre gewartet, um Renny wiederzusehen, also konnte er noch ein paar Tage länger warten. Außerdem kannte er jetzt eine wichtige Tatsache.

Sie will mich immer noch.

Aus der Vergangenheit entstammende Bedenken konnten noch immer zwischen sie geraten, aber sie gab nach, war vielleicht sogar dabei, ihm zu vergeben. Hoffnung war ein heißer Ofen für einen Körper, von dem er dachte, er würde durch kaltes Blut am Leben erhalten.

»Warum schläft Daddy im Sitzen?«

Ich schlafe nicht, sondern träume. Mit weit geöffneten Augen für eine Zukunft.

Während des restlichen Tages war das Beste, was Caleb erreichen konnte, ein heimlicher Kuss hier und da, der Rennys Wangen rot werden und ihre Augen strahlen ließ.

Die gelegentlichen Berührungen brachten sein Blut zum Kochen, während es ihn gleichzeitig frustrierte, nicht intimer werden zu können.

Er konnte mit ihr nicht einmal zurück zu ihrer Wohnung gehen, da er Wes versprochen hatte, sich am Abend mit ihm zu treffen. Er wollte nicht, dass sie allein war, nicht bis sie wussten, dass die Angelegenheit mit diesem seltsamen Monster erledigt war.

Beschütze sie.

Das Mantra wiederholte sich immer und immer wieder. Ihm gab er die Schuld für das Zittern, das ihn überkam, wann immer er nicht bei Renny war.

Trennung? Schlecht.

Er konnte nicht erklären warum, aber er fühlte sich vollständig, wenn er mit Renny zusammen war. Er hatte sich unter Kontrolle. Das Zusammensein mit ihr gab ihm eine Aufgabe, die keinen Platz für Panik ließ.

Er tat, was getan werden musste. Er beschützte. Er versorgte. Er küsste ...

Okay, das war weniger für sie als für ihn.

Das Gefühl ihrer Lippen auf seinen, ihre Hände, mit denen sie seinen Nacken berührte, ihre erhitzte Haut, die sich nach seiner Berührung sehnte – die Zeichen, dass sie ihn wollte, waren da. Sie gaben ihm Kraft. Machten ihn wieder stark.

Stark genug, um den Jäger in ihm zu tolerieren, der sich für einen kurzen Blick erheben wollte.

Ich weiß nicht, ob ich dich rauslassen will.

Er sprach mit seiner anderen Seite, in dem Wissen, dass sich das Krokodil seiner Angst bewusst war. Wann immer seine Bestie zum Spielen herauskam, floss Blut.

Denn das ist die Natur der Bestie.

Etwas, das er immer und immer wieder gehört hatte, aber das änderte nichts daran, wie er fühlte. Mit Gewalt konnte er umgehen, aber seine Krokodilseite führte diese auf eine beängstigende Stufe, wobei er mitgezogen wurde, ob er es wollte oder nicht.

Übung macht den Meister.

Traf das wirklich zu, wenn man es mit einer anderen Persönlichkeit zu tun hatte? Jedes Mal wenn er das Krokodil herausließ, befürchtete er, einen weiteren Teil von sich zu verlieren. Er befürchtete, weniger menschlich als zuvor zurückzukehren.

Und doch funktionierte es nicht, die Bestie einzudämmen. Sie lauerte noch immer in seinem Kopf und warf ihre eigenen Gedanken und Emotionen in alles hinein, was Caleb tat.

Erinnerst du dich daran, was während der letzten Male passiert ist, als du versucht hast, die Bestie einzusperren?

Übung macht den Meister. Der Spruch wiederholte sich.

Hör auf, wegen deines Problems mit der gespaltenen Persönlichkeit zu jammern, und verwandle dich. Die Abenddämmerung war eingebrochen und Wes erwartete ihn, aber nicht als Mann, sondern als Krokodil.

Scheiß auf die Angst. Angst half in keiner Situation. *Ich werde die Angst mir unterwerfen.* Es war an der Zeit, sich in seine Schuppen zu kleiden und etwas zu tun, das die Leute, wie zum Beispiel seine Familie, beschützen würde.

Aber bevor er das tat, sorgte Caleb dafür, dass sein Bruder an seiner Stelle Wache halten würde. Es beinhaltete eine Unterhaltung, die möglicherweise mehr als nur ein paar Menschen hätte erbleichen lassen.

»Ich muss losziehen und sehen, was ich über dieses Echsenwesen herausfinden kann, das hier herumschleicht«, erklärte Caleb Constantine, nachdem er Luke ins Bett gebracht und Renny Gute Nacht gesagt hatte – was weitere Küsse und noch mehr Kavaliersschmerzen mit sich brachte.

»Du willst, dass ich meinen Abend der alkoholischen Ausschweifungen einschränke, um Babysitter zu spielen?«

»Ja.«

Constantine zuckte die Achseln. »Okay. Aber ich sage dir gleich, wenn uns etwas einen Besuch abstattet, werde ich Prinzessin nicht zurückhalten.«

Caleb warf grinsend einen Blick auf die Ratte, die an diesem Tag eine pinkfarbene Schleife im Fell trug. »Klar, lass den Höllenhund los. Ich bin mir sicher, dein Fellknäuel wird fantastische Arbeit darin leisten, jeden Angreifer mit einem tollwütigen Biss in die Achillessehne aufzuhalten.«

»Lach, so viel du willst, aber sie greift die Fußknöchel an, damit ihre Beute sich vornüberbeugt und ihre Halsschlagader entblößt. Prinzessin glaubt daran, zum Tötungsbiss anzusetzen.« Er sprach es voller Stolz aus.

Grrr. Sie hatte eine winzige Lefze zurückgezogen, während ein mörderisches Funkeln in ihre riesigen Augen trat und sie vor aggressiver Wut die Ohren aufstellte.

»Dieser Hund hat etwas ernsthaft Abartiges an sich«, bemerkte Caleb, als er Prinzessin erneut ansah.

»Ich weiß.« Constantine strahlte. »Absolute Perfektion.«

Bei diesen Worten kläffte Prinzessin, aber Con bemerkte das Grinsen auf ihrer winzigen Schnauze nicht.

So ungern ich es auch zugebe, das ist eine verdammt kluge Vorspeise.

Da der Schutz seiner Familie gesichert war, zog Caleb sich aus und ging nackt zum Rand des Bayous. Er tauchte einen Zeh in das Brackwasser, um das Unvermeidliche hinauszuzögern. Das Wasser war in Ordnung. Die summenden Moskitos störten ihn nicht. Nicht einmal der Schlamm.

Es war der *andere*, vor dem es ihm graute.

Es war lange her, seit er seiner wilden Seite das Emporsteigen erlaubt hatte. Monate, seit er den nagenden Schmerz des Hungers gespürt hatte, den Nervenkitzel der Bestie, während sie ihre Beute verfolgte. Das Beißen von –

Er kniff die Augen zusammen. Aber diesmal konnte er die Gefühle nicht zurückhalten. Der fremde Gedankenprozess seiner Bestie vermischte sich mit seinem Bewusstsein.

Denk daran, was der Seelenklempner gesagt hat.

Kämpfe nicht gegen deine tierische Seite an.

Stelle das, was du in deiner anderen Form getan hast, nicht mit dem gleich, wer du bist.

Wir sind Jäger. Und Jäger verfolgen ihre Beute nicht nur. Manchmal fressen sie sie auch. Das ist die Natur des Lebens.

Ein Leben, das Caleb zu leugnen versucht hatte, aus Sorge, dass etwas mit ihm nicht stimmte, dass sein Monster zu viel Freude am Tod anderer hatte.

Aber hatte er, bis auf diesen ersten Fehler, jemals wirklich völlig die Kontrolle verloren? Der Rest hatte alles verdient, was er bekam.

Trotzdem war nur ein riesiger Fehler nötig, um mir alles zu versauen.

Wie viel schlimmer wäre es, wenn der nächste Vorfall Renny oder Luke widerfuhr?

Aber so durfte er nicht denken. Nicht jetzt, wenn seine Sinne geschärft sein mussten.

Heute Nacht jagen wir.

Das lauwarme Wasser umhüllte seine schuppige Haut, und wenn ein Krokodil seufzen konnte, dann tat seines genau das. Wie er das geschmeidige Gleiten seines kraftvollen Körpers durch den Sumpf vermisst hatte. Die Pflanzenwelt am Boden streifte seinen Unterbauch, behinderte jedoch nicht sein Vorankommen. Die Sinneszellen entlang seines Kiefers lieferten ihm weitere Informationen – Temperatur, Strömung, die Tatsache, dass es diesem Wasser an Salz mangelte.

Vielleicht würde er mit seiner Familie an den Strand gehen, sobald diese Sache vorbei war. Ein Tag in der Sonne und im Salzwasser, mit Renny im Bikini.

Seine angenehme Fantasie hielt ihn nicht davon ab, seine Aufgabe zu erfüllen.

Caleb steuerte mit dem Schwanz und schlängelte sich durch die unter Wasser liegenden Teile des Sumpfgebiets. Wenn er musste, strich er mit dem Bauch über den Boden, was die kleineren Nagetiere dazu veranlasste, sich zu verstecken.

Glücklicherweise war seinem Reptil nicht danach, für einen Snack anzuhalten. Er hatte ein großes Abendessen zu sich genommen, damit seine scharfzahnige Seite nicht in Versuchung geraten würde.

Da diese Angst bezwungen war, hatte er wesentlich mehr Freude an der Suche im Bayou. Er verbrachte Stunden damit, die sumpfigen Flächen zwischen seinem

Haus und dem Bittech-Institut zu durchqueren. Nichts. Nichts. *Oh, frische Schildkröteneier.* Nichts.

Er wollte gerade Schluss machen, als er es wahrnahm. Ein anderes großes Raubtier.

Während er sich langsam auf das schlammige Ufer zubewegte, blieb Caleb unten und streifte mit dem Bauch den Boden, als er die Situation betrachtete. Er schlich vorwärts, den Körper hoch genug, um nicht hängenzubleiben und sein Opfer auf sich aufmerksam zu machen. Seine Augen wurden zu Schlitzen, die das ihn umgebende Sternenlicht filterten, um seine Bewegungen zu lenken.

Lautlos glitt er weiter. Das Raubtier war windwärts von ihm abgewandt, was ein verlockendes Ziel aus ihm machte. Caleb öffnete sein langes Maul, welches mit einer Reihe scharfer Zähne ausgestattet war. Er ließ es mit einem Klacken zuschnappen.

Wes zuckte nicht einmal zusammen. »Kumpel, du bist wirklich laut. Wie mein Bruder«, ein riesiger Alligator, »im Porzellanladen. Dachtest du wirklich, ich würde dich nicht kommen hören?«

Es dauerte nur einen Moment, die Gestalt zu wandeln, ein atemloser Prozess, den er nicht wirklich genoss. Wenn sie sich den pubertären Jahren näherten, fragten die Jungen immer: »Tut es weh?«

Scheiße ja, aber man gewöhnte sich daran. Und wenn nicht, dann log man eben, damit man nicht wie ein Weichei dastand.

Caleb richtete sich aus der Hocke auf und antwortete: »Ich nehme an, du hast nichts gefunden.« Mit wenigen Schritten erreichte Caleb einen umgefallenen Baumstamm, auf den er sich setzen konnte, denn auch wenn Nacktheit unter Gestaltwandlern akzeptabel war, galt es als unhöflich, jemandem in nacktem Zustand zu nahe zu kommen, sofern man nicht miteinander schlief.

»Eine schwache Duftspur. Aber sie war alt und hat nirgendwo hingeführt.«

»Sind wir sicher, dass sich dieses Ding im Sumpf versteckt?«

»Wo sonst sollte es sein?«, fragte Wes. »Es ist nicht so, als könnte es sich ein Zimmer in der Stadt mieten.«

»Dann suchen wir wohl weiter.«

»Nicht heute Nacht. Du hast einen Job, bei dem du morgen früh erscheinen musst.«

Caleb verdrehte die Augen. »Ich schätze, ich sollte den Boss nicht gleich am ersten Tag verärgern.«

»Da liegst du richtig.«

Einen Moment lang saßen sie stumm da und ließen sich von den Geräuschen des Bayou umhüllen. Das leise Plätschern des Wassers, wenn etwas für einen kurzen Bissen auftauchte. Das Summen der Insekten, die für eine Nacht unterwegs waren, um Blut zu trinken und sich fortzupflanzen, bevor die Morgendämmerung sie in den Tod schickte. Der Chor der Frösche, deren Sinfonie hin und wieder unterbrochen wurde, wenn einer von ihnen vom Unterhaltungskünstler zum Abendessen wurde.

»Verdammte Scheiße, ich muss fragen. Warum bist du gegangen?«

Wes' Frage erschreckte Caleb, woraufhin er dem anderen Mann einen Blick zuwarf. »Warum scherst du dich darum?«

»Das tue ich nicht. Ich war nur überrascht, das ist alles. Besonders angesichts dessen, wie heiß es mit dir und Renny herging.«

»Es ist etwas passiert und ich hatte irgendwie keine Wahl.«

»Ich weiß, was du in diesem Sommer getan hast.« Wes grinste.

Caleb erstarrte. »Wovon sprichst du?« Die Worte verließen seinen trockenen Mund. Caleb war allein gewesen, als es passierte. Und er war sich noch immer nicht sicher, was passiert war. Es blieb ein weißer Fleck in seinem Gedächtnis. Im einen Moment ging er von Rennys Haus nach Hause, und bevor er sichs versah, kam er wieder zu Bewusstsein, während sein Maul einen Mann zerriss.

»Da du nicht einmal zwölf Stunden, nachdem du mit diesem toten Kerl in den Sumpf geworfen wurdest, abgehauen bist –«

»Hör auf. Was meinst du damit, dass ich mit einem toten Kerl reingeworfen wurde? Was zur Hölle hast du gesehen?«

Der harte Blick, den Wes ihm zuwarf, enthielt ein rotes Schimmern – die Bestie, die er in sich trug, mit der er sein Leben jedoch harmonisch zu teilen schien.

»Ich meine, dass dich ein paar Kerle, während du in anderer Gestalt warst und geschlafen hast, aus einem großen Fahrzeug gezerrt und ins Wasser geworfen haben, bevor eine Leiche vor dir abgeladen wurde. Irgendein Kerl in Militäruniform mit einer Spritze in der Hand hat dir einen Piks gegeben und ist weggelaufen. Er und die anderen sind mit dem Fahrzeug weggefahren, bevor du aufgewacht bist.«

Er war hungrig, benommen und wütend aufgewacht. Er hatte etwas vor sich gerochen und zugebissen. Gekaut. *Ich habe einen Menschen getötet und gefressen.*

Später hatte er den Großteil davon am Ufer hochgewürgt, als er nackt und dreckig aus dem Sumpf getorkelt war. Aber der Militärlaster, mit seinen grellen Lichtern und brüllenden Soldaten, schien zu wissen, was er war und wessen er sich schuldig gemacht hatte.

Natürlich wussten sie das, weil ... »Ich wurde reingelegt.« Caleb konnte die Ungläubigkeit nicht zurückhalten. »Diese verdammten Arschlöcher haben mich reingelegt. Sie ließen mich denken, ich hätte die Kontrolle verloren. Sie haben mir gesagt, ich hätte einen Mann getötet.« Der Schrei, den er ausstieß, enthielt frustrierten Zorn. All die Jahre hatte er sich die Schuld zugeschrieben. Hatte Angst vor sich gehabt. Hatte abscheuliche Dinge getan, weil sie sagten, er müsse es tun. »Es war alles eine verdammte Lüge. Und ich habe sie geglaubt.« Anstatt sich selbst zu vertrauen.

»Ich hätte dir gesagt, was ich damals gesehen habe, aber bevor ich dich erreichen konnte, warst du weg. Du und ein paar andere Jungs. Du bist der Einzige, der zurückgekommen ist.«

Denn Gestaltwandler waren die entbehrlichen Soldaten, die in die gefährlichsten Situationen geschickt wurden, da bei ihnen die Wahrscheinlichkeit des Überlebens am höchsten war. »Ich Glückspilz.«

»Oh, hör auf mit dieser Mitleidstour. Wenigstens bist du zurückgekommen. Können diese anderen Kerle dasselbe behaupten?«

»Nein.« Er hatte zu viele Freunde verloren, als dass er sie zählen könnte. »Aber es ist schwer zu vergessen.«

»Du musst nicht vergessen. Aber du kannst dich dazu entscheiden, im Jetzt zu leben und neue Erinnerungen zu schaffen, gute Erinnerungen, auf die du gern zurückblickst.«

»Die Sache wird mir zu rührselig«, knurrte Caleb.

»Keine Sorge, ich wollte mich gleich über die Größe deines Schwanzes lustig machen.«

»Und es gibt so viel, worüber man sich lustig machen

kann. Ich sage dir, es ist hart, ein solches Gewicht mit sich rumzuschleppen, aber die Frauen lieben es.«

Wes brach in Gelächter aus. »Arschloch.«

»Und ich bin offensichtlich ein hirnverbrannter Vollidiot, denn verrückterweise habe ich das hier vermisst.«

»Du hast es vermisst, möglicherweise blutdürstige Dinosaurier im Sumpf zu jagen?«

Caleb lachte leise. »Tatsächlich gefällt mir diese neue Art der Jagd.« Sofern er am Ende erfolgreich war. »Aber noch mehr habe ich zu Hause vermisst. Den Sumpf. Einen Ort, an dem ich mein Krokodil herauslassen kann und der nichts mit dem Krieg oder dem Ausschalten des Feindes zu tun hat.«

»Die haben dich echt fertiggemacht.«

»Mehr als das.«

Aber er heilte, und noch besser, er verliebte sich wieder, was mit einer ganz neuen Reihe von Ängsten einherging.

War seine Familie sicher, während er weg war?

Da seine Plauderei mit Wes zu Ende war, nahm Caleb den direkten Weg zurück zu seinem Haus, darauf erpicht, nach ihnen zu sehen. Was, wenn die Kreatur, die sie jagten, zurückgekommen war und es wieder auf Luke abgesehen hatte?

Was, wenn ...

Verdammt, jetzt war er derjenige, der mit den Fragen nicht aufhören konnte.

Mit wellenähnlichen Bewegungen kehrte er nach Hause zurück, hielt jedoch am schlammigen Ufer inne.

Jemand sieht zu.

Fast hätte er sich im Unkraut verborgen gehalten, bis derjenige verschwand, aber das stank förmlich nach Feigheit.

DIE RÜCKKEHR DES KROKODILS

Er stieg aus dem Brackwasser heraus und schnupperte sofort in der Luft, die jedoch frei von fremden Düften war.

Ebenfalls beruhigend war die Tatsache, dass das Haus weiterhin sicher war. Die Fallen, die er entlang der Fenster aufgehängt hatte, wirkten intakt, die Türen waren geschlossen und wie er vermutete auch verriegelt. Nichts schien auffällig zu sein.

Alles sah richtig aus und roch auch so, bis auf ihn. Das Parfüm des Sumpfes klebte an seiner Haut, ein übler Geruch, den ins Haus zu tragen er niemals wagen würde. Ein Holzlöffel namens *Klaps* hatte ihm diese Lektion bereits in jungen Jahren beigebracht.

Außerdem musste er nicht reingehen, um sich zu waschen, nicht wenn sie eine Außendusche hatten, die ihr Wasser aus einem Brunnen bezog. Es war kein warmes Wasser, aber es war frisch und das Stück Seife in der Schale roch nach Zitrone.

Es dauerte nicht lange, um den Bayou von seiner Haut zu spülen, aber selbst als er sauber war, rührte er sich nicht. Er blieb unter dem Wasser stehen, wobei er das Gesicht hineinhielt und versuchte, nicht zu reagieren, als sie näher kam.

Renny.

Von dem Moment an, in dem er aus dem Wasser gestiegen war, hatte er ihre Anwesenheit gespürt und versucht, es sich nicht anmerken zu lassen. Es war nicht leicht, nicht wenn er wusste, dass sie zusah.

Sie sieht meine Bestie.

Ein Teil von ihm hatte unter die trübe Oberfläche des Sumpfes abtauchen wollen. Um zu verbergen, wer er war. Was er war.

Noch mehr Geheimnisse.

Er konnte es nicht tun. Wenn er ein Leben mit Renny

wollte, dann mussten sie mit Ehrlichkeit anfangen, die mit seinem Krokodil begann.

Das ist, wer ich bin. Der, den zu offenbaren er damals, als sie zusammen gewesen waren, nie gewagt hatte. Würde sie weglaufen?

Vielleicht hatte er den Atem angehalten, als er sich aus dem Unkraut und Schlamm erhob, wobei sich seine schuppige Haut kräuselte und zusammenzog, während die Magie der Verwandlung seine reptilischen Züge wieder nach innen in ihr Versteck zurückzog. Glatte Haut, Haarsträhnen und ein Gesicht, das als menschlich durchgehen konnte, nahmen ihren Platz ein. Er ging als Mann, aufrecht, stolz und nackt.

Hatte er vergessen, *erregt* zu erwähnen? Das Wissen, dass sie zusah und nicht die Flucht ergriff, brachte sein Blut zum Kochen. Er konnte sich unter der Hitze ihres Blickes bräunen.

Aber er tat so, als wüsste er es nicht. *Dräng sie nicht.* Sie sollte zu ihm kommen.

Bitte lass sie zu mir kommen.

Während des Duschens die ganze Zeit ihr Starren zu spüren half nicht bei seiner Erektion. Wie hart es war – so, so hart –, sich nicht zum Höhepunkt zu streicheln. Aber er wagte es nicht.

Sie sah zu. Was würde sie denken, wenn er ohne sie kam?

Würde sie wissen, dass er an sie dachte? Würde es sie abstoßen? Was, wenn nicht? Was, wenn er sich ergoss und sie ihn brauchte?

Lässigkeit vorzutäuschen war schwierig, aber noch anstrengender war es, an das Atmen zu denken, als sie mit leisen Schritten näher kam.

»Du kannst damit aufhören. Ich weiß, dass du weißt, dass ich hier bin.«

Er drehte sich zu ihr um und konnte sein Lächeln nicht zurückhalten. »Sag das fünfmal schnell hintereinander.«

»Ich habe bessere Ideen, wenn du in der Stimmung für Dinge bist, die eine kunstfertige Zunge erfordern.« Trotz der Tropfen, die sie vom Wasserstrahl trafen, blieb sie nahe bei ihm. Sehr nahe.

Das Trägerhemd, das sie trug, schmiegte sich an die Wölbung ihrer Brüste, wodurch ihre prallen Rundungen und Brustwarzen betont wurden, die sich versteiften, als er sie anstarrte.

Knappe Shorts umschlossen ihre wohlgeformten Hüften und der Hauch eines Bäuchleins spähte zwischen der Hose und dem Top heraus.

»Was machst du hier draußen?«

»Auf dich warten.«

Als er »Baby« knurrte, trat sie näher und legte einen Finger auf seine Lippen. »Sei nicht wütend. Ich habe nichts Dummes getan. Ich habe aus dem Fenster gesehen, bis ich mir sicher war, dass du es bist.«

»Nur weil du ein Krokodil siehst, bedeutet das nicht, dass ich es bin.«

»Prinzessin hat nicht gebellt.«

»Aber ich vielleicht schon.«

Sie kam näher und wurde von dem lauwarmen Wasser durchnässt, das aus dem breiten Duschkopf herausströmte. »Auch wenn ich die Absicht hinter dem Bellen zu schätzen weiß, denke ich, dass ich«, sie stellte sich auf die Zehenspitzen, um ihre Lippen an seinen zu reiben, »das Beißen bevorzuge.«

Er begegnete ihr auf halbem Weg und wurde mit ihren

Zähnen belohnt, die sich in seiner Unterlippe vergruben und daran zogen.

Da er scheinbar ein Idiot war, musste er fragen: »Was tust du da?«

»Wonach sieht es denn aus?«, flüsterte sie mit einem leisen Lachen an seinen Lippen.

»Es sieht aus, als würdest du mich verführen.«

»Sieht es nur danach aus?«, neckte sie, wobei sie erneut in seine Lippe biss.

»Es fühlt sich auch so an.« Er ließ seine Arme um sie gleiten, zog sie eng an sich und vertiefte den Kuss.

Einen Moment lang mischte sich ihr heißer Atem, während ihre Körper aneinandergepresst waren.

Dann stöhnte er und löste sich von ihr. Er nahm ihre Hände und hielt sie von sich weg, während er ihre Geräusche des Protests ignorierte.

»Hör auf, Baby.«

»Aufhören? Warum? Ich will das. Verdammt, du willst das.« Sie unterstrich ihre Worte, indem sie ihre Hüften an den seinen rieb.

Seine Entschlossenheit bröckelte und er zwang sich zum Atmen, als er ihr ins Gesicht sah.

In ihr perfektes Gesicht.

Wie kann ich nur solches Glück haben, eine zweite Chance mit ihr zu bekommen? Eine Chance auf ein neues Leben, ein richtiges Leben, mit der Frau, die er liebte. Aber wenn er auch nur die geringste Hoffnung darauf haben wollte, dass es funktionierte, musste er mit Ehrlichkeit anfangen.

»Du musst die Wahrheit kennen. Weshalb ich gegangen bin.«

Und einfach so verblasste das sanfte Lächeln auf ihren

Lippen und ihr Körper spannte sich an. »Was ist damit passiert, dass du es nicht erzählen kannst?«

»Das kann ich nicht. Zumindest sollte ich es nicht tun. Aber ...« Caleb seufzte, als er sich gegen den Pfosten lehnte, der die Rohre für die Dusche nach oben führte. Er zuckte die Achseln und lächelte. »Ich habe nie behauptet, ein braver Junge zu sein. Manchmal müssen Regeln gebrochen werden.«

»Wirst du in Schwierigkeiten geraten?« Sie berührte seine Wange. »Du musst es mir nicht sagen, wenn es dir schaden könnte.«

»Die Leute, denen ich geschworen habe, sind nicht mehr da. Und selbst wenn sie es wären, haben sie bereits das Schlimmstmögliche getan, als sie mich von dir weggerissen haben. Verdammte Mistkerle, sie haben mich benutzt und angelogen und sich nie einen Dreck um mich geschert, nur darum, was ich für sie tun konnte.« Er hielt ihren Blick. »Aber du hast dich um mich geschert. Du hast mich geliebt, und anstatt das zu respektieren, habe ich mich dazu entschieden, ein Versprechen an irgendwelche Arschlöcher zu halten, die mich vermutlich nicht einmal anpinkeln würden, wenn ich in Flammen stünde.« Im Gegenteil, nach der Beschämung ihrer Mission im Ausland hätten die meisten vermutlich seinen Tod vorgezogen, um ihre Geheimnisse aufrechtzuerhalten.

Sie fuhr mit einem Finger die Narbe entlang, bis sie mit der Fingerspitze über seine Unterlippe strich. Er biss leicht hinein. Als könnte er widerstehen. »Du musst es mir nicht mehr sagen, Caleb. Ich mag vielleicht wütend gewesen sein, aber tief drin wusste ein Teil von mir, dass du nicht gegangen wärst, wenn du keinen verdammt guten Grund gehabt hättest.«

»Den hatte ich. Ich habe jemanden umgebracht. Oder ich dachte, ich hätte es getan.«

Er wartete darauf. Auf das Zurückweichen, das Entsetzen, die Fragen ...

»Und?«

Und? Er blinzelte sie an. »Und ich habe gesagt, ich habe jemanden umgebracht. Oder zumindest dachte ich, mein Krokodil hätte es getan.«

»Gedacht? Gibt es Zweifel an dem, was passiert ist?«

»Mehr eine Offenbarung.« Er erklärte schnell, was er dachte, das passiert sei, und dann Wes' Version. Währenddessen beförderte er sie aus der Dusche heraus. Er holte zwei Handtücher aus der wetterbeständigen Truhe daneben.

Nachdem er Renny eingewickelt hatte, trug er sie zum Picknicktisch und setzte sie auf dessen Oberfläche. Er entfernte sich nicht weit von ihr, sondern ging stattdessen mit kurzen Schritten vor ihr auf und ab.

Er konnte die Erleichterung darüber, dass sie zuhörte, anstatt wegzulaufen, nicht einmal annähernd beschreiben. Er hatte verschiedene Reaktionen von ihr erwartet, zum Teufel, viele davon hatte er während der letzten Jahre selbst erfahren, aber Renny nahm seine Geschichte auf, ohne mit der Wimper zu zucken.

Als er fertig war, neigte sie den Kopf, um ihn anzusehen. »Klingt, als wäre es eine harte Zeit gewesen.«

»Sehr sogar.«

»Aber ich habe eine Frage für dich. Wie hast du denken können, du hättest grundlos einen Mann getötet? Ich kenne dich, Caleb. Du hättest niemals so etwas getan.«

»Nicht? Jedes Mal wenn ich das Krokodil herauslasse, frisst es. Lebewesen. Von dem Moment an, in dem ich dich traf, hatte ich Angst, dich zu verschrecken, dass die Bestie dich abstoßen würde.«

»Sie ist ein Teil von dir.«

»Ein Teil, mit dem ich immer gekämpft habe.«

»Warum hast du es niemandem erzählt?«

Er zuckte die Achseln. »Wem? Meiner Mutter? Sie hatte bereits genügend Stress, ohne dass ich darüber jammere, wie fremd mir die Eskapaden meines Krokodils waren.«

»Was ist mit deinen Freunden? Ihren Vätern?«

»Falls du es vergessen hast, ich bin ein Kerl. Um Hilfe zu bitten ist, wie nach dem Weg zu fragen. Das tun wir einfach nicht. Besonders damals nicht. Ich war ein arrogantes kleines Arschloch. Ich wollte niemanden fragen, weil ich nicht schwach wirken wollte.«

»Das hätte niemand gedacht. Nein, das nehme ich zurück. Wes hätte sich über dich lustig gemacht, Daryl vermutlich auch, aber sie waren deine Freunde. Sie hätten dich aufgezogen, aber sie hätten geholfen.«

»Wes war nie mein Freund.« Rivale, ja, und dazu einer, den Caleb nie bewunderte, auch wenn er sich innerhalb eines Tages, nachdem er von der mit Nieten besetzten Lederjacke des Alligators gehört hatte, genau dieselbe besorgte.

»Als was auch immer du diese Jungs bezeichnen willst, sie hätten dir den Rücken gestärkt.«

»Das weiß ich jetzt.« Hinterher war man immer klüger. Deshalb fühlte man sich aber noch lange nicht besser.

Renny war nicht fertig. Sie zog die Augenbrauen zusammen, während sie laut nachdachte. »Laut Wes war es eine Falle, und, ich will ehrlich sein, auch eine ziemlich offensichtliche, wie es scheint. Ich meine, fandest du es nicht seltsam, dass diese Kerle, die dich aufgegabelt haben, so viel über dich und darüber wussten, was passiert war?«

»Nun, schon, es war seltsam, aber es ging alles so schnell.« Außerdem war er noch völlig durcheinander gewesen durch den Schock und, wie er jetzt wusste, die anhaltende Wirkung der Betäubungsmittel, die seine Gedanken verschwimmen ließen. »Sie sagten, sie wüssten, was ich getan hätte. Sie drohten, mich festzunehmen. Eigentlich drohten sie, mich bloßzustellen.« *Du bist ein Monster, das für seine Verbrechen bezahlen sollte.* »Es sei denn, ich würde einer Vereinbarung zustimmen.«

»Einer Vereinbarung, die beinhaltete, dass du für sie kämpfst.«

»Gehorchen. Kämpfen. Töten. Entweder schloss ich mich dem Militär an und brach sofort zu einer Mission auf, oder nicht nur ich, sondern auch meine ganze Familie wäre bloßgestellt worden.«

Caleb war vor ihr stehen geblieben. Es war ein Leichtes für sie, sich vorzubeugen, damit sie sein Gesicht mit beiden Händen umfassen konnte. »Oh, Caleb.« Tränen standen ihr in den Augen und er konnte spüren, wie sich ihm die Kehle zuschnürte.

»Ich –« Er schluckte. »Ich war ein Feigling und habe zugestimmt. Anstatt bereit zu sein, mich dem zu stellen, was ich getan hatte, habe ich ihren Bedingungen zugestimmt und bin gegangen.«

Er senkte den Blick, um zu Boden zu starren, aber sie wollte ihm keine Flucht erlauben. Sie zog den Kopf ein und zwang ihn dazu, ihr ins Gesicht zu sehen.

»Du hattest keine andere Wahl.«

»Ich hätte Nein sagen und nehmen können, was ich verdient hatte.«

»Du hast deine Familie beschützt. Diese Stadt.«

»Ich habe dich verlassen.«

»Um das Richtige zu tun. Das Schwierige.« Sie streifte seine Lippen mit den ihren, als sie flüsterte: »Ich vergebe dir.«

Hatte jemand auf ihn geschossen? Waren ihm die Beine mit einer Axt abgetrennt worden? Was sonst könnte das Einknicken seiner Knie erklären? Seine Gelenke hielten einigem Druck stand, als er sich ungelenk auf die Bank des Picknicktisches fallen ließ. Mit gesenktem Kopf lehnte er sich vor und presste sein Gesicht an Rennys Bauch, während er seine Arme um ihre Beine legte.

Sein Körper zitterte. Nicht vor Tränen, sondern vor Erleichterung. Sein Herz schwoll vor Liebe an. Hoffnung blühte in seiner Seele auf. So viele Gefühle überkamen ihn. Lange aufgestaute Emotionen, die er für tot gehalten hatte, erdrückten ihn von allen Seiten, und doch fühlte er sich in gewisser Hinsicht leichter.

Er hatte die Wahrheit gesagt und die Ketten, mit denen sie ihn fesselte, hielten ihn nicht länger fest.

»Caleb.« Es war leise. Sie hob sein Kinn und ließ ihn die Liebe in ihrem Blick erkennen. »Küss mich.«

Er stand auf und zog sie mit einer fließenden Bewegung an sich. Er senkte den Kopf, beanspruchte ihre Lippen und versuchte, ihr zu zeigen, wie er fühlte.

Aber sie zu kosten war nicht genug ... Er wollte alles von ihr.

Er zog sich zurück und stöhnte.

»Wo gehst du hin?«

»Ich brauche eine kalte Dusche.«

»Wozu?«

Er drehte sich zu ihr um. »Wenn ich nicht duschen gehe, werde ich dir dieses Handtuch wegreißen und jeden gottverdammten Zentimeter deines sinnlichen Körpers ablecken.«

»Was hält dich davon ab?«

»Falls es dir nicht aufgefallen ist, wir haben noch immer kein verdammtes Zimmer.« Wer hätte je gedacht, dass er um Privatsphäre beten würde?

»Es ist fast ein Uhr nachts. Außer dir und mir ist niemand wach.« Sie stützte sich nach hinten auf ihre Ellbogen und spreizte die Knie, wodurch sich das einfach gewickelte Handtuch löste. Als die Seiten wegklappten, offenbarten sie die Wölbung ihrer Brüste, die harten Spitzen ihrer Brustwarzen und das Paradies zwischen ihren Schenkeln.

Ihm war vielleicht einmal zu oft gegen den Kopf geschlagen worden, aber das machte ihn nicht dumm. Caleb wartete nicht auf eine weitere Einladung.

Er stürzte sich auf das Angebot und umfasste ihre Taille, deren sanduhrähnliche Form praktisch zum Festhalten geschaffen war. Er presste seinen Mund auf den ihren, verweilte dort jedoch nicht lange, nicht mit den verführerischen Verlockungen, die unterhalb auf ihn warteten.

Als er mit der Zunge eine Brustwarze umspielte, entlockte er ihr einen Schrei. Einen weiteren, als er sanft mit den Zähnen daran zog. Er saugte ihre Brüste in seinen Mund, genoss die Dehnung ihrer Haut, das Kratzen ihrer Fingernägel an seinen Schultern und wie sie die Fersen in sein Kreuz grub, als sie versuchte, ihn noch näher an sich zu ziehen.

Er hielt sie fest – und er meinte *fest* – und spielte weiter mit ihren Brustwarzen, wobei er von der einen zur anderen wechselte, bis sie unaufhörlich stöhnte.

Dann hinterließ er eine lodernde Spur ihren Brustkorb

hinunter bis zu ihrem leicht gerundeten, weichen Bauch. Er rieb seine stoppelige Kieferpartie an ihrer Haut und spürte das Schaudern, das sie durchfuhr.

Er war noch nicht fertig.

Er ließ seine Lippen weiter wandern, bis ihr Weg aus federleichten Berührungen zu einem prallen Oberschenkel führte. Er konnte nicht anders, als daran zu knabbern.

Lecker.

Aber etwas noch Köstlicheres lockte ihn.

»Mach für mich auf«, flüsterte er an ihrem Schritt. Ihre Beine waren bereits gespreizt, aber er wollte mehr. Er wollte die Quelle ihres wohlduftenden Honigs sehen.

Sie legte sich auf den Picknicktisch, ihr goldenes Haar breitete sich um sie herum aus und ihr Brustkorb hob und senkte sich, während sie vor Erregung keuchte. Sie spreizte ihre Beine weiter auseinander und ließ die Fersen auf der Tischkante ruhen. Sie bot sich ihm an, woraufhin er zitterte.

Sie ist so verdammt schön. Wie kann ich nur denken, sie zu verdienen?

Das tat er nicht. Aber er würde verdammt noch mal sein Bestes tun, um ihr gerecht zu werden.

Caleb beugte sich vor und blies heiße Luft auf ihren Schritt. Ihre Schamlippen bebten. Der berauschende Duft ihrer Erregung umgab ihn. Ihr Geschmack explodierte mit nur einer Berührung auf seiner Zunge.

Süße Ambrosia. Er leckte sie mit knurrendem Vergnügen – ein Vergnügen, das sie teilte und ausdrückte, indem sie stöhnte: »Caleb.«

Er teilte ihre Schamlippen, stieß seine Zunge dazwischen und spürte die erotische Anspannung, die ihren Körper durchdrang. Er wollte, dass sie kam.

Zwei Finger ersetzten seine Zunge und dehnten sie, während er mit der Zunge über ihre Klitoris schnellte, woraufhin diese anschwoll und sie bei jeder Berührung nach Luft schnappen ließ.

Ihre Muschi spannte sich um seine Finger herum an.

Er umschloss ihre Klitoris mit den Lippen.

Sie hob die Hüften vom Tisch.

Seine stoßenden Finger und neckenden Lippen folgten ihr. Sie zog scharf den Atem ein. Ihr Körper krümmte sich und sie konnte nur nach Luft schnappen, während kein einziges Geräusch sie verließ.

Das letzte, harte Zusammenziehen ihres Kanals ließ seinen Atem stocken, bevor er beinahe Freudensprünge machte, als sich ihre Muschi in Wellen für ihn verkrampfte. Dennoch stieß er seine Finger in sie hinein, zog den Höhepunkt in die Länge und baute ihn erneut auf, als er die perfekte Stelle in ihr entdeckte und reizte.

Er streichelte ihren empfindlichen G-Punkt, bis sie wieder keuchte und sich auf dem Tisch wandte. Aber diesmal war er nur mit seinen Fingern nicht zufrieden. Sein Schwanz wippte auf und ab, hart und bereit.

Die Spitze streifte ihre prallen Schamlippen, glitt dazwischen und drang dann in sie ein, während sie ihre Beine um seine Hüften schlang und ihn in sich zog.

Diesmal schrie er auf. »Aah.« Die Empfindung geschmolzener Hitze, die ihn umgab, war zu stark, als dass er hätte widerstehen können.

Als sie nach ihm greifen wollte, fesselte er ihre Handgelenke mit einer Hand und zog sie über ihren Kopf, wodurch sie auf dem Tisch ausgestreckt lag. Er hielt sie fest, während er in sie hineinglitt.

Lang.

Hart.

Tief.

Sie erschauderte, als er sich herauszog.

Dann stieß er wieder hinein, was sie aufschreien ließ.
Herausziehen. Wieder hinein.

Caleb drang in Renny ein, sein Körper steif, während er seine Lust kontrollierte. Aber er würde sich nicht lange zurückhalten können. Sie war einfach zu überwältigend.

Obwohl er ihre Hände gefangen hielt, schaffte sie es dennoch, ihn verrückt zu machen, indem sie die Hüften neigte, um ihn tief in sich aufzunehmen, wo sie sich fest um ihn herum zusammenzog.

Er bewegte sich weiter mit Nachdruck, wobei er versuchte, sich der Tatsache bewusst zu bleiben, dass sie auf einem Tisch und nicht in einem Bett lag. Er musste zärtlich mit ihr sein.

Aber ihre Leidenschaft war nicht zur Kooperation bereit.

Ohne bewussten Willen beschleunigte Caleb sein Tempo. Er legte einen Arm um ihre Taille und zog sie in eine sitzende Position, wobei ihr Hintern auf dem Handtuch verblieb. Seine Stöße wurden kürzer, aber härter. Sie reichten tief in sie hinein.

Sie spannte sich um ihn herum an. Ihr Körper pulsierte vor Hitze und Energie. Sie vergrub ihr Gesicht in der Kuhle zwischen seinem Hals und seiner Schulter. In dem Moment, bevor sie zum Höhepunkt kam, sagte sie die unglaublichste Sache überhaupt: »Du gehörst mir.« Anschließend beraubte sie ihn völlig seiner Sinne.

Sie biss ihn und beanspruchte ihn in jeglicher Hinsicht für sich selbst.

KAPITEL SECHZEHN

Der Picknicktisch stellte nicht gerade das komfortabelste Bett dar, aber als sie damit fertig waren, einander zu lieben, waren sie beide nicht bereit, sich voneinander zu trennen. Das Problem war, dass ein leichter Regen einsetzte, der das Draußenbleiben unangenehm machte. Also war sie ins Haus gegangen, um dort mit Caleb auf der Couch zu kuscheln. Nur für eine kurze Weile.

Zumindest hatte sie das gedacht, bis sie eine Kinderstimme sagen hörte: »Mommy, warum liegst du auf Daddy?« Auf der Liste der unangenehmen Fragen stand diese recht weit oben, gefolgt von: »Warum trägst du Daddys Hemd?«

Aus irgendeinem Grund erschien es nicht angemessen, ihm zu erklären, dass sie ihres verloren hatte, weil sie hinausgegangen war, um Caleb zu verführen. Stattdessen stammelte sie eine Notlüge. »Meins ist nass geworden.«

»Sehr nass«, fügte Caleb todernst hinzu.

»Oh. Okay.« Und damit zog ihr Sohn von dannen und fing kurz darauf an, Autogeräusche zu machen.

Sie hingegen gab ein beschämtes Stöhnen von sich.

Caleb rieb ihr den Rücken. »Na, na, Baby, so schlimm ist es nicht. Wenigstens sind wir angezogen.«

Er lachte lauter, als sie ihm einen Stoß mit dem Ellbogen verpasste. Sie rollte sich von ihm, zog sein Hemd herunter, welches wenigstens bis zur Mitte ihrer Oberschenkel reichte, und marschierte dann in Richtung des Badezimmers.

Sie musste nicht über ihre Schulter spähen, um zu wissen, dass Caleb den Anblick genoss – was er scheinbar sehr offensichtlich tat, denn Luke fragte: »Warum bist du so fröhlich, Daddy?«

»Weil ich dich und deine Mutter habe.«

Es war möglich, dass sie stolperte. Dämliche Leiste zwischen dem Boden des Badezimmers und des Flurs.

An diesem Morgen durfte Caleb das hektische Treiben einer Familie erleben, die sich fertig machen musste, um pünktlich aus der Tür zu gehen. Luke musste vor neun in der Schule sein und dann war es Zeit, Caleb mit einem Kuss bei der Arbeit abzusetzen, bevor sie sich zu ihrem eigenen langweiligen Job im Lebensmittelladen aufmachte.

Juhu.

Bis zu diesem Abend, als sie und Caleb sich für ein Schäferstündchen im Wagen seines Bruders hinausschlichen. In dieser Nacht sorgten sie dafür, dass die Fenster beschlugen.

In der nächsten brach der Picknicktisch unter ihnen zusammen.

Dann machten sie sich die Außendusche zunutze ...

Jeden Morgen wachte sie mit Lukes Grinsen und Calebs Umarmung auf.

Es war wundervoll.

So verlief die Woche, und trotz der mangelnden Privatsphäre und Calebs finsterer Miene, wann immer sie zur Arbeit ging, war sie glücklich.

Am späten Donnerstagnachmittag ließ ein bekanntes Kribbeln sie wissen, dass Caleb da war. Sie drehte sich um und fand ihn am hinteren Ende ihres Kassenbereichs stehend vor.

Er trug die offizielle Bittech-Uniform, und sie stand ihm. Vor allem wollte sie sie ihm vom Leib reißen.

Das werde ich tun ... später.

»Was machst du so früh hier?«, fragte sie. »Ich bin erst in einer Stunde fertig.«

»Wes hat mich früher gehen lassen, damit ich dir eine Überraschung zeigen kann.«

»Die wird warten müssen. Mein Chef wird mich niemals früher aufhören lassen.« Sie verzog das Gesicht. »Aber dafür muss ich heute Abend nicht arbeiten.«

»Wieso das?«

»Der Klub ist aufgrund eines Wasserrohrbruchs auf der Toilette geschlossen.«

»Ich nehme nicht an, dass er für immer geschlossen bleiben kann«, grummelte er.

Aber das war alles, was er tat. Grummeln. Ihm mochte ihr Job im *Itsy-Bitsy-Club* nicht gefallen, aber sie waren zu einer Übereinkunft gekommen. Während Claire und Constantine – zusammen mit seinem cleveren Chihuahua – nachts auf Luke aufpassten, hatte Caleb ein Auge auf Renny, während diese bei der Arbeit war. Nur nicht im Klub, was nicht an Calebs Unfähigkeit lag, »zuzusehen, wie Kerle mein Mädchen anbaggern«, wie er es selbst ausdrückte. Nein, er blieb draußen, weil *sie* es so wollte.

Seltsamerweise fühlte Renny sich mehr als unwohl damit, wenn überwiegend nackte Frauen um ihn herumschwirrten. Nicht dass sie es wagten, irgendetwas zu versuchen.

Als er das erste Mal für ein Bier hereingekommen war, hatten die Tänzerinnen gelernt, die Finger von ihm zu lassen. Wer auch immer dachte, menschliche Frauen seien sanftmütig, hatte nie Renny gesehen, wie sie ein Mädchen am Haar packte und knurrte: »Lass deine Pfoten von meinem Mann, Tina, sonst verwandle ich deinen pelzigen Arsch in einen Teppich.«

Denn was Caleb betraf – jetzt, wo er zurück war –, gehörte er ihr. Und nichts, *nichts* würde sie von ihm fernhalten.

Auch wenn einige Idioten darauf aus zu sein schienen, es zu versuchen, so wie ihr Chef im Supermarkt, der brüllte: »Suarez, warum arbeiten Sie nicht?«

Renny verdrehte die Augen, bevor sie sich ihrem Filialleiter zuwandte, irgendein Kerl, der von der Zentrale geschickt worden war, um die Einnahmen des Ladens zu maximieren. »Was soll ich denn arbeiten?« Sie deutete mit einer Hand auf ihren leeren Kassenbereich. »Hier ist niemand, Benny.« Tatsächlich, die wenigen Kunden im Geschäft schlenderten noch durch die Gänge und mussten dementsprechend nicht zur Kasse.

»Vielleicht ist niemand hier, weil eine gewisse Dame zu arrogant ist, ihren Job zu machen, weil sie zu sehr mit Quasseln beschäftigt ist?«

Sie presste die Lippen aufeinander. Es gab nicht viel, das sie sagen konnte, um Benny zu besänftigen.

Aber Caleb wusste das nicht. »Es ist meine Schuld. Ich war derjenige, der reinkam und mit ihr geredet hat.«

Wenn Caleb dachte, er würde die Situation damit entschärfen, dann lag er falsch, denn dem Geschäftsführer des Ladens war es egal. Im Gegenzug erkannte Benny, der einen Schritt nach vorn machte und sein rotes Gesicht sowie seinen Zorn auf Caleb richtete, nicht, mit wem er sich hier anlegte.

»Hör zu, du vernarbter Sonderling. Ich kann es nicht gebrauchen, dass Typen wie du herkommen und meine Kunden verjagen.«

Renny mochte sich viel von diesem jämmerlichen Exemplar der Menschheit gefallen lassen, aber sie würde verdammt noch mal nicht zulassen, dass er Caleb beleidigte.

»Wagen Sie es nicht, so mit ihm zu reden.« Sie kam um die Kasse herum und stellte sich vor Caleb, der überrascht wirkte.

»Es ist in Ordnung, Renny. Ich werde mich daran gewöhnen müssen, solchen Mist zu hören.«

»Nein, es ist nicht in Ordnung. Du hast diese Narben, weil du deinem Land gedient hast, und jetzt denkt dieser Schwachkopf, er könne dich beleidigen. Auf keinen Fall.«

»Passen Sie auf, was Sie sagen, sonst können Sie sich nach einem anderen Job umsehen.« Benny versuchte, einschüchternd zu wirken, aber ein Mensch war nichts verglichen mit den wahren Raubtieren, mit denen sie aufgewachsen war.

»Drohen Sie, mich zu feuern? Nicht nötig.« Sie löste die Knöpfe, mit der ihre rote Weste verschlossen war. Renny ballte den Stoff in einer Hand und schleuderte ihn Benny entgegen. »Ich kündige.« Lächelnd wandte sie sich Caleb zu. »Sieht aus, als wäre ich doch früher fertig. Sehen wir uns diese Überraschung an.«

»Sie können nicht kündigen«, rief Benny hinter ihr her.

Renny hielt einen gewissen Finger über ihre Schulter hoch.

»Hast du ihm gerade in Zeichensprache gesagt, dass er dich mal kann?«, fragte Caleb. »Das ist so verdammt sexy.«

»Spinner.«

»Dein Spinner, Baby. Also, bist du bereit?«

»Wofür?«

»Du wirst schon sehen«, war seine mysteriöse Antwort.

Was sie sah, war ein überwucherter Vorgarten und ein winziges Haus, dessen Holzschindeln durch die Witterung grau und an anderen Stellen durch die Feuchtigkeit grün geworden waren. Aber die Fenster waren intakt, wenn auch ohne Vorhänge.

Der Dielenboden im Inneren hatte seine Lackschicht verloren, war jedoch sauber gefegt. Renny sah sich in den Räumen um. Das offene Wohnzimmer mit seiner Glasschiebetür, die zum hinteren Garten des Hauses führte. Die Küche mit den weiß gefliesten Arbeitsflächen und in derselben Farbe gestrichenen Schränken.

»Warum sind wir hier?«, fragte sie, auch wenn sie bereits eine Ahnung hatte.

»Sag Hallo zu unserem Zuhause.«

»Unserem?«, fragte sie, als sie sich mit einer hochgezogenen Augenbraue umdrehte. »Irgendwie anmaßend, findest du nicht?«

Er knickte förmlich ein. »Ja, unserem. Ich meine, nach der Woche, die wir miteinander verbracht haben, und –«

Sie legte einen Finger auf seine Lippen und lachte. »Tut mir leid. Ich sollte dich nicht so ärgern. Natürlich will ich mit dir hier sein.«

»Luke auch.«

Ein Kichern entwich ihr. »Was du nicht sagst. Uns gibt es nur im Doppelpack.«

Er verzog das Gesicht. »Ich bin so schlecht mit diesen Beziehungssachen.«

Sie schlang die Arme um seinen Hals und lächelte. »Oh, da wäre ich mir nicht so sicher. Bisher schlägst du dich verdammt gut. So gut, dass ich denke, wir sollten dieses Haus austesten, bevor wir unseren Sohn holen und mit unserem Hab und Gut einziehen.«

An diesem Nachmittag liebten sie einander auf der Küchenanrichte. Unter der Dusche. Dann lagen sie, die nackten Gliedmaßen ineinander verschlungen, auf dem Boden.

Ausnahmsweise hatten sie es nicht eilig, irgendwo zu sein. Nicht einmal, um Luke abzuholen, da Caleb bereits eine Vereinbarung mit Melanie getroffen hatte. Da ihre beste Freundin wegen der Ergebnisse ihres Fruchtbarkeitstests zum Bittech-Institut musste, würde sie Luke auf dem Weg nach Hause absetzen, nachdem sie sich etwas zum Abendessen geholt hatten, womit Renny und Caleb ein wenig Zeit allein blieb.

Aus der Richtung ihrer Handtasche klingelte ihr Handy mit einer eingängigen Melodie namens »I'm Going Bananas« – »Ich werde verrückt« –, ein altes Lied von Madonna, das sie gekauft und als Klingelton für Melanie eingestellt hatte.

Renny drehte sich von Caleb weg und sagte über ihre Schulter, während sie nach dem Telefon griff: »Sie will vermutlich Details hören.«

»Ich dachte, Frauen sollen nicht über ihr Sexleben tratschen«, erwiderte er, rollte sich auf den Rücken und verschränkte die Hände unter dem Kopf. Es spannte seine Haut und definierte einige seiner Muskeln. Die Narbe, die sich über seine Seite zog, beeinträchtigte nicht seine Perfektion. Stattdessen zog sie ihr Augenmerk umso mehr auf die Schönheit seiner Gestalt.

Außerdem lenkte sie ab. Sie fischte das Handy aus ihrer

Tasche, als es den Anruf gerade auf die Mailbox weiterleitete. Bevor sie zurückrufen konnte, klingelte es erneut.

Sie nahm lachend ab. »Meine Güte, Melanie, bist du so ungeduldig, die Details zu hören?«

»Renny, er ist weg.« Ihre Stimme war angespannt vor Angst.

Die Welt blieb stehen und Rennys ganzer Körper erstarrte, als sie die Bedeutung der Worte verstand.

Wie aus der Ferne hörte sie sich selbst sagen: »Was meinst du damit, er ist weg?«

»Luke. Er ist verschwunden. Die Zwillinge sagen, der Dinosaurier hätte ihn erwischt.«

»Nein.« Renny flüsterte das Wort durch taube Lippen hindurch. Alles an ihr wurde schlaff, einschließlich ihrer Finger, die das Handy losließen. Ihre Knie entschieden, sie nicht länger aufrecht zu halten, weshalb sie mit einem heftigen Aufprall zu Boden sank. Aber der Schmerz dessen war nichts verglichen mit dem, der ihr Herz umklammerte.

KAPITEL SIEBZEHN

Sobald Renny sagte: »Was meinst du damit, er ist weg?«, setzte Caleb sich in Bewegung, und doch reichte seine schnellste Geschwindigkeit nicht aus, um sie abzufangen, bevor sie zusammenbrach. Er fiel neben Renny zu Boden und zog sie in seinen Schoß, als er nach dem Handy griff.

Er hielt es an sein Ohr, während er die schluchzende Renny an sich drückte. »Sag mir, was passiert ist.«

Es dauerte nicht lange. Durch ihr Schluchzen hindurch ließ Melanie ihn wissen, was geschehen war. Kurz gesagt: Luke war weg.

Entführt.

Weil ich nicht da war, um ihn zu beschützen.

Es war kein Abschluss in Psychologie notwendig, um zu erkennen, dass Renny sich selbst die Schuld an Lukes Verschwinden gab. Es war mehr als genug Schuld zu verteilen, beginnend mit seiner eigenen.

Verdammt, ich war nicht wachsam genug. Nach einer Woche ohne Vorkommnisse war er unachtsam geworden. Er,

Wes und selbst Daryl hatten noch einige Runden gedreht, aber nichts gefunden. Kein einziger Hauch dieses einzigartigen Geruchs, kein Wort von den Leuten in der Stadt. Sie hatten sich gefragt, ob die Kreatur weitergezogen oder tot war. Oder ob sie vielleicht gar keine Gefahr dargestellt hatte.

In seinem Kokon des Glücklichseins hatte er sich erlaubt zu entspannen, und jetzt hatte sein Sohn aufgrund der Fehler seines Vaters den Preis dafür bezahlt.

Unfair!

Caleb schlug auf das Lenkrad, als er dazu gezwungen war, an einer roten Ampel anzuhalten. Er hätte die Ampel vielleicht überfahren, aber aus irgendeinem Grund bezweifelte er, dass der Wagen den Platzkampf gegen den recht großen Kipplaster gewonnen hätte.

»Das ist alles meine Schuld.« Er knurrte. »Ich hätte dir das Haus später zeigen und vorher Luke holen sollen. Die Schuld an dieser Sache liegt bei mir. Wäre ich für ihn da gewesen, wäre das nicht passiert.«

»Das weißt du nicht.«

Doch, das tat er, denn wenn er derjenige gewesen wäre, der auf Luke und die Zwillinge aufpasste, dann hätte er diese Jungs niemals aus den Augen gelassen. Allerdings hatte diese Aufgabe nicht bei Caleb, sondern bei Andrew gelegen. Bei einem Mann ohne jegliche Raubtiersinne, einem Idioten, der vermutlich auf der Stelle sterben würde, wenn er in der Wildnis überleben müsste. *Weil ich ihn umbringen würde.*

Der schwache Mistkerl achtete nicht auf die, die er schützte. Andrew hatte sich ablenken lassen.

Genau wie ich abgelenkt wurde. Zeig mit dem Finger auf die richtige Person.

»Das ist nicht deine Schuld«, sagte Renny, die ihre

Finger mit seinen verschränkte, wo sie auf dem Schaltknüppel des Wagens ruhten.

»Es fühlt sich aber so an.«

»Vielleicht machen wir uns grundlos Sorgen. Vielleicht ist Luke während einer Runde des Versteckspiels einfach nur etwas zu weit in das Sumpfgebiet hineingelaufen.«

Da sie ihren eigenen beruhigenden Worten nicht zu glauben schien, entschied er sich dazu, das Gaspedal fester zu treten, und bog kurz darauf vor dem Bittech-Gebäude ein.

Auf dem strukturierten Betonboden vor den Eingangstüren ging Melanie auf und ab, die an jeder Hand einen Zwilling hielt.

Renny löste ihren Griff von Caleb und wartete kaum, bis der Wagen stillstand, bevor sie hinausstolperte. »Was ist passiert?«

»Andrew war mit den Jungs hinter dem Gebäude. Er sagt, sein Handy hat geklingelt und er hätte sich nur für eine Sekunde umgedreht, um mit dem Anrufer zu sprechen. Das war eine Sekunde zu lang«, grummelte Melanie. »Er weiß, wie schnell die Jungs sind. Bevor Andrew sichs versah, kamen die Zwillinge schreiend aus dem Wald gerannt und erzählten wieder von dem Dino.«

»Ich werde deinen Mann vielleicht umbringen müssen«, verkündete Caleb.

»Stell dich hinten an.« Melanies Miene war finster. »Ich habe ihm bereits erklärt, dass ich ihm die Eingeweide herausreiße, wenn Luke irgendetwas zustößt.«

»Ich werde ihn für dich festhalten«, bot Caleb an.

»Nicht nötig, dazu hat Wes sich schon bereit erklärt.«

»Wo ist Wes?«, fragte Renny, die von einer Seite zur anderen blickte.

»Er sucht natürlich nach Luke.«

»Andrew auch?«

Die Geringschätzung ließ sich nicht zurückhalten. Caleb schnaubte. »Das bezweifle ich.«

Melanie zog die Mundwinkel noch tiefer. »Er ist drin und ruft einige Leute an, um einen Suchtrupp loszuschicken.«

»Er ist ein Bär. Er hätte dazu fähig sein sollen, die Spur zu erschnüffeln.« Renny nahm ihm die Worte aus dem Mund.

Wenn Caleb Andrews mickrigen Braunbären nicht schon einmal gesehen hätte, hätte er ihm möglicherweise vorgeworfen, ein Koala zu sein. Das hingegen war eine Beleidigung für alle brutalen Koalas der Welt.

»Wo wurde Luke zuletzt gesehen?«, fragte Caleb.

»Bei der Weide, die – Renny«, rief Melanie. »Schwing deinen Hintern wieder hierher. Du kannst nicht einfach so in den Sumpf laufen. Du bist menschlich. Du wirst dich nicht verteidigen können.«

Die Wahrheit traf sie hart, woraufhin Renny abrupt zum Stehen kam. Sie wirbelte herum, während ihr Tränen über die Wangen liefen. Die pure Qual, die sich auf ihrem Gesicht abzeichnete, konnte Caleb gut verstehen. Schmerz war ein enger Begleiter, aber in diesem Moment konnte er seinem Schmerz nicht nachgeben. Ja, der Gedanke daran, was seinem Sohn widerfahren könnte, erschütterte ihn bis ins Mark. Er war am Boden zerstört, dass er Renny hiervor nicht beschützt hatte. Aber gleichzeitig war er auch ruhig und hatte einen klaren Kopf. Nicht das leiseste Zittern war an seinen Händen zu sehen, seine Atmung war regelmäßig.

Panik hatte hier keinen Platz. Der Mann, der er einst gewesen war, stand aufrecht da, während Renny schrie: »Es ist mir egal, dass ich keine Waffe habe. Das ist mein Sohn dort, und er braucht mich.«

Und Renny brauchte ihn. Caleb schritt auf sie zu, wobei er sich bemühte, nicht bedrohlich zu wirken, da er nicht wollte, dass sie die Flucht ergriff. Melanie hatte recht. Der Sumpf würde sich seiner zarten Frau gegenüber nicht als freundlich erweisen. Nur die Törichten – oder Verzweifelten – gingen ohne Waffe oder Plan in den Sumpf.

Da er spürte, dass sie bereit war zu fliehen, griff er auf Worte zurück, da er nicht in Reichweite war. »Was ist mit deiner Theorie passiert, dass er vielleicht einfach nur Verstecken spielt?«

»Ich habe gelogen. Irgendetwas stimmt nicht. Ich spüre es, ich spüre es genau hier.« Renny tippte auf ihren Bauch.

Seltsam, wie sie genau auf die Stelle zeigte, an der auch er ein Ziepen merkte. Das Bauchgefühl lag immer richtig.

»Du hast vermutlich recht. Die Dinge sehen nicht allzu gut aus«, *wirklich aufmunternde Worte bisher. Warum lässt du sie nicht noch blasser werden?*, »aber ich werde dir eine Sache versprechen.« Als er ihr näher kam, griff er nach ihrer Hand und drückte sie. »Ich werde ihn finden.« *Verdammt noch mal, ich werde ihn finden, und wenn es das Letzte ist, was ich tue.*

»Wir werden ihn finden.«

Er schüttelte den Kopf. »Ich kann nicht riskieren, dass du verletzt wirst. Melanie hat recht. Wie würdest du dich verteidigen? Willst du eine Steinschleuder aus deinem BH machen?« Er zwang sich zu einem matten Lächeln, aber Renny starrte ihn nur an. Mit Tränen in den Augen und bebenden Lippen.

Es brach ihm das Herz. *Bring es in Ordnung.*

Er drückte erneut Rennys Hand, ließ sie los und machte Anstalten, an ihr vorbeizugehen. Als würde sie ihn gehen lassen.

Sie packte seinen Arm und hielt ihn fest, bis er sich zu ihr umdrehte. »Ich muss mit dir gehen. Er braucht mich.«

»Natürlich braucht er dich«, sagte Melanie mit einem Augenrollen. Während sie geredet hatten, war sie mit den Jungs herübergekommen. »Du solltest gehen, aber nimm die hier mit.«

Die hier war eine glänzende Waffe, die nach frischem Öl roch und die Melanie aus einer übergroßen Handtasche hervorgeholt hatte.

Was war beunruhigender? Die Tatsache, dass Melanie eine geladene Waffe zusammen mit einer Dose grüner Trauben mit sich herumtrug oder dass Renny die Pistole entgegennahm, sie öffnete, um zu sehen, wie sie geladen war, und schließlich entsicherte? *Klick.*

Damit lösten sich sein Argument und seine Entschlossenheit auf.

»Lass uns gehen«, verkündete Renny.

Er hätte vielleicht widersprochen, aber Renny war mit einer Waffe ausgerüstet und sah aus, als wäre sie bereit, sie zu benutzen. War es den verschwendeten Atem wert, sie darum zu bitten, bei Melanie zu bleiben, während er nachsah? Nein. Sie würde niemals auf ihn hören, nicht, wenn Luke in Gefahr war.

Genau wie er sich niemals zurückhalten würde.

»Versuch mitzuhalten, Baby.« Caleb lief zur Rückseite des Gebäudes, wobei er Renny abhängte. Mit den Fingern – völlig ruhig und geübt – löste er Knöpfe und lockerte seinen Gürtel, sodass er sich beim Erreichen des Sumpfufers dieser Stoffschicht entledigen und in dem Moment, in dem er sich unter die tarnenden Äste der Weide duckte, seine andere Gestalt annehmen konnte.

Er zögerte nicht. Nicht dieses Mal.

Es war ein Jäger nötig. Und auch ein Killer, denn Caleb

beabsichtigte nicht nur, mit seinem Sohn zurückzukehren, sondern auch dafür zu sorgen, dass die Bedrohung ein für alle Mal ausgeschaltet wurde.

Haut dehnte sich, Gliedmaßen nahmen eine andere Form an und während des Prozesses hörte er Rennys schnelle Schritte hinter sich, verschwendete aber keinen Gedanken an sie. Andere Dinge nahmen seinen Verstand in Anspruch.

Als seine Klauen sich in den feuchten Dreck gruben, öffnete er all seine Sinne. Seine Sinneszellen nahmen jeden Geruch in der Luft auf und sortierten ihn ein.

Ein lebhaftes Gemälde verschiedener Düfte wurde gemalt. So viele eindeutige Elemente, übereinandergeschichtet und miteinander verwoben. Unter dem üblen Gestank der Bestie lag die reinere Unschuld seines Sohnes. Er roch Angst, den scharfen, beißenden Hauch eines verängstigten Kindes.

Seltsam war jedoch, wie der Geruch der Kreatur plötzlich auftauchte. Caleb fand keinerlei Spuren, die zeigten, wie sie hergekommen war. Es war kein Weg zu erkennen, dem er folgen konnte, und doch war die Bestie hier gewesen und hatte seinen Sohn mitgenommen.

Vielleicht hatte er etwas übersehen. Er atmete tief ein, so tief er konnte, und ging dann die Ergebnisse durch.

Die Gerüche des Sumpfes durchdrangen die Luft, daran war nichts merkwürdig. Allerdings fiel ihm der Duft eines anderen Reptils auf, eines Raubtiers. Wes.

Sie sind in diese Richtung gegangen.

Aber nicht weit. Er konnte sehen, wo die Fußabdrücke endeten. Am trüben Rand des Wassers.

Wasser, in dem Renny nicht schwimmen sollte, aber sie war jenseits jeder Vernunft.

Auf ihr Ziel fixiert – Luke zu retten –, trieb sie an ihm vorbei und paddelte im Sumpf, wobei sie die Arme über dem Kopf hielt, um die Pistole trocken zu halten, aber angreifbar für alles war, das sich in den undurchsichtigen Tiefen versteckte. Und was war, wenn sie tiefere Gewässer erreichten? Wie sollte sie über Wasser bleiben oder sich verteidigen?

Und doch wusste er, dass sie niemals zurückbleiben würde – nicht, sofern sie nicht gefesselt war –, und es gab kein Boot oder Ähnliches, das sie als ...

Wie wäre es mit einem Floß?

Er war entsetzt von der Idee seines Krokodils, und hätte er die Kontrolle gehabt, hätte er vielleicht Einspruch eingelegt, aber in diesem Moment saß seine Bestie am Steuer. Sein Reptil schwamm neben Renny, den Rücken gerade und zum Teil oberhalb der Wasseroberfläche.

Es ist ausgeschlossen, dass mein Krokodil Renny erlaubt, es zu reiten. Sie sollte es auch nicht tun. Scheiß auf die Demütigung, was, wenn meine Bestie Hunger bekommt und sie für einen leckeren Snack hält?

Der Ekel, den seine Bestie ausstrahlte, schaffte es tatsächlich, ihn zu beschämen. In diesem einen emotionalen Ausbruch seiner anderen Hälfte hatte Caleb einen hellen Moment, in dem er etwas wahrhaft Wichtiges verstand. *Sie sind auch meiner Bestie wichtig.*

Renny war *ihre* Gefährtin. Luke war *ihr* Sohn.

Selbst kaltblütige Raubtiere fraßen nicht ihre Familie. Okay, manche taten das vielleicht, aber scheinbar hatte nie jemand bewiesen, dass dieses durchgesickerte Kochbuch der Familie Mercer gehörte und dass Tante Tanyas Rumpfbraten mehr war als das, wonach er aussah.

Während Caleb die Absicht seines Krokodils verstand, brauchte Renny einen Moment, um dahinterzukommen. Es waren einige Stöße mit seinem Maul nötig, um ihre Aufmerksamkeit zu erregen.

»Was willst du?«, fragte sie, wobei sie recht verärgert wirkte.

Das große Reptil bewegte sich nach vorn und dann zur Seite, um sie mit seinem Körper zu blockieren.

»Was tust du da, Cal?« Sie neigte den Kopf, während sie ihn fragte.

Cal? Hatte sie schließlich einen Spitznamen für ihn gefunden? Hmpf, sein Krokodil grummelte, als eine Welle der Wärme Caleb innerlich grinsen ließ.

Pass auf, blaffte sein Krokodil.

Seine Bestie hatte recht. Er sollte sich später darüber freuen. Geschwindigkeit war von äußerster Wichtigkeit, was bedeutete, dass Renny ihren Hintern auf seinen Rücken schwingen musste, damit er sich in Bewegung setzen konnte. Mittlerweile konnte das Ding, das seinen Sohn entführt hatte, überall sein.

Aber es gibt keinen Ort, an dem es ihn verstecken kann.
Ich werde meinen Sohn finden.

Ein weiterer Kopfstoß und Renny verstand endlich seinen Plan. Sie griff über ihn, hielt sich fest und zog sich hoch. Da er nur eine ihrer Hände auf sich spürte und noch immer das Öl riechen konnte, mit dem das Metall geschmiert worden war, nahm er an, dass sie in der anderen Hand die Waffe hielt. Er schwamm los.

Aber in welche Richtung?

Der Duft der Kreatur war am Ufer des Wassers verschwunden. War sie abgetaucht? Scheiße, nein, nicht mit Luke.

Und es war nicht nur väterliche Hoffnung, die gegen dieses Szenario betete. Die Beweise dafür waren nicht da. Im Schilf war nur eine Spur zu sehen, und die gehörte allein zu Wes, dessen verweilender Geruch und Bewegen der Pflanzen eine Nachricht an die Sinneszellen entlang seines Kiefers übermittelte.

Wes war hier, aber nicht die Kreatur und Luke.

Aber die Fußabdrücke endeten am Rande des Wassers. Des Wassers, das keine Spur von ihnen enthielt. Wohin waren sie also verschwunden? Es gab keine Bäume, an denen sie hätten hochklettern können, keine Anzeichen eines Bootes oder anderen schwimmenden Objekts. Wäre er ein verrückterer Mann gewesen, hätte er sich vielleicht gefragt, ob sie in die Luft abgehoben hatten. Unmöglich für eine Echse.

Selbst für eine, die möglicherweise Flügel besaß? Er konnte nicht umhin, sich an das beunruhigende Video zu erinnern.

Aber wenn es fliegen kann, dann könnte es überall sein. Wie konnte er etwas verfolgen, das sich in die Lüfte schwingen und jegliche Hindernisse überfliegen konnte? Vielleicht hatte es den Sumpf gänzlich verlassen.

»Wo hat es Luke hingebracht?«, murmelte Renny auf seinem Rücken. »Wie werden wir ihn finden?«

Die Hoffnungslosigkeit in ihrer Stimme zerbrach ihm das Herz.

Ich weiß, wohin es geht.

Der Mann mochte sich vielleicht wundern, wo er nachsehen sollte, aber die Bestie schien es instinktiv zu wissen.

Unser Sohn.

Bestand wirklich eine Verbindung zwischen ihm und Luke? War dieses Kitzeln, das er in seinem Herz spürte, mehr als nur Beklemmung?

Hör auf zu quatschen oder ich fresse etwas Schwammiges. Sein Krokodil drohte mit einem geistigen Bild, ohne das Caleb gut ausgekommen wäre.

Sein kräftiger Körper schlängelte sich durch das Wasser und bewegte sich auf den Horizont zu, wo die tiefrote Sonne unterging. Es war seltsam – sobald seine Bestie sich für eine Richtung entschieden hatte, fiel Caleb auf, dass es auch die Richtung war, in die ihn sein Bauchgefühl lenkte.

Es führte sein Reptil und Renny über tiefes Wasser, wobei seine große Gestalt diejenigen verschreckte, die befürchteten, zu Abendessen zu werden.

Später. Sein Krokodil grinste im Wasser, woraufhin Caleb stöhnte.

Musst du das tun?

Ich habe Hunger, war die höhnische Antwort.

Aber so sehr ihn seine bestialische Seite ärgerte, er ließ sich nicht aufhalten und steuerte auf direktem Weg auf einen felsigen kleinen Hügel zu, von dem ein mit Brombeeren bewachsener Teil aus dem Wasser herausragte.

Thorny Point, ein Ort, der aufgrund seiner Dornenbüsche sowohl von Kindern als auch Erwachsenen gemieden wurde. Auch war er während ihrer Suche von Wes und ihm ignoriert worden, da es ihm am richtigen Duft mangelte.

Kein Duft bedeutete für gewöhnlich keine Beute, also gingen sie nie ans Ufer. Aber wenn die Kreatur fliegen konnte? Ein Blick nach oben offenbarte nichts, aber er musste dennoch anhalten und nachsehen.

Vielleicht verschwenden wir Zeit.

Aber was, wenn das der Ort ist?

Was, wenn nicht?

Er schwamm um die hervorstehenden Felsbrocken herum, während er sich fragte, ob sein Bauchgefühl ihn in die Irre führte. Aber es war gut, dass er innehielt, denn was die Sinne nicht rochen, hörten die Ohren.

Ein Wimmern. Das Wimmern eines kleinen Jungen.

Luke!

Der Drang, auf die kleine Insel zu kommen, erfüllte ihn, aber zuerst musste er eine Passagierin loswerden. Er manövrierte sich entlang eines Felsens, der groß genug war, dass sie hinaufklettern konnte. Er glaubte nicht, dass sie Luke gehört hatte – das menschliche Gehör war nicht entsprechend entwickelt –, aber sie hatte den Mutterinstinkt, der sie nach Haltegriffen an den Steinen und nach einem Weg durch die Büsche hindurch suchen ließ.

Warte auf mich. Ein Gedanke, den sie nicht hörte, was bedeutete, dass er ihr schnell folgen musste. Es wäre zu laut, sich mit seinem großen Körper durch die Brombeerbüsche zu kämpfen, und mithilfe von Fingern ließ es sich leichter klettern, weshalb er sich einen Moment nahm, um in seine menschliche Gestalt zurückzukehren. Und das gerade rechtzeitig, wenn er Renny einholen wollte, die vor ihm unterwegs war.

Wenigstens trug sie Kleidung. Caleb hielt seine Flüche zurück, als die Dornen und stacheligen Zweige feine Kratzer auf seiner Haut entstehen ließen, während die mit Moos bedeckten Steine seine Haut mit Schleim überzogen. Aber diese winzigen Reizungen waren ihm egal. Rasiermesserscharfe Klingen hätten in seinem Weg liegen können und dennoch wäre er nach vorn gestürmt.

Seine Rücksichtslosigkeit verlieh ihm Geschwindigkeit und er überholte Renny, die letztendlich innegehalten hatte, um die Waffe in den Bund ihrer Hose zu stecken. Es war schwer, einhändig zu klettern.

Caleb, der zuerst oben ankam, nahm sich eine Sekunde, um den Bereich zu betrachten. Er fand sich auf einer kleinen Lichtung wieder. Der Boden war hart und knorrig, da die Büsche herausgerissen worden waren und unebene Klumpen zurückgelassen hatten. Innerhalb der geschaffenen Freifläche war der Gestank der Kreatur zu bemerken. Da der einzige Tunnel durch die Dornenbüsche der war, den Caleb geschaffen hatte, glaubte er wirklich an seine verrückte Theorie, dass das Ding geflogen war.

Während seiner kurzen Einschätzung der Gegend hatte Renny ihn keuchend eingeholt und sich an seiner Seite platziert. Sie schenkte dem Platz nicht mehr als einen flüchtigen Blick. Als sie den geheimnisvollen Spalt am Fuß des Steinhaufens auf der Lichtung entdeckte, machte sie sofort einen Schritt darauf zu.

Caleb packte ihren Arm, um sie aufzuhalten, und schüttelte den Kopf. Er legte einen Finger auf seine Lippen und ging voraus, wobei er darauf achtete, dass sein Körper als Schild fungierte, für den Fall, dass etwas aus der Dunkelheit der Höhle gestürzt kam.

Nach einigen Schritten in Richtung der Felsspalte verblassten die Geräusche des Bayou und das Einzige, was er hören konnte, waren das Schlurfen ihrer Füße auf dem Boden und ihre Atmung.

Es war laut, aber an diesem Punkt würde selbst völlige Stille sie nicht verstecken. Luft wurde in die Höhle hineingezogen, und da die Strömung an ihnen vorbeirauschte, zog sie ihren Duft mit sich. Ein Überraschungsangriff stand außer Frage, aber dennoch versuchte er, sich so heimlich wie möglich fortzubewegen.

Das Militär hatte ihm einiges beigebracht, wenn es darum ging, sich heranzupirschen. All das vergaß er jedoch, als er ein gewimmertes »Daddy?« hörte. Renny musste ihn am Arm festhalten, damit er nicht losstürzte.

Nur Narren stürmten so hinein.

Oder verdammt verrückte Krokodile. Schnapp. Sein Reptil wand sich in ihm, aber Caleb schenkte ihm keine Aufmerksamkeit, während er neu abwägte.

Denk mit dem Kopf, nicht mit dem Herzen. Denn sein Kopf würde sie hoffentlich alle am Leben halten.

Die ängstliche Frage kam von hinter der Biegung, eine Biegung, die er nur aufgrund eines schwachen orangefarbenen Lichts sehen konnte. Als er um die Kurve glitt, blind für was auch immer sich dahinter verbarg, blieb er in Bereitschaft, wenn auch in menschlicher Gestalt. Dieser enge Raum war nicht für Krokodile gemacht.

Im Wasser würde er seinen Kiefer zuschnappen lassen, mit den Klauen zupacken und sich mit dem Mistkerl rollen. Auf trockenem Land, noch schlimmer in einer engen Höhle, war seine Bestie jedoch im Nachteil.

Gut, dass er mehr Fähigkeiten als nur ein kräftiges Maul zum Zubeißen hatte. Er ballte die Hände zu Fäusten und als er um die felsige Biegung herumtrat, sorgte sein Instinkt dafür, dass es gerade rechtzeitig war, um den auf sein Gesicht gerichteten Schlag abzublocken.

Der üble Gestank der Kreatur umgab ihn.

Hab dich gefunden.

Und das Monster war nicht glücklich darüber. Der Aufprall des Schlags gegen Calebs Unterarm entlockte ihm ein Grunzen.

Der Mistkerl ist stark.

Und mit stark meinte er einen über zwei Meter großen, massigen, grünen Echsenmann mit übermäßig breiten Schultern und einem abscheulichen Lächeln, das durch den mit Zähnen gefüllten Schnabel verzerrt wurde.

»Na, bist du nicht ein süßes Exemplar? Nicht«, spottete Caleb, als er einen weiteren Schlag abwehrte und dann selbst ausholte. Er traf ... auf ein verdammt hartes Kinn.

Aua.

»Ist dein Gesicht aus verdammtem Stein?«

Das Ding zischte ihn an und streckte seine Zunge

heraus. Caleb neigte den Kopf zur Seite, konnte dem feuchten Speichel jedoch nicht gänzlich ausweichen.

»Widerlich, Mann.« Nicht nur widerlich, sondern auch giftig.

Caleb hätte seine Dummheit, es nicht geahnt zu haben, verflucht, wäre er nicht so schnell schwach geworden. Auch wenn die Fähigkeit, Rauschgifte zu verarbeiten, bei Gestaltwandlern stärker ausgebildet war als bei Menschen, war es gelegentlich nötig, ihnen mehrfach ausgesetzt zu sein, um eine Immunität aufzubauen.

Da er noch nie zuvor von einer mutierten Echse abgeleckt worden war, stellte Caleb sich als recht empfänglich dar. Und er sah Regenbogen, aber das konnte auch an einer alten Gehirnerschütterung liegen, als ihn eine Faust am Kiefer traf.

Caleb taumelte und blinzelte an den Regenbogen vorbei in dem Versuch, die Kontrolle wiederzuerlangen.

Ich muss diese Drohung ausschalten, bevor ich bewusstlos werde. Caleb holte aus, aber seine Bewegungen waren träge, wenn nicht sogar lachhaft.

Eine Granitfaust erwischte ihn erneut am Kiefer. Ein Schlag landete in seiner Magengrube.

Verdammt sollten seine unkooperativen Gliedmaßen sein!

Im Bruchteil einer Sekunde fand Caleb sich auf den Knien wieder.

Kleine Hände griffen nach ihm und er sah die verschwommenen Umrisse des Gesichts seines Sohnes.

»Daddy!«

»Caleb.«

Zwei Stimmen riefen nach ihm und er konnte seine schwere Zunge zu keiner Antwort bringen. Caleb konnte lediglich zu der reptilienartigen Kreatur aufblicken, die ihn allein mit Speichel ausgeschaltet hatte.

Welch Demütigung.

Eine Schande ... Sein Krokodil rollte und rollte sich in einer tödlichen Parodie in seinem Kopf.

Arschloch.

Wer wird unsere Frau und unseren Sohn retten?

Ja, wer, wenn Caleb handlungsunfähig war?

Du bist nicht allein.

Heute musste er kein Held sein. Das Wichtige war, dass sie überlebten. Und mit diesem Gedanken schaffte er es, sich so weit zu konzentrieren, um folgende Worte herauszupressen: »Erschieße es, Baby.«

KAPITEL ACHTZEHN

Es erschiessen?

Große blaue Augen starrten Renny an. Menschliche Augen im Gesicht eines Monsters.

Die Waffe zitterte in ihrer Hand, während sie in ihren ausgestreckten Armen den Druck spürte, ruhig zu bleiben, um die Zielgenauigkeit nicht zu verlieren.

Renny wusste, wie man eine Pistole abfeuerte, kleinere Pistolen als die, die sie hielt, aber es war dasselbe Konzept. Zielen. Schießen. Aber das war weder ein Ziel aus Papier noch eine Limonadendose. *Es ist lebendig.* Konnte sie wirklich die Kreatur vor ihr töten? *Ist es überhaupt eine Kreatur? Ich könnte schwören, dass es irgendeine Art von Gestaltwandler ist.* Eine mit viel zu vielen verschiedenen Teilen.

Als würde sie ihre schwankende Entschlossenheit spüren, streckte die Echsenbestie eine unförmige Hand mit Fingern und Klauen aus, eine Mischung aus Mensch und Reptil. »Nnnein.«

Das Wort schockierte sie und bestätigte den Glauben, dass das mehr als nur eine Kreatur war. War dieses Ding vor ihr das Ergebnis einer schiefgelaufenen Verwandlung?

An der Seite des aufrecht stehenden Reptils, wo Caleb regungslos mit geschlossenen Augen dalag, saß Luke zusammengekauert auf dem Boden. Seine Augen waren voller Tränen, als er mit zitternder Stimme sagte: »Mommy. Ich habe Angst.«

Genau wie sie, verdammt, aber konnte sie das Ding mit menschlichen Augen vor ihr erschießen? Was, wenn es ein Missverständnis war?

Sie versuchte es zuerst mit Vernunft. »Hör zu, ich weiß nicht, wer du bist«, oder was, »aber ich will dir nicht wehtun. Ich will nur meinen Sohn zurück.«

Das Ding neigte den Kopf. Es gab ein seltsames Geräusch von sich, eine Mischung aus einem Schnalzen und einem Schnurren.

»Ich kann sehen, dass da jemand drin ist.« Wenn auch angesichts der ausdruckslosen Kälte in den Augen vielleicht keine zurechnungsfähige Person. »Und ich bin mir sicher, du hast einen Grund dafür, Luke entführt zu haben. Vielleicht dachtest du, du würdest ihn beschützen.«

»Er ist böse, Mommy«, rief Luke.

Dieser Ausbruch erboste die Kreatur, die den Kopf zur Seite warf, um ein unheilvolles Zischen auszustoßen. Gleichzeitig ließ sie ihren langen, mit Schuppen bedeckten Schwanz schnellen.

Die Spitze glitt in seiner Erregung über den Boden und schlug etwas aus einer Nische in der Wand heraus. Ein Felsbrocken rollte herum und blieb zu Rennys Füßen liegen.

Nur war es kein Felsbrocken.

Ein perfekter kleiner Schädel starrte zu ihr auf. Der Schädel eines Kindes.

Das ist kein Mensch. Es ist ein Monster. Jetzt war Renny diejenige, der eiskaltes Blut durch die Adern lief, während sie ihren Arm ruhig hielt. Die Kreatur erkannte ihre Absicht und sprang vor, als sie feuerte – *knall!* – und verfehlte. Da sie an eine Waffe dieses Kalibers nicht gewöhnt war, erwartete Renny nicht den Rückstoß, der ihre Zielgenauigkeit verschlechterte. Es stellte sich als kostspieliger Fehler heraus.

Das Echsenwesen traf mit ihr zusammen und riss sie hart zu Boden.

»Ah!« Renny brachte einen kurzen Schrei heraus und starrte mit entsetzt aufgerissenen Augen in das Reptiliengesicht über dem ihren, dessen Maul weit aufgerissen war und von dessen Reißzähnen Gift tropfte.

Es brachte nichts, gegen den Körper anzukämpfen, der sie festhielt. Er war viel zu schwer, um ihn auch nur ansatzweise zu bewegen.

»Lass meine Mommy los!«, rief Luke.

Oh Gott, ihr kleiner Junge. Selbst während sie mit den Händen versuchte, die albtraumhafte Visage von sich fernzuhalten, schrie sie: »Lauf, Luke. Lauf und such Hilfe!«

Die Kraft der Kreatur war beängstigend. Sie schien sich kaum anzustrengen, und doch drückte sie sich in Richtung ihres Gesichts, als würde Renny sich nicht im Geringsten wehren. Übel riechender Atem blies ihr entgegen. Diese großen blauen Augen machten sich nicht die Mühe, ihre Bosheit zu verbergen.

Sie schloss fest die Augen, damit sie ihren eigenen Tod nicht mit ansehen musste.

Aber der Tod kam nicht. Stattdessen kam Rettung.

»Scheiße, nein. Schaff deinen schleimigen grünen Hintern von meinem Baby!«, brüllte Caleb.

Renny öffnete gerade rechtzeitig die Augen, um zu sehen, wie der Körper der Kreatur gepackt und weggeschleudert wurde.

Die Echse prallte hart gegen die Wand, ließ sich davon jedoch nicht aufhalten. Als sie auf dem Boden landete, sprang sie auf die Füße und ließ ihre gespaltene Zunge hervorschnellen.

»Essen spielt? Lustig.« Die grotesken Worte kamen mit einem scharfen Zischen heraus.

»Es ist ein Gestaltwandler«, hauchte Renny, die ihr Entsetzen nicht verbergen konnte.

»Es ist eine Abscheulichkeit«, knurrte Caleb und stellte sich zwischen Renny und die Bestie.

Gerade rechtzeitig, denn das Monster stürzte sich auf Caleb, und bevor sie sichs versah, kämpften sie miteinander. Die Muskeln in Calebs Bizeps traten hervor, während er sich darum bemühte, den Zorn der Kreatur zurückzuhalten.

»Verschwinde von hier, Baby«, grunzte er. Seine Worte erinnerten sie an das, was sie zu Luke gesagt hatte. Aber genau wie Luke dageblieben war, würde sie es auch tun. Caleb hatte geschworen, sie nie im Stich zu lassen, sie immer zu beschützen, und sie liebte ihn genug, um dasselbe zu tun.

Da Luke sich um die Ecke außer Sichtweite versteckt hatte, verschwendete sie keine Zeit damit, nach ihm zu suchen. Sie landete mit den Händen und Knien auf dem Boden, wobei das schwache Licht einer elektrischen Laterne mehr Schatten als Offenbarungen brachte. Sie suchte nach der Waffe, die sie verloren hatte, während Stöhnen und Schläge zu hören waren, als der Kampf zwischen Mann und Echse immer ernster wurde.

Aber ein Mann konnte nicht hoffen, einem Monster standhalten zu können.

»Argh.«

Sie drehte rechtzeitig den Kopf, um die Verletzung zu

sehen. Das Kratzen einer Klaue über Calebs Schulter ließ Blut fließen, das sich blutrot von seiner Haut abzeichnete und dessen metallener Geruch die Luft erfüllte.

Das Monster gluckerte triumphierend, als Caleb zurückstolperte und den Kopf schüttelte, als wäre er benommen. »Lass dich nicht von ihm kratzen«, warnte er lallend. »Er hat Gift auf den Krallen und im Speichel.«

Caleb fiel auf die Knie und blinzelte, während er versuchte, gegen die Wirkung des Giftes anzukämpfen. Die Kreatur stieß einen schrillen Schrei aus, machte einen Schritt nach vorn und hob den Arm, die Klauen ausgefahren und bereit, zuzuschlagen.

»Caleb!«, schrie sie. Nein. Das konnte nicht passieren. Sie hatten einander erst wiedergefunden.

Ich kann ihn nicht verlieren.

Kaltes Metall kam mit ihren Fingern in Berührung und sie warf einen kurzen Blick nach unten, um zu erkennen, dass Luke die Waffe gefunden hatte und ihr in die Hand legte. Selbst ohne seinen ernsten Blick wusste sie, was getan werden musste.

»Stirb!« Renny schrie das Wort, als sie die Waffe abfeuerte, die sie diesmal mit beiden Händen hielt, aber selbst so war der Rückstoß unberechenbar und sie traf die Echse an der Schulter. Verfehlt. Sie schoss erneut. Treffer. Der Unterbauch.

Dann stürzte sich das Wesen auf sie und sie schaffte es gerade noch, dem weit aufgerissenen Maul auszuweichen. Glücklicherweise sabberte es nicht ausreichend, um sie zu vergiften. Im Gegenteil, es schien darauf zu achten, dass sie für sein Vergnügen bei Bewusstsein blieb.

»Fresse dich lebendig.« Die gezischten Worte brachten ihr Entsetzen auf eine gänzlich neue Stufe.

Renny hörte Schreie – ihre, Lukes, wieder ihre. Und

dann verstummte sie, da ihr Schrei durch Calebs Anblick erstickt wurde, denn es war ein Caleb, den sie noch nie gesehen hatte. Halb Mann, halb Krokodil, groß, muskulös und verdammt wütend. Caleb ragte auf, und in dieser gemischten Form war er dem Monster in Zorn und Größe mehr als ebenbürtig.

Mit schwimmhäutigen Fingern, an deren Spitzen Klauen saßen, packte Caleb das Ding und hob es hoch. Schleuderte es. Es prallte gegen die Wand und erhob sich, genau wie zuvor. Diesmal jedoch war ihr halb verwandelter Geliebter da, um es zu begrüßen.

»Tu. Nicht. Meiner. Familie. Weh!« Caleb schaffte es, die Worte aus einem alles andere als menschlichen Mund auszuspucken, der voller Zähne war, während er das Wesen unter sich rang.

Er legte einen schwer bemuskelten Unterarm um seinen Hals und drückte zu, so fest, dass diese blauen Augen groß wurden. Das Maul, in dem sich Reihen giftiger Zähne befanden, öffnete sich immer weiter, als die Kreatur nach Luft schnappte.

Aber Caleb ließ nicht nach. Er übte weiter Druck aus, bis das Licht in diesen unheimlichen blauen Augen verblasste. Der Körper erschlaffte. Er hielt noch eine Weile fest, aber es war kein einziges Zucken zu erkennen.

Caleb ließ das Monster los, aber als Renny zu ihm laufen wollte, hob er eine schuppige Hand und sagte: »Nicht. Ich bin nicht ich selbst. Ich will dir nicht wehtun.« Auch wenn es kehliger klang als sonst, hatte sie keinerlei Probleme, seine Worte zu verstehen. Sie stimmte ihnen nur nicht zu.

Was für ein Haufen ... »Bockmist.« Renny sprach das Wort aus und lächelte über den Schock in seinen Augen. Egal in welcher Gestalt er war, sie kannte diese Augen.

Genau wie sie ihn kannte. »Du würdest mir niemals wehtun. Niemals uns«, korrigierte sie, als Luke sich Caleb förmlich entgegenschleuderte.

Noch immer in seiner halb verwandelten Form, fing Caleb den kleinen Körper auf und hielt seinen Sohn sanft an sich.

Renny kam näher und legte eine Hand auf seine Brust, ohne sich darum zu scheren, dass sie mit Schuppen überzogen war. Ihr war egal, dass Caleb im Moment zwischen zwei Welten festhing, zwischen Mann und Bestie. Das war, wer er war, und das musste er wissen.

»Ich liebe dich, Caleb.«

»Ich auch!«, warf Luke ein. »Daddy hat den Dinosaurier getötet.«

Oder nicht. Renny schrie, als eine Hand ihren Knöchel umschloss und sich scharfe Krallen in ihre Stiefel bohrten.

Knall.

»Hartnäckiger Mistkerl. Erhol dich davon«, brummte Wes. Als er den Blick auf Caleb richtete, grinste er. »Mann, zieh verdammt noch mal was an. Niemand muss deine verschrumpelte grüne Echse sehen.«

Caleb funkelte ihn an und Renny verbesserte die Situation vermutlich nicht, indem sie zu kichern begann.

KAPITEL NEUNZEHN

DER BRENNEND FINSTERE BLICK, den Caleb Wes zuwarf, hielt den anderen Mann nicht davon ab zu spotten: »Gern geschehen. Sieht aus, als wäre ich gerade rechtzeitig gekommen.«

»Ich hatte die Situation unter Kontrolle«, brachte Caleb trotz seines seltsam geformten Kiefers heraus. *Merkwürdig* beschrieb nicht einmal annähernd seine teilweise Verwandlung – eine Verwandlung, deren Kontrolle er verlor, als sein Adrenalin nachließ.

Renny trat mit Luke in den Armen zurück, ein Zustand, mit dem ihr Sohn alles andere als glücklich war.

»Lass mich runter. Ich bin kein Baby«, protestierte Luke.

Wenn sein Kiefer nicht dabei gewesen wäre, sich wieder richtig zu positionieren, hätte Caleb vielleicht über ihre empörte Miene gelacht.

Wes, der sie alle ignorierte, kniete sich neben die Leiche des Monsters. »Also das ist verdammt interessant«, murmelte Wes, als sich Calebs letztes Gelenk wieder in seiner menschlichen Form einfand.

»Was hast du gefunden?«, fragte Renny und ging in die Hocke, um sich anzusehen, was Wes' Interesse geweckt hatte.

Der andere Mann hob den fleckigen Arm der toten Kreatur hoch. Selbst durch die Schuppen und Verfärbung hindurch bemerkte Caleb das Tattoo.

»Erkennst du es?«, fragte Caleb.

»Nein, aber ich ziehe auch nicht umher und katalogisiere die Tattoos anderer Leute.«

»Wartet einen Moment«, sagte Renny stirnrunzelnd. »Ich dachte, Gestaltwandler könnten sich nicht tätowieren lassen, weil ihre Haut die Tinte abstößt.«

»Normalgeborene Gestaltwandler können das nicht, aber jemand, der bereits ein Tattoo hatte und verwandelt wurde ...« Wes zuckte die Achseln. »Es ist möglich, schätze ich. Ich kenne allerdings nicht viele nachträglich Verwandelte, also kann ich es nicht mit Sicherheit sagen.«

»Wenn dieser Kerl absichtlich verwandelt wurde, wer hat es getan? Und was?« Selbst mit allem, was Caleb gesehen hatte, war er noch nie auf so etwas gestoßen. »Von so etwas habe ich noch nie gehört oder es gesehen.«

»Ich auch nicht. Und es riecht nicht richtig«, murmelte Wes, womit er das Problem bekräftigte, das Caleb bereits seit ihrem ersten Zusammentreffen mit dem Ding hatte.

»Es ist wie ein Mischmasch aus Sachen, die ich kenne, zusammen mit etwas anderem.«

Wes blickte zu ihm auf. »Ja. Und sieh dir das an.« Diesmal wurde ihre Aufmerksamkeit auf den Hals der Kreatur gezogen, wo versengtes Fleisch einen Ring bildete.

»Wodurch zur Hölle entsteht so etwas?«

»Es erinnert mich an ein Schockhalsband«, bemerkte Renny.

Was das Mysterium nur vertiefte.

DIE RÜCKKEHR DES KROKODILS

Was sich ebenfalls als kompliziert herausstellte? Sie alle wieder auf das Festland zu bringen. Zu ihrem Glück hatte Wes eine witterungsbeständige Tasche dabei, die er zur Jagd mitgenommen hatte – »*Unverzichtbar für alle Sumpf-Raubtiere, damit sie nicht unter freiem Himmel ohne Unterwäsche dastehen.*« Außerdem hatte er ein Handy.

Es dauerte nicht lange, bis sie wieder an Land waren, auf Bittech-Gelände, um genau zu sein. Sie befanden sich innerhalb einer der Ladebuchten, wo sich Gestaltwandler aller Art, die zur Suche und anschließenden Rettung gekommen waren, um die Leiche des Echsenwesens versammelt hatten.

Während alle starrten, die Augen weit aufgerissen vor Verwirrung und Schock, war nur vereinzeltes Flüstern zu vernehmen.

»Wer war es?« Niemand schien den Körper oder das Tattoo zu erkennen.

»Was ist es?« Die Hybrid-Mischung war nichts, von dem jemand je etwas gesehen oder gehört hatte.

»Wer hat das getan?« Die Frage, die die meisten von ihnen beschäftigte.

Wer würde so etwas tun? Und warum?

Bittech behauptete, nichts über die Kreatur zu wissen, und trotz Wes' Vermutungen hatte Caleb Andrews Gesicht gesehen. Entweder war der Mann ein fantastischer Schauspieler oder er hatte das Monster wirklich noch nie zuvor gesehen. Niemand konnte den Abscheu in seinem Gesicht vortäuschen.

Und doch blieb die Tatsache, dass dieses Ding nicht auf natürliche Weise geboren worden war. Man hatte es geschaffen.

Ein Mysterium, das gelöst werden musste, aber nicht heute Nacht. Heute Nacht brachte Caleb seine Familie nach Hause. Nicht in das neue mit seinen leeren Zimmern, sondern in das Zuhause seiner Kindheit, wo er wusste, dass sie sich alle sicher fühlen würden.

Constantine, von dem sich herausstellte, dass auch er fleißig gesucht hatte, jedoch in der anderen Richtung des Sumpfes, war vor ihnen angekommen. Er saß auf der Couch, frisch geduscht und mit seinem schlafenden Hund auf dem Schoß. Oder nicht.

Prinzessin öffnete ein Auge, nur einen Spalt weit, und zog eine Lefze hoch. Ihre Hundeversion einer Begrüßung, oder, wie er vermutete, wohl eher die wortlose Aussage: »Ich habe ein Auge auf dich.«

Während Renny Luke badete, stellte Caleb sich unter die Außendusche, um den Bayou von seiner Haut zu waschen. Das Abspülen hielt ihn jedoch nicht davon ab, erneut den Moment in der Höhle zu erleben, als er gedacht hatte, die Kreatur würde Renny töten.

Das löste schließlich das Zittern aus. Er fiel auf die Knie, als ihn die Erkenntnis traf, dass er Renny und Luke hätte verlieren können.

Er war so kurz, so kurz davor gewesen, gegen dieses Monster zu verlieren.

Er hatte gewusst, dass er als Mann nicht gegen die Bestie kämpfen konnte, und sein Krokodil wusste, dass es ebenfalls nicht die richtige Waffe war, aber als sie entschieden, sich zusammenzutun ... Gemeinsam bildeten sie ein unglaubliches Duo. Zum ersten Mal hatten sie wirklich alles miteinander geteilt – Körper und Geist.

Und er hatte niemanden gefressen. *Sieg!* Nur war er jetzt irgendwie hungrig.

Füttere mich. Im Bayou sind viele Fische. Knirsch. Knirsch.

Manchmal bin ich wirklich versucht, dich zu einer Handtasche machen zu lassen.

Aber ihr Geplänkel war nicht bissig. Caleb verstand endlich den kalten Sinn für Humor seines Krokodils und wusste jetzt, dass er ihm vertrauen konnte.

Dass er sich selbst vertrauen konnte.

Um sie beide zu besänftigen, belegte er sich ein riesiges Brot mit Rinderbraten, wobei er das roteste Fleisch verwendete, das er finden konnte.

Kompromisse, der Schlüssel, um mit sich selbst in Harmonie zu leben.

Ein sauberer Luke kam aus dem Badezimmer, in einem frischen Pyjama mit Hunden darauf – seufz – und mit nassen Haaren. »Pass auf ihn auf, ja, während ich dusche?«

Es schien einfach zu sein. Caleb nahm seinen Sohn in die Arme und trug ihn in sein Zimmer. Er legte ihn ins Bett, besorgt darüber, wie still sein Junge war, wusste jedoch nicht, was er tun sollte. Er zog ein Buch aus dem Nachttisch, etwas mit einem fröhlichen Titel und fröhlichen gezeichneten Gesichtern darauf, zögerte aber.

Caleb legte das Buch beiseite und begann, auf und ab zu gehen. »Deine Mutter sollte jede Sekunde aus der Dusche kommen.« Sie würde wissen, was zu tun war. Sie würde die richtigen Worte finden. *Aber ich bin sein Vater. Ich sollte wissen, wie man hiermit umgeht.*

»Brauchst du irgendetwas?«

Luke schüttelte langsam den Kopf, dann blickte seine Miniaturversion zu ihm auf und die Welle der Liebe für dieses Kind – *meinen Sohn* – brachte Caleb auf die Knie, sodass er Lukes Blick erwidern konnte, ohne dass dieser sich den Hals verrenken musste.

»Geht es dir gut?«, fragte Caleb, da er allzu gut wusste,

wie gewisse Ereignisse einen Mann zeichnen und schwächen konnten. Nur ... hatte er weder der Schwäche noch der Angst nachgegeben. Nicht dieses Mal. Tatsächlich stellte Caleb fest, dass er diese hemmende Panik während der vergangenen Woche gar nicht gespürt hatte. Und seit Renny mit ihm schlief, brauchte er seine Tabletten nicht mehr, da das Zusammensein mit ihr die Albträume in Schach hielt.

Sie ist besser als jeder Seelenklempner und jedes Medikament.

»Ich hatte Angst«, gab sein Sohn mit gesenktem Kopf zu. »Tut mir leid.«

»Wage es nicht, dich zu entschuldigen«, mahnte Caleb. »Angst ist normal. Zum Teufel, sag es niemandem«, er senkte die Stimme, »aber ich hatte auch ziemliche Angst. Das war ein angsteinflößender Kerl.«

»Aber er ist weg, oder?« Unsicherheit schimmerte in den Augen seines Sohnes.

Ja, aber das Mysterium, wo das Wesen hergekommen war, blieb. Allerdings würde er seinem Sohn nicht noch mehr Sorgen bereiten. Caleb gab ihm die Beruhigung, die er brauchte. »Dieses Monster kommt nicht zurück.«

»Selbst wenn es das täte«, sagte Renny, die das Schlafzimmer betrat, »würde Daddy sich darum kümmern.«

Angesichts ihrer Überzeugung schwoll seine Brust vor Stolz an. »Immer«, versprach er. »Ich werde immer für dich da sein.« Die Worte flüsterte er Luke zu, als er ihn auf die Stirn küsste und zudeckte. Nichts könnte ihn jemals von denen losreißen, die ihn brauchten. Die ihn liebten.

Als Caleb aufstand und sich zum Gehen bereit machte, zögerte Renny. »Vielleicht sollte ich bei ihm bleiben.«

Und vielleicht musste Caleb eine Glocke an einem gewissen Köter befestigen, denn Prinzessin glitt plötzlich zwischen seinen Beinen hindurch und erschreckte ihn, bevor sie auf das Bett sprang, sich einmal im Kreis drehte und sich dann an Luke gekuschelt hinlegte. Sein Sohn streckte eine Hand aus, um den Hund zu streicheln.

»Geh, Mommy. Ich bin kein Baby. Außerdem ist Prinzessin hier, und sie ist ein guter Wachhund.«

Wohl eher ein verrückter Hund, denn er hätte schwören können, dass Prinzessin zwinkerte.

Nachdem sie die Tür geschlossen hatten, begaben Renny und er sich ins Wohnzimmer, wo sie feststellten, dass Constantine noch immer die Couch in Beschlag nahm.

»Ich kann es nicht erwarten, in das neue Haus zu ziehen«, sagte Caleb mit einem Seufzen.

Sein Bruder schnaubte. »Da wären wir schon zu zweit. Aber bis das passiert, was übrigens morgen ist, weil ich mir den Tag freigenommen habe, um euren Mist dorthin zu bringen, könnt ihr euch mein Zimmer ausleihen. Ihr wisst schon, damit ihr ein wenig Privatsphäre habt.«

»Wirklich?« Caleb konnte die überraschte Frage nicht zurückhalten.

»Ja, wirklich. Du magst vielleicht noch immer ein Arschloch sein, aber du bist mein Bruder und hattest eine harte Nacht. Die hattet ihr beide, also nehmt mein Zimmer, aber morgen früh wechselt ihr besser die Bettwäsche«, murmelte Constantine, als Caleb keinerlei Zeit damit verschwendete, Renny an der Taille zu packen, um sie wieder den Flur entlangzuschieben.

Sie kicherte, als er die Tür schloss und sich dagegen lehnte. »Das war irgendwie unhöflich.«

»Nein, unhöflich wäre gewesen, ihn von der Couch zu werfen und mit dir zu knutschen.«

»Und ist es das, was wir tun werden? Knutschen?«

»Für den Anfang«, erwiderte er grinsend.

Ihr neckender Tonfall verblasste, als sie fragte: »Denkst du, es ist vorbei?«

Das hoffte er. »Ja, sofern nicht noch einer dieser Mutanten herumläuft.«

»Wer würde ein solches Wesen erschaffen und warum?«

Er zuckte die Achseln. »Ich weiß es nicht. Vielleicht liegen wir falsch. Wir können nicht mit Sicherheit wissen, dass jemand es geschaffen hat.« Etwas, das er nicht gänzlich glaubte, aber er spürte, dass sie die Versicherung brauchte. Zum Teufel, er brauchte sie ebenfalls. »Die Welt ist ein verdammt großer Ort mit vielen Geheimnissen.«

»Außer zwischen uns.« Sie erwiderte seinen Blick. »Ich habe dich heute Nacht gesehen, Caleb. Dich. Dein Krokodil. Ich habe gesehen, was du tun kannst.«

Während sie sprach, spannte sich sein Körper an, als sich die Angst in ihm zusammenzog. War das der Moment, in dem sie schließlich erkannte, dass sie nicht mit ihm umgehen konnte?

»Du hast dich um mich gekümmert und um unseren Sohn. Ich weiß, dass du Angst davor hattest, die Bestie rauszulassen, aber ...« Sie trat einen Schritt auf ihn zu und umfasste sein Gesicht. »Selbst wenn du dich verwandelst, bist du noch immer du selbst. Noch immer mein Caleb.«

»Ein Mann, der zum Töten fähig ist.«

»Ein Mann, der uns beschützt, koste es, was es wolle.« Sie lehnte sich an ihn, um ihn zu küssen. »Ein Mann, den ich liebe.« Im Bruchteil einer Sekunde hielt er sie so fest, dass sie lachte und gleichzeitig nach Luft schnappte. »Caleb!«

Er lockerte seinen Griff, nur ein wenig, und vergrub sein Gesicht in ihrem Haar. »Ich liebe dich auch, Baby. So verdammt sehr, dass es mir Angst macht. Ich habe dich einmal wegen des Krokodils in mir verloren –«

Sie schüttelte den Kopf. »Nein, du hast mich einmal verloren, weil gewisse Leute die Bestie in dir ausnutzen wollten. Aber jetzt sind wir klüger. Wir werden das nie wieder zulassen.«

»Niemals.« Ein Versprechen, das er mit einem Kuss besiegelte, einem Kuss, der sanft und süß begann.

Allerdings wollte Renny es nicht zärtlich, zumindest vermutete er das, als sie in seine Unterlippe biss. Ihr Mund verließ den seinen, damit sie über seine stoppelige Kieferpartie streichen konnte, weiter hinunter zu seinem Hals, wo sie über seinem Puls innehielt. Sie saugte daran, eine scheinbar unschuldige Handlung, die für seine Art viel bedeutete. Es war absolutes Vertrauen, jemanden so nahe an die Halsschlagader zu lassen.

Sie saugte weiter, während sie mit den Händen an seinem Hemd zog. Er half ihr, es ihm auszuziehen. Er konnte nicht umhin, sich an die Wand zu lehnen, als sie ihre Erkundung mit den Lippen fortführte, die mit brennend heißen Berührungen entlang seines Oberkörpers einherging. Ein sanfter Biss in seine Brustwarzen. Ein Kratzen mit ihren Fingernägeln über seine Brust, hinunter zum Bund seiner Sporthose.

Als sie auf die Knie ging, zerrte sie am Stoff, entblößte seine Erektion und entlockte ihm die Frage: »Was tust du da?«

Das Lächeln, das ihre Lippen umspielte, passte zu dem neckenden Funkeln in ihren Augen. »Rate mal.«

Warum raten, wenn sie es ihm zeigte?

»Baby …« Er flüsterte das Wort, als sie ihn in den Mund nahm und ihm zeigte, wie sehr ihr das Erwachsensein Lust machte.

KAPITEL ZWANZIG

Es war seltsam, wie sich eine Frau, nachdem sie dem scheinbar sicheren Tod entkommen war, lebendiger denn je fühlte. Oder war es der vor ihr stehende Mann, der sie wieder ins Leben zurückgeholt hatte?

Sie hatten beide so viel durchgemacht. Schmerz, Verrat, Herzschmerz. Aber jetzt, wo die Geheimnisse offenbart, Entschuldigungen ausgesprochen waren und die Liebe wiederauflebte, gab es nichts, das sie voneinander trennte.

Nichts, das sie davon abhielt, Caleb ihre Liebe – und Zuneigung – zu zeigen.

Außerdem gab es nichts, das sie davon abhielt, ihm zu zeigen, wie sehr sie ihn schätzte und liebte.

Sie nahm ihn in den Mund und die samtige Haut seiner Erektion war eine sinnliche Freude, die sie gern erkundete. Auch wenn er einen beachtlichen Umfang hatte, konnte sie sich daran anpassen, indem sie den Mund weit öffnete. Aber selbst so streifte sie ihn mit den Zähnen – eine Empfindung, die er genoss, wenn sich das anhand seines wohligen Schauderns beurteilen ließ.

Sie grub ihre Finger in seine Hüften, um sich festzuhalten, während sie ihren Kopf entlang seines Schwanzes auf und ab bewegte und jeden harten Zentimeter genoss. Sie liebte es, wie er in ihrem Mund pulsierte und sogar zuckte.

Das leise Stöhnen ließ sie wissen, dass er sich im Moment verlor, aber sie wollte mehr als das. Sie wollte, dass er die Kontrolle verlor. Dass er sich in ihr verlor.

Sie bearbeitete ihn mit dem Mund, zeichnete mit der Zunge Muster auf seiner Haut und saugte mit den Lippen an seiner prallen Spitze. Sie saugte hart, um ihn zum Höhepunkt zu bringen, aber Caleb hatte andere Ideen.

»Du machst mich verrückt«, knurrte er, als er sie auf die Füße zog. Aber auf diesen blieb sie nicht lange. In einem Wirrwarr aus Gliedmaßen drückte er sie gegen die Wand, wobei ihr die Kraft durch die in seinen Händen genommen wurde.

»Ich liebe dich«, murmelte sie. Sie liebte seine Kraft, alles an ihm.

»Und ich«, flüsterte er zurück, als er mit der Spitze in sie eindrang. »Habe dich.« Er glitt hinein. »Immer.« Noch tiefer. »Geliebt.« Mit diesem letzten Wort beanspruchte er ihren Mund, während sein Schwanz ihre Muschi beanspruchte.

Er stieß in sie, dehnte sie mit seiner Größe, reichte tief in sie hinein und berührte mehr als nur ihren G-Punkt. Er berührte ihre Seele.

Gemeinsam keuchten sie und rieben sich aneinander, beide auf dem Weg zum Höhepunkt der Glückseligkeit.

Als sie aufschreien wollte, presste er seine Lippen auf ihre. Er schluckte nicht nur ihren Ausdruck der Lust, sondern sie genoss jedes einzelne Zittern seines Körpers und dann seinen eigenen hemmungslosen Schrei, als er zum Orgasmus kam und sie mit sich zog.

Gemeinsam ritten sie den wilden Sturm ihrer Liebe und kamen atemlos, schweißnass und lächelnd heraus.

Aber sie musste sich fragen: »Warum lachst du?«

»Weil wir zum ersten Mal, seit ich zurück bin, Zugang zu einem einwandfreien Bett hatten, und doch haben wir es nicht einmal annähernd genutzt.«

Sie lächelte. »Es scheint mir eine Schande zu sein, es zu verschwenden. Es sei denn, du bist zu müde.«

Ihr Necken trug Früchte. Und später, als sie in seinen Armen lag, konnte sie nicht umhin zu murmeln: »Ich bin froh, dass du zurückgekommen bist.«

»Ich auch. Und ich werde nie wieder gehen.«

Aber sie würden in ein Türschloss investieren, nachdem Luke am folgenden Morgen rief: »Mommy, du hast vergessen, einen Pyjama anzuziehen!«

EPILOG

Die Dinosaurier-Sichtungen endeten in der Nacht, in der sie das Monster töteten, genau wie das Verschwinden der Leute, aber die Leichen der Vermissten wurden nie gefunden. Insgesamt fünf an der Zahl, und keiner davon gehörte zu den in der Höhle gefundenen Überresten.

Tatsächlich zeigten die Tests des Bittech-Labors, dass die entdeckten Skelette – acht, derer sie sich sicher sein konnten – alle mehrere Jahre alt waren. Es schloss ein paar ungeklärte Fälle und warf in vielen die Frage auf, wie lange die Dinokreatur unbemerkt dort gelebt hatte.

Da niemand eine Antwort hatte, fuhren die Neugierigen mit ihrem Leben fort, selbst Wes, denn egal, wie sehr er und Caleb zusammen mit den anderen suchten, sie konnten kein Fehlverhalten seitens Bittech oder einer der Angestellten finden. Ihre Paranoia stellte sich als unbegründet heraus, aber Wes weigerte sich aufzugeben.

»*Ich sage dir, da geht etwas Verdächtiges vor sich.*«

Caleb widersprach nicht, aber ohne eine Spur oder irgendwelche Hinweise konnte er nicht viel mehr tun, als seine Hilfe zu versprechen, falls Wes etwas entdecken sollte. Währenddessen, während sie warteten, ob das Leben normal bleiben würde, hatte er eine Familie, die ihn brauchte.

Obwohl seit Calebs Rückkehr erst ein paar Wochen vergangen waren, hatte sich das Leben drastisch verändert. Zum Besseren.

Da das Haus, das Caleb ergattert hatte, sowohl Rennys als auch Lukes Zustimmung bekam, hatte sie ihre Kündigung bei dem Kerl eingereicht, von dem sie ihre Wohnung mietete, und sie waren bereits eingezogen. Noch besser war, dass Calebs Mutter ihre Arbeit aufgegeben hatte, um Vollzeit-Großmutter und Babysitter für ihren Enkel zu sein, weshalb Renny sich in Teilzeit auf nur einen Job konzentrieren konnte. Er war nicht begeistert von ihrer Entscheidung, weiterhin im *Itsy-Bitsy-Club* zu kellnern, aber sie hatte mittlerweile die Tagschicht und war vor Einbruch der Dunkelheit zu Hause. Auch wenn ihm ihr Job nicht gefiel, liebte sein bester Freund Daryl es, da Renny dafür sorgte, dass er den Angestelltenrabatt auf Getränke bekam, was wiederum größere Trinkgelder für alle bedeutete, da Daryl den Großteil seiner Mittagessen dort zu sich nahm.

Gottverdammter Perverser. Aber Caleb liebte den Kerl, also tolerierte er es.

Das Leben war verdammt schön. Er war verliebt. Hatte einen Sohn. Einen Job.

Was sein Krokodil anging, so stellte Caleb seit ihrer kürzlichen Übereinkunft fest, dass er es nicht hasste, hingegen aber auch dafür sorgte, es so oft herauszulassen, wie er konnte. Im Gegenzug schlummerte sein Reptil friedlicher in seinem Kopf, und auch wenn es das Jagen nicht gänzlich aufgab, konnte Caleb sich zumindest damit beruhigen, dass die Beute, die sie jagten, nicht menschlich war.

Und er fühlte sich menschlicher, als er es seit Jahren getan hatte.

Außer als ihn der Football am Kopf traf und Daryl lachte. Da verfolgte er die verdammte Katze, die trotz seines Körperbaus sehr geschickt war, einen Baum hinauf, während sein Sohn ihm zujubelte und Renny klatschte.

Das Leben war verdammt großartig – *und wir werden jeden fressen, der versucht, es zu versauen.*

Schnapp.

Nun, das verhieß nichts Gutes. Sich an einen Stuhl gefesselt wiederzufinden, vollständig bekleidet und allein, war niemals ein gutes Zeichen. Nackt und mit einer weiblichen Begleitung? Eine völlig andere Sache.

Aber nein, keine heiße Frau im Latexanzug. Keine Federn zum Kitzeln. Und doch war Daryl definitiv gefesselt und ein Gefangener.

Irgendwo hinter ihm war Licht, vermutlich eine Lampe, da es nicht von über seinem Kopf kam. Sie bot genügend Beleuchtung, um seine seltsame Situation erkennen zu können. Er saß auf einem Stuhl mit Metallrahmen, gerader Lehne und Plastiksitzfläche, die seinen großen Körper hielt. Es war die Art von Stuhl, die man in Cafeterien fand und die, angesichts des Wackelns, als er seine Hüften bewegte, nicht allzu stabil war.

Das ist Methode Nummer eins, um zu fliehen.

Nummer zwei bestand darin, das Klebeband zu zerreißen, mit dem er an den Stuhl gefesselt war. Eine einfache Drehung seines massigen Oberkörpers sollte reichen.

Weiter zu Nummer drei, was war mit seinen Händen?

Die waren überraschenderweise vor ihm zusammengebunden.

Von wem, verdammten Amateuren? Wissen sie nicht, wie gefährlich ich bin?

Wer zur Hölle fixierte ein gefährliches Raubtier mit den Händen vor ihm? Denn ernsthaft, wenn hier irgendjemand gefährlich war, dann Daryl.

Das war keine Arroganz, sondern eine Tatsache.

Daryl testete das Klebeband, das seine Handgelenke zusammenhielt. Es riss nicht sofort. Man durfte nie zu hastig sein, nicht, wenn man das Überraschungsmoment nutzen wollte. Aber er vergaß beinahe seine eigene Regel, als er feststellte, dass das Klebeband mit einem Entenmuster übersät war.

Was zum Teufel?

Er spähte nach unten, und tatsächlich stellte er fest, dass noch mehr der fröhlichen gelben Gummienten über das Klebeband auf seiner Brust schwammen.

Mmm ... Enten. Seine Katze liebte sie, wenn sie gut gebraten waren.

Abgesehen davon, dass er ein wenig hungrig war, fragte Daryl sich, ob das ein Witz war. Immerhin war das die am wenigsten bedrohliche Entführung, von der er je gehört hatte. Wenn er diese Geschichte seinen Freunden erzählte, würde er darauf achten, aus den Enten Haie zu machen. Denn die hatten wenigstens große Zähne. Oder vielleicht würde er ihnen sagen, er hätte sich aus Ketten befreit.

Ja, große Silberketten. Das würde sie beeindrucken.

Das schwache Licht erhellte den Raum kaum. Das war vermutlich gut, denn er war sich ziemlich sicher, dass der pinkfarbene Teppich, der an einigen Stellen glatt getreten war, ein Relikt aus den Neunzigern war, während der riesige Röhrenfernseher die Kommode, auf der er stand, hätte zusammenbrechen lassen sollen.

Ein klassisches Motel, vermutlich am Rand irgendeiner Schnellstraße, das als kurzer Boxenstopp von LKW-Fahrern und denjenigen benutzt wurde, die auf ihrer Reise nach einem Ort suchten, an dem sie sich waschen und ausruhen konnten.

Aber wie bin ich hierhergekommen?

Das war die große Frage, denn zuletzt erinnerte er sich daran, mit dieser reizenden Frau mit der kakaofarbenen Haut geplaudert zu haben – und er meinte *Frau*, mit Kurven, die seine Handflächen ausfüllen würden, prallen Lippen, die ungefähr auf Hüfthöhe perfekt aussähen, und dunklen Locken, die ihr über die Schultern fielen.

Locken, an denen ich ziehen wollte, weshalb ich sie gefragt habe, ob sie an einen ruhigeren Ort gehen will.

Zu seiner Überraschung hatte sie bereitwillig zugestimmt und sie waren nach draußen gegangen, wo sie ihn mit einer verdammten Nadel pikste!

War es also verwunderlich, dass er, als sie nicht einmal zwei Sekunden nach der Rückkehr seines Erinnerungsvermögens hereinkam, herausplatzte: »Du bist das Miststück, das mich betäubt hat.« Und trotz dem, was sie getan hatte, fand er sie noch immer verdammt heiß, auch wenn sie eine Waffe auf sein Gesicht richtete.

»Red nur weiter, Süßer. Du machst meinen Finger unglaublich nervös.« Sie neigte den Kopf zur Seite und lächelte.

»Ich habe da etwas, das dabei hilft.« Und ja, er sorgte dafür, dass sie verstand, was er meinte, indem er zwinkerte.

Was er nicht erwartete, war ihr Lachen und die Antwort: »Oh Süßer, du wünschst dir, du wärst Manns genug, um mit mir fertigzuwerden.«

Eine Herausforderung? Er liebte Herausforderungen. Seine innere Katze zuckte vor Aufregung mit dem Schwanz. »Das hättest du vermutlich nicht sagen sollen.« Er hielt ihren Blick und lächelte, während er das Klebeband zerriss, mit dem seine Hände gefesselt waren. Seine Lippen zuckten, als er samt Stuhl aufstand und sich anspannte, wodurch er sich befreite und das Sitzmöbel zu Boden fiel.

Seine heiße Entführerin trat langsam zurück, ohne die Waffe sinken zu lassen, während schließlich ein Funke Angst in ihren Augen aufflackerte. Aber nicht genug, um ihn zu beunruhigen, nicht wenn er spüren konnte, wie auch ihre Haut sich erhitzte.

»Ich gebe dir einen Vorsprung von fünf Sekunden«, bot er an.

Denn seine Katze liebte die Jagd.

Knurr.

Aber anstatt die Flucht zu ergreifen, drückte sie aus kürzester Entfernung den Abzug.

FREUEN SIE SICH AUF DARYLS GESCHICHTE!

www.ingramcontent.com/pod-product-compliance
Lightning Source LLC
LaVergne TN
LVHW031537060526
838200LV00056B/4545